TUCKER MAX

Espero que sirvam cerveja no inferno

Tradução
WARLEY TEIXEIRA SANTANA

COPYRIGHT © 2012, BY TUCKER MAX
COPYRIGHT © FARO EDITORIAL, 2015

Todos os direitos reservados.
Nenhuma parte deste livro pode ser reproduzida sob quaisquer meios existentes sem autorização por escrito do editor.

Diretor editorial **PEDRO ALMEIDA**
Tradução **WARLEY TEIXEIRA SANTANA**

Revisão **PROJECT NINE E GABRIELA DE AVILA**
Projeto gráfico e diagramação **OSMANE GARCIA FILHO**
Capa original **MICHELLE PREAST ADAPTADA POR OSMANE GARCIA FILHO**

Dados Internacionais de Catalogação na Publicação (CIP)
(Câmara Brasileira do Livro, SP, Brasil)

Max, Tucker
  Espero que sirvam cerveja no inferno / Tucker Max ; tradução Warley Teixeira Santana. — São Paulo : Faro Editorial, 2014.

  Título original: I hope they serve beer in hell.
  ISBN 978-85-62409-26-4

  1. Max, Tucker - Comportamento sexual 2. Namoro (Costumes sociais) 3. Relacionamento - Homem-mulher I. Título.

14-10549   CDD-306-7

Índice para catálogo sistemático:
  1. Relacionamento : Homem-mulher : Sociologia   306.7

1ª edição brasileira: 2015
Direitos de edição em língua portuguesa, para o Brasil, adquiridos por FARO EDITORIAL

Alameda Madeira, 162 – Sala 1702
Alphaville – Barueri – SP – Brasil
CEP: 06454-010 – Tel.: +55 11 4196-6699
www.faroeditorial.com.br

Sumário

Nota do Autor, **7**

A famosa história da calça no sushi, **9**

A noite em que quase morremos, **15**

As folias da chupeta, **27**

Todo o mundo tem um amigo desses, **34**

Tucker come uma gorda: hilaridade posterior, **53**

O Fiasco do Agora Infame Leilão de Caridade, **61**

Férias do barulho, **75**

Tucker vai a Vegas, **79**

Fio-dental, **97**

O final de semana Foxfield, **100**

Pé na Estrada em Austin, **109**

Minha viagem para Key West, **145**

Uma garota vence Tucker em seu próprio jogo, **148**

Tucker tenta sexo anal; isso não foi nada engraçado, **154**

Só vai doer um pouquinho, **161**

O fim de semana na Universidade do Tennessee, **166**

Culpa Urinária, **177**

Tucker vai a um jogo de hóquei, **181**

Ela não vai aceitar "não" como resposta, **187**

Tucker rompe o apêndice, **192**

As histórias de sexo, **202**

Tucker tem um momento de reflexão, isso termina mal, **213**

O vômito e o cachorro , **223**

A história de Midland, Texas, **230**

Anexo:
A escala Tucker Max Bêbado, **243**

Nota do Autor

Meu nome verdadeiro é Tucker Max. A menos que um nome completo seja usado, todos os outros são pseudônimos.

Todos os eventos descritos aqui são verdadeiros. Porém, algumas datas, características e lugares foram alterados para me proteger de qualquer tipo de processo criminal ou civil.

Espero que você curta estas aventuras tanto quanto eu gostei de vivê-las.

8

A famosa história da calça no sushi

Ocorrido em julho de 2001
Escrito em julho de 2001

Eu costumava pensar que o Red Bull era a invenção mais destrutiva dos últimos cinquenta anos. Estava errado. O título foi usurpado pelo bafômetro portátil. É o mesmo aparelho que os policiais utilizam, há mais de dez anos, para testar a sobriedade do indivíduo, e agora está disponível ao público. Tem o tamanho e a forma de um celular pequeno com um tubo, quase como uma antena. O cara assopra no tubo e, segundos depois, a leitura de quantidade de álcool no sangue — Blood Alcohol Content (BAC) — é feita. Embora não sejam tão exatos quanto um exame de sangue, têm a precisão de 0,01, o que é bom demais para os meus propósitos.

Eu estava morando em Boca Raton, Flórida, quando comprei um desses e o levei para passear no sábado à noite. Eis a história:

21:00: Chegada ao restaurante. Sou o primeiro do grupo lá, e nossa reserva é para as nove mesmo. O restaurante estava lotado daqueles tipos que infestam o sul da Flórida. Já deprimido, pedi uma vodca e um club soda.

21:08: Ninguém tinha chegado ainda. Pedi mais uma vodca e um club. Considerei checar meu BAC, mas duvidava que o aparelho pudesse dizer algo, naquele dado momento.

21:10: Duas balzacas judias estavam de olho em mim, à mesa ao lado. As duas eram siliconadas. Uma delas tinha uns peitos bem grandões. Eles acenavam para mim mesmo de dentro da camiseta dela. Ela não era atraente. Comecei a beber mais rápido.

21:15: Ninguém chegou. Pedi a terceira vodca e outro club. Enquanto eu aguardava, experimentei meu bafômetro portátil. Sopro: 0,02. Esta é a melhor invenção já feita. Estou tontinho. Mostro o bafômetro para a judia de peito falso ao meu lado. Começamos a papear.

21:16: As duas têm sotaque forte de Long Island. Chamo o garçom e mudo o pedido: vodca dupla com gelo e club soda misturada.

21:23: Quatro pessoas já testaram meu bafômetro, inclusive as mulheres de airbags. Todo o mundo quer saber o nível de BAC. Sou o centro das atenções. Estou feliz.

21:25: O primeiro membro do meu grupo chega. Eu mostro pra ele meu bafômetro. Ele está estupefato. Ele paga uma rodada. As mulheres do silicone nos informam aos gritos que querem beber. Meu amigo paga as bebidas. Eu peço uma vodca dupla com gelo, sem club soda.

21:29: Sopro mais uma vez: 0,04. Estou bebendo há meia hora e chego ao meu quarto drinque. As engrenagens do meu intelecto começam a enferrujar. Uma nuvem se formou em meus olhos... quatro bebidas... 0,04... Isso significa que cada uma vale 0,01 para o meu nível de BAC. Começo a acreditar que posso beber muito. Digo pra mulher dos airbags que ela é muito interessante.

21:38: Seis, dos oito caras, estão lá. Minto para a hostess. Ela nos acomoda. Todo o mundo está falando do meu bafômetro. Sou foco de adulação. Perdoo a todos por suas chatices. Acho que essa noite promete, apesar de tudo.

21:40: Sopro de novo. 0,05. Isso me deixa confuso. Eu não tinha pedido outra bebida desde meu 0,04. Tenho uma vaga lembrança de uma aula distante sobre constante absorção de álcool no sangue, independente da velocidade com que você bebe. Esta lembrança rapidamente desaparece quando duas mulheres gostosas à mesa ao lado me perguntam sobre meu bafômetro.

21:42: Uma das gostosas está na minha. Ela começa a me falar de quando foi parada por policiais por suspeita de dirigir sob influência de entorpecentes e teve que soprar num bafômetro parecido com este. O guardinha a liberou. Ela diz que sempre quis ser policial, mas não conseguiu passar no exame da corporação, mesmo tentando duas vezes. Eu digo pra gostosa que ela deve ser bem esperta. Ela para de prestar atenção em mim. A mulher gostosa aparentemente é esperta o bastante para detectar meu velado sarcasmo.

22:04: A novidade do bafômetro já era. As coisas mudaram. Já não sou o centro das atenções. Não estou contente com minha mesa. Se a luz do holofote não está diretamente em mim, eu me sinto pequenino internamente.

22:06: As pessoas à minha mesa começam a falar de cura através da energia. Todos estão boquiabertos com uma garota que teve uma aula disso. Eu digo a eles que cura por energia é uma pseudociência solipsista sem valor. Eles dizem que a cura por energia é uma ciência real porque o instrutor da aula da menina foi para Harvard. Um dos caras diz que se trata de uma ciência "legítima, comprovada", enquanto faz aspas com os dedinhos. Eu digo a eles que todos (enquanto imito as aspas no ar) são idiotas "legítimos e comprovados" por acreditar em merdas como cura por energia. Duas garotas me chamam de mente fechada. Eu respondo que elas são tão mente aberta que o cérebro vazou. Todos olham para mim com ar de desaprovação. Odeio todos que estão à mesa.

22:08: Estou completamente torto e não presto atenção no papo idiota deles. Estou mergulhando na vodca tudo o que o garçom galãzinho consegue trazer. Sopro a cada três minutos, vendo que meu BAC vai subindo aos poucos.

22:10: 0,07.

22:17: 0,08. Já não estou apto a dirigir no estado da Flórida. Não conto a ninguém.

22:26: 0,09.

22:27: Decido ver quão bêbado posso ficar e ainda ser funcional. Sei que 0,35 mata a maioria das pessoas. Acho que 0,20 pode ser uma boa meta.

22:28: Levanto sem dizer nada aos sete sofistas da mesa e volto ao bar. Não deixo dinheiro pela minha bebida.

22:29: As siliconadas ainda estão no bar. Querem beber. Chateado por estar somente com 0,09 depois de uma hora e meia bebendo de forma agressiva, decido por uma rodada de shots. Deixo as mulheres pagarem os shots, com a regra clara de que não pode ser uísque, não pode ter cheiro de uísque, não pode nem lembrar uísque (uma vez eu fui parar numa enfermaria bebendo uísque, mas isso eu não conto).

22:30: As bebidas chegam. Tequila. A julgar pela conta, tequila da boa. Macia. Mais uma rodada.

23:14: Sopro um 0,15. Estou quase lá. A apenas 0,05 do meu objetivo. Meu orgulho se infla. Mostro a todos meu 0,15. A galera do bar está impressionada. Sou o ídolo deles. Alguém me paga mais uma.

23:28: Não tô legal. Percebo que não consigo ir para a mesa jantar. Não quero ir pra mesa nem comer no balcão. Atravesso a rua até um restaurante de sushi.

23:29: Está rolando uma festa do pijama no restaurante de sushi. Um monte de gente usando um tipo de pijama ou qualquer que seja a vestimenta de dormir. São todos tão idiotas quanto os que estavam à mesa, mas pelo menos estão de roupas íntimas.

23:30: Estou bem confuso. Só quero sushi. Paro na porta, embasbacado com a miríade de corpos seminus que passam. Uma garota ligeiramente atraente que parece trabalhar no restaurante me convida a ficar de roupas íntimas. Digo a ela que não uso. Eu só quero sushi. Ela diz que eu deveria pelo menos tirar minha calça. Pergunto a ela se com isso vou conseguir sushi. Ela diz que sim. Tiro a calça.

23:30: Paro enquanto abro o zíper, matutando sobre qual tipo de cueca estou usando, se é que estou. Considero a possibilidade de não tirar minha calça. Percebo que conseguir comida de forma rápida é mais crucial que minha dignidade.

23:31: Tiro a calça. Estou com uma samba-canção da Gap, com listrinhas rosa e brancas. Ela está bem apertada. Certifico-me de que meu pacote está no lugar. As pessoas me veem fazendo isso.

23:32: Peço sushi apontando a figura e gemendo.

23:33: Mostro meu bafômetro para um cara. Ele se impressiona. Mostra pra todo o mundo. As pessoas começam a formar uma roda à minha volta. Sou uma estrela de novo.

23:41: Sopro 0,17. Conto meu objetivo pra todos. Alguém paga uma bebida pra mim.

23:42: Bebo. Algo que tem um sabor familiar, faz com que eu me sinta quente por dentro. Pergunto o que é. "Conhaque e Alizé". Existe um Deus e ele me odeia.

23:47: Chega meu sushi. Viro o vidro de molho de soja nele e o engulo tão rápido quanto minhas mãos permitem.

23:49: Acaba meu sushi. Ninguém está prestando atenção nas minhas maneiras à mesa; todos estão entretidos com o bafômetro, cada um esperando a vez para descobrir seu BAC.

00:18: Sopro 0,20. SOU UM DEUS. O restaurante se inflama. Os homens estão me aplaudindo. As mulheres, me desejando. Todos querem falar comigo. Perdoo todos os pecados deles porque estão prestando atenção em mim.

00:31: Meu status de divindade se perde. Alguém sopra 0,22. Eis que surge um desafio para a minha macheza. Peço um super-hipershot de Baccardi 151, além de uma cerveja. Vou dominar.

00:33: Termino o drinque, a cerveja também. Falo merda pro meu desafiante. "Quem manda nisto aqui agora, veado?!" O público vai à loucura. O ápice é meu. Sou o máximo. Estou ganhando a plateia. Vou dominar o restaurante.

00:36: Dou uma reparada melhor no meu desafiante. Ele é alto, tem ombros largos, musculosos. Sua expressão facial natural é de poucos amigos. Ele me observa silenciosamente, pede uma bebida, toma como se fosse água e dá um sorrisinho pra mim. Começo a considerar que falar merda pra ele não foi das melhores ideias. A esta altura, também percebo que meu estômago está reclamando comigo. Eu o ignoro. Ainda tenho uma plateia que precisa me adorar.

00:54: Sopro 0,22. Somente alguns gritinhos. Todos aguardam o sopro do desafiador.

00:56: Ele sopra 0,24. E sorri pra mim de forma condescendente. Peço mais duas bebidas.

00:59: Bebo a primeira. Não desce tão bem. Decido dar um tempo para o próximo gole. A galera não está impressionada.

1:10: A realidade aparece. Vou vomitar. MUITO. Tento discretamente fazer isso lá fora.

1:11: Esbarro numa menina quando tento ir correndo para fora.

1:11: Tropeço num arbusto e começo a fazer o trabalho de limpeza de estômago. Sai da minha boca, do meu nariz. Não é gostoso.

1:14: Não consigo perceber a razão de minhas pernas doerem tanto. Olho para elas entre as falhas da planície. Não estou de calça. Espinhos e galhos entranham nas minhas canelas.

1:18: O vômito chega ao fim. Agora estou tentando parar o sangramento. Uma luz muito forte aparece diante de meus olhos. Não estou feliz. Digo ao dono da tal luz "que tire a porra daquela luz da minha cara". O dono da luz se identifica como oficial da lei. Peço desculpas ao policial e pergunto a ele qual é o problema. Eis que surge uma longa pausa. A luz continua nos meus olhos. "Filho, onde está sua calça?" Lembrando-me de encontros passados com a lei e percebendo que ninguém vai me ajudar, junto cada ponto de adrenalina no meu corpo em busca da sobriedade. Desculpo-me novamente e explico ao policial que minha calça estava no restaurante a alguns metros dali, e que eu havia saído para compartilhar meu sushi com o arbusto. Ele não ri. Outra longa pausa. "Você não está dirigindo hoje, está?" "NÃO, NÃO, CLARO que não... não tenho nem uma carteira de motorista em dia."

1:20: Ele me manda entrar no restaurante, colocar minha calça e chamar um táxi.

1:21: Volto para o restaurante. Algumas pessoas me olham de forma peculiar. Olho pra baixo e ajeito meu pau, que estava parcialmente exposto por baixo da samba-canção. Minhas pernas sangram, não sei o que fazer. Procuro minha calça.

1:24: Não consigo encontrar minha calça. Meu bafômetro está no meu campo de visão. Sopro. 0,23. Alguém me informa que meu desafiante soprou 0,26. Também dizem que ele ainda não vomitou. Digo a eles "Vão tomar no cu!". É a última coisa de que me lembro claramente.

8:15: Acordo. Não sei onde estou. Muito calor. Estou suando muito, e cheirando a carniça.

8:16: Estou no carro. Com as janelas fechadas. O sol bate diretamente em mim. Está pelo menos quarenta graus no meu carro. Abro a porta e tento sair, mas caio na calçada. Os machucados que cobrem minhas pernas abrem e fecham à medida que me mexo. Meu pau sai da cueca rosa e repousa junto com o que sobra de mim, em uma poça d'água suja no asfalto.

8:19: A fétida água parada me leva à consciência total. Não consigo encontrar minha calça. Nem o celular. Nem a carteira. Mas ainda tenho meu bafômetro. Sopro 0,9. Ainda não posso dirigir no estado da Flórida.

8:22: Vou pra casa mesmo assim.

Quero deixar claro o que aconteceu essa noite: foi um dos meus cinco maiores porres de todos os tempos. Eu estava no limbo. Vomitei muitas vezes, várias delas pelo nariz. E acordo soprando um 0,9, DEUS MEU! Mas que porcaria ridícula. Esse bafômetro é péssimo. É o diabo vestido de transistor.

Meu conselho: fuja desse negócio a qualquer custo.

A noite em que quase morremos

Ocorrido em abril de 1999
Escrito em julho de 2001

Existem as noitadas de diversão, as malucas e as que fazem homens se tornarem lendas.

Era sábado à noite na faculdade de Direito. Eu e quatro amigos (Hate, GoldenBoy, Brownhole e Credit) tínhamos nos reunido na casa do El Bingeroso. El Bingeroso tinha um amigão das antigas que estava na cidade, Thomas, e queria entretê-lo. Chegamos lá por volta das sete da noite e, de imediato, começamos a assar uma carne e tomar muito álcool.

El Bingeroso, que morava com a noiva, estava empolgado por rever seu velho amigo de faculdade e começou a tomar umas. A noiva dele, Kristy, sabendo da propensão que Bingeroso tinha para comportamentos desregrados em relação à embriaguez, me pegou num canto e me fez prometer que eu me manteria sóbrio para poder dirigir. Por ironia do destino e embora puto no momento, foi a melhor decisão que já tomei na vida.

Depois de consumir toda a carne e a bebida da casa, saímos. Decidimos dar uma passada em algum bar. Alguém citou um lugar chamado "Shooters II", com um touro mecânico. Muito atraente.

Na hora que chegamos, El Bingeroso e Thomas estavam tão bêbados que cantavam Johnny Cash e davam bico nos carros do estacionamento. O resto da festa não estava lá muito melhor. Hate, normalmente uma pessoa impaciente, estava tão bêbado que duvidava das placas de "Pare". Tendo lutado com Jack Daniels nas últimas duas horas e perdido, estava pronto para uma briga. Brownhole e GoldenBoy já estavam cambaleando. Eu mentalmente me preparava para o pior.

Pagamos dois dólares pela consumação. A garota atrás do balcão se vestia de roupa de lycra de cowgirl bem apertadinha, cheia de laços e fru--frus. As botas eram pretas com pele de cobra branca. Mas era o chapéu enorme de leopardo que realmente compunha o figurino.

O bar era decorado no clássico estilo rancho "novo faroeste": chifres longos, latas de óleo e celas decorando as paredes. Por um instante pensei que Patrick Swayze fosse aparecer para dar porrada nos forasteiros indisciplinados. Eu estava tão ocupado vendo toda a parafernália caipira que só notei algo quando Hate chamou a minha atenção, dizendo "Porra, isso é sensacional".

No centro do bar havia uma coisa que eu nunca tinha visto na vida: luta livre profissional ao vivo.

Vamos deixar as coisas claras: tinha um ringue, montaram um ringue de luta livre completo no meio do bar, e, alguns caras, profissionais, no ringue, lutavam um com o outro. Devo ter parado uns três minutos tentando fazer com que meu cérebro pegasse no tranco e acreditasse no que eu via.

Um ringue de verdade, bem no meio do bar. Dois lutadores suados e desengonçados digladiando. Uma faixa branca atrás do ringue trazia os seguintes dizeres, bem visíveis: "Esta é a Associação de Luta Livre do Sul".

Hate foi o primeiro a entrar em ação. Como um ex-lutador de luta livre que era, totalmente descontrolado e quase o tempo todo cheio de ódio, imediatamente se enfiou entre os espectadores para chegar ao lado do ringue e começou a xingar com vontade os lutadores.

"SEUS PALHAÇOS IDIOTAS DE MERDA! MINHA VÓ LUTARIA MELHOR! VOCÊS TÊM SORTE DE EU NÃO ESTAR AÍ, SEUS VEADINHOS DA PORRA! ME DEIXA LUTAR. VOU ACABAR COM A RAÇA DE VOCÊS!"

O que continuou por mais uns cinco minutos. Todos nós, estupefatos e fixamente embriagados por essa cena de comédia surreal que se desenrolava diante de nossos olhos. Em favor de Hate é preciso dizer que os caras do ringue não estavam em boa forma. Quando falo "não estar em boa forma" quero dizer "gordos pelancudos".

Uma simples cerveja depois, Hate fez das suas. Ele passou das cordas que separavam a galera do ringue e começou a dar tapas na lona e a xingar os lutadores. Um segurança lhe pediu para parar. Hate entendeu o gesto como indicação para que entrasse no ringue e, com a cerveja firme na mão, tentou subir ali. Dois seguranças o imobilizaram antes que subisse. Conseguimos tirar Hate dos seguranças, prometemos que ele ia se comportar e lhe demos outra cerveja. Hate continuou falando: "minha vó poderia chutar o rabo deles. Não passam de uma piada", muitas e muitas vezes.

Então percebi o quanto a gente se destacava. Usávamos uniforme tipo escolar: cáqui e com botõezinhos. Ninguém por perto compartilhava nossa opção de moda. Eles estavam todos vestidos no "caipira casual". Jeans sujos e diversas camisetas com dizeres do tipo "Passei por aqui e lembrei de você". Os que estavam mais bem-vestidos tinham chapéu de caubói, bota de caubói, camisa de flanela e jeans limpos. Tendo crescido em Kentucky, eu sabia que pessoas desse tipo não eram muito a fim de tratar ninguém de forma exatamente gentil e delicada, ainda mais depois de beberem. Arquivei esse pensamento como "óbvio presságio".

Nessa hora, Hate havia se separado da gente e se enfiado em uma discussão com um grupo de caipiras mais jovens sobre os méritos relativos do Norte *versus* Sul. Hate é da Pensilvânia. Os caras não estavam concordando com as opiniões dele. Hate proclamava que poderia acabar com qualquer lutador naquela noite. Dois dos caipiras, um deles muito gordo, apresentaram-se como primos de um dos lutadores, o que era chamado "Motorbike Mike" ou algo do gênero. Hate questionou a sexualidade do PRIMO deles. Uma garota dentro do grupo se apresentou como namorada do "Motorbike Mike". Então Hate questionou o gosto dela por homens, sua moral torpe e sua inteligência.

O gordão, o tal PRIMO do "Motorbike Mike", que parecia ter algum parentesco com a namorada do Motorbike, resolveu dizer o que pensava sobre as opiniões de Hate. Ele tinha mais ou menos 1,90m; era ainda mais alto que Hate. Usava óculos grossos e tão horripilantemente engordurados que eu tinha vontade de tirá-los da cara dele e limpá-los na minha camiseta (lembre-se, estou sóbrio). A camiseta regata branca tinha gordura e marcas de ketchup que cobriam parcialmente o logo do show do George Strait.

O caipira precisava desesperadamente de um curso de lógica. Estava perdendo uma discussão para um sujeito tão bêbado que seria capaz de subir em ringue de luta livre:

Hate: "O Sul é cheio de retardado e caipira. Você é qual dos dois?"

O caipira tenta explicar. Eu não consigo entender. Hate o ignora.

Hate: "Nada disso muda o fato de eles namorarem e serem parentes. Isto é incesto. Vocês são merda sulina."

Caipira: "Opa, no Norte só tem veado riquinho."

Hate: "Pode ser, o que não muda o fato de você não ter respondido a minha pergunta. Você é obviamente um idiota."

Caipira: "Bem... você não vale merda nenhuma, que nem o Norte."

Hate: "Este é um grande elogio pra mim. Você está me ajudando, idiota."

Caipira: "Veado, vou acabar com a sua raça. Vamos ver quem é melhor então, corno riquinho."

Alguns minutos depois, a luta livre terminou e houve um pequeno intervalo na ação. Tirei Hate do estimulante bate-papo e reunimos todos no bar. Hate pagou uma rodada.

Depois das cervejas, começou a rolar o touro mecânico. Hate se inscreveu, mas começou a gritar xingamentos para o cara do outro lado do bar, o caipira gordo com óculos engordurados, assim que ele também se inscreveu. El Bingeroso colocou uma nota de dez dólares no balcão e chamou o caipira.

El Bing: "AÍ, SEU GORDO, aposto dez dólares que meu amigo fica mais tempo que você em cima do touro."

Caipira: "Vá à merda, bicha do Norte. Eu vou montar na vaca da sua mãe!"

El Bing: "O quê? Minha mãe não está aqui, trouxa. Você tem que montar nele." Apontava para Hate.

O caipira saiu sem responder. Depois de algumas garotas montarem no touro, o caipira subiu e caiu em quatro segundos. Fraca exibição. A gente tirou um belo sarro dele, sem dó. Ele mostrou o dedo do meio pra gente. Vaiamos bastante.

Hate montou por oito segundos completos, magníficos oito segundos. Nos primeiros quatro segundos ele estava indo bem, até que o touro foi pra trás e pra frente abruptamente. Se Hate fosse como o caipira, o touro o teria feito cair na parte acolchoada. Mas Hate é como um pitbull: uma vez que sua mandíbula trava, nada neste mundo consegue fazer com que ele solte. Resultado: o corpo todo dele desabou em cima de sua bacia que, por sua vez, caiu em cima de sua mão, que estava presa no bico da sela. Era possível ver o cara quase verde enquanto todo o seu corpo esmagava seus testículos contra o punho. Pelo menos ele conseguiu se manter por oito segundos completos.

Hate, El Bingeroso e Thomas se juntaram na discussão do Norte *versus* o Sul, enchendo o saco do caipira gordo.

Hate: "Ei, Jetro, como consegui ficar mais tempo que você? Sua bunda grande poderia ter te ajudado a ficar mais quatro segundos."

18

Thomas: "Pode alguém do Sul fazer qualquer coisa certa?"

El Bing: "Se você não estivesse comendo sua prima, seria capaz de segurar mais forte."

Hate: "Você achou que o Norte não valia nada? Eu nunca tinha visto essa merda na minha vida e já detonei você logo de cara."

O caipira mostra o dedo de novo, grita um monte de palavras desconexas, que têm a pretensão de serem ofensas com as quais provavelmente quer nos depreciar, e ainda nos satiriza perante seus amigos. Hate não gostou nada disso.

Hate: "ELE TE DEVE DEZ PAUS."

El Bing e eu convencemos Hate de que está tudo bem, que, neste caso, uma vitória moral é suficiente.

O intervalo do touro mecânico acaba, e a luta livre recomeça. Tudo se acalma por um tempo. Os dois lutadores eram incrivelmente gordos, mas eles usavam objetos cenográficos (lata de lixo e afins) e sangue falso, puro entretenimento.

Eu fui ao banheiro, e, quando voltei, Hate tinha desaparecido novamente. Encontrei-o perto do ringue, tentando pegar algum dos lutadores pelo tornozelo. Corri na direção dele; que já estava nas mãos dos seguranças que tentavam acalmá-lo. Sem sucesso.

Neste ponto, lidar com Hate era o mesmo que levar um pitbull dos brabos ao concurso de beleza canina. Dei uma assistência aos seguranças para tirar Hate do ringue e acabamos ficando na área em que aquele caipira rechonchudo e sua trupe estavam. Motorbike Mike também estava ali confraternizando com seus parentes e a namorada. Hate, vendo o caipira gordo, manda: "Ô, passa pra cá os dez contos do Bingeroso." Motorbike Mike e eu tentamos aliviar as coisas, quando Hate percebe quem está ali:

"SUA BICHA, VOCÊ COME SUA PRIMA! DÁ OS MEUS DEZ DÓLARES! VOU CHUTAR ESSA SUA BUNDA BRANCA DO SUL!"

O inferno se abre.

Os seguranças perdem a paciência com Hate e, três deles, além de Motorbike Mike, pegam-no e, literalmente, o jogam pra fora do estabelecimento. El Bingeroso e Thomas estão bêbados, um segurando o outro para não caírem, relembrando histórias da faculdade. Brownhole está conversando com a única garçonete que tinha um par de dentes. GoldenBoy torce pelos lutadores, pedindo para que coloquem mais sangue falso.

Quando El Bingeroso fica bêbado, a violência vem no pacote. Irritado por causa da expulsão de Hate, El Bing começa a amassar cinzeiros e jogá-los para fora do bar. Isso chateia o gerente, que se aproxima de mim.

Gerente: "Filho, acho que está na hora de você e seus amigos irem embora."

Tucker: "Sim, senhor, concordo plenamente. Só me deixa juntar todo o mundo e a gente já vai."

Reúno todos e explico a situação. Fomos convidados a nos retirar. Assim que a gente se encaminha para a porta, Hate entra.

Hate: "Oi, gente."

Tucker: "O que você está fazendo aqui? Você foi expulso!"

Hate: "Não vai ser tão fácil me tirar daqui. Paguei meus dois dólares. Vou fazer valer essa grana."

Legal, vou te dizer que fomos todos expulsos. Está na hora de ir. Consigo convencer o pessoal a seguir rumo à porta de saída. El Bingeroso é o primeiro a sair e espera pelo resto do grupo. Ele vê um caminhão estacionado perto da porta. Volta alguns passos e sai correndo para chutar a parte da frente do caminhão. Duas vezes. Ainda estou na minha negociação com a galera pra gente sair, quando um caipira dos grandes aparece e vai em direção ao Bingeroso.

Caipira: "Ô, moleque! Você acabou de chutar aquele caminhão?"

El Bingeroso não sabe como responder. O cara é grande e El Bing sabe que é culpado, mas não quer admitir isso para um caipira. Então, apenas olha para ele.

Caipira: "Eu fiz uma pergunta, moleque: você chutou aquele caminhão?"

El Bingeroso: "Que tipo de idiota é você?"

Esta foi, aparentemente, a frase mágica, porque o caipira deu um tapão na cara de El Bingeroso. Thomas, que estava assistindo, jogou sua garrafa de cerveja no chão e tentou dar uma voadora no caipira. A pontaria dele não é das melhores. A briga se torna uma dança coreografada bem brega: El Bingeroso, Thomas e o caipira grandão bailam se movendo de forma alternada para não receberem um murro direto.

Antes que eu possa intervir (eu estava a uns dez metros dali quando rolou o primeiro soco), mais dez caipiras saem pela porta. Brownhole e eu conseguimos, com habilidade, tirar El Bingeroso e Thomas do crescente grupo de caipiras e damos um jeito de amenizar as coisas por um tempo.

Tucker: "Ok, estamos partindo. Desculpa qualquer coisa, estamos de saída."

O grupo, que era agora de vinte ou trinta caipiras, estava perto da porta olhando e gritando para Brownhole, Credit e GoldenBoy, e eu tentava afastar Thomas e El Bingeroso de perto da porta.

Alguns segundos depois, Hate sai do meio da multidão de caipiras, emergindo do outro lado assim que um dos caipiras xinga El Bingeroso aos gritos. Hate, sendo leal e bêbado ao mesmo tempo, imediatamente pega o cara pelo pescoço e o encosta naquele mesmo caminhão que era chutado por El Bing alguns minutos atrás.

Os eventos do momento seguinte não são tão claros, mas consigo me lembrar de:

- Hate com a cabeça enterrada na barriga de alguém, criando vergões em suas costelas, enquanto outros caipiras montavam nele.
- GoldenBoy e um caipirão tentando desesperadamente arrancar a vida um do outro.
- El Bingeroso e Thomas, de costas um pro outro, gingando para o que quer que se aproximasse.
- Credit na rua buscando argumentar.
- Eu e Brownhole tentando desgrudar Hate de seu saco de pancada.

Então, as palavras definitivas da noite saem da boca de Brownhole: "CARALHO, O CARA TEM UMA ARMA! ARMA! ARMA! ARMA! UMA PORRA DE UMA ARMA!

A palavra "arma" pode causar coisas estranhas em uma briga. Neste caso, acabou com ela na hora. Ao ouvir essa palavra, El Bingeroso e Thomas saíram imediatamente para a rua com Credit, e GoldenBoy e Hate começaram a se retratar, hesitantes, comigo e com Brownhole.

Brownhole e eu conseguimos levar a galera em direção ao primeiro local seguro por perto, um bar chamado Oak Room. Subimos um lance de escadas e nos deparamos com três garotas. Hate é o primeiro a chegar nelas.

Uma delas diz: "Oi, gente, bem-vindos ao evento filantrópico Pi Phi Fall. Custa dois dólares a entrada. De qual fraternidade vocês fazem parte?"

Hate: "Dois dólares? Eu acabei de pagar dois dólares pra entrar numa bela briga. Que merda é essa? Tucker, cuida disso! Não vou pagar porra nenhuma. Onde está a porra da cerveja?"

Ele passa pelas meninas em direção ao bar.

Garota: "Ei, você não pode fazer isso. São dois dólares pra entrar. Ei, moço!"

Eu realmente não preciso disso agora. Tento passar pela polícia Pi Phi, mas ela me segura. "Desculpe, você não pode entrar. Você tem que pagar os seus dois dólares e mais dois dólares pelo mala do seu amigo."

Este foi o meu limite.

Tucker: "Você tá achando que tenho cara de palhaço? Você por acaso trabalha aqui?"

Garota: "Hum, não. Mas se trata de um evento filantrópico; é pra caridade."

Tucker: "Então, se você não trabalha aqui, sai da bosta do meu caminho. Vou beber pela caridade."

Brownhole acaba pagando para todo o grupo e ainda dá mais vinte para que as meninas se sintam bem. Ele faz qualquer coisa para que as meninas gostem dele.

Todos pediram cerveja. Eu também. El Bingeroso paga a rodada e então junta todo o mundo. A fala dele não é totalmente lúcida.

El Bing: "Ok, pessoal, sério... armas, ok? Não podemos ir a lugar nenhum sozinhos. A gente podia ter morrido. De verdade. Das armas. Não podemos sair deste bar, a não ser que seja em grupo. Precisamos ficar juntos. Podemos ser atingidos. Todo o mundo junto. Entenderam? Todos juntos."

Concordamos. No momento, o grupo está em uma neblina de bebedeira, perdendo a ironia da questão. Eu rio e vou ao banheiro. Sozinho.

Ao voltar do banheiro, sorrio para uma bela garota que me retribui com um sorriso lindo. Eu escrevi o livro sobre xaveco, então chego nela e solto uma de minhas favoritas: "Você convidou todas essas pessoas? Pensei que seríamos só nós dois..."

Ela riu e eu passei os vinte minutos seguintes secando seus profundos olhos verdes, fingindo estar interessado naquelas coisas idiotas que ela dizia. Uma bela casa, pena que ninguém estava em casa.

De repente, lembrei-me de minhas tarefas como pastor do rebanho; olhei para todos os lados para saber se o pessoal estava bem. Para a minha surpresa, NENHUM DOS MEUS AMIGOS ESTAVA LÁ.

Eu saí correndo e deixei a menina falando sozinha. Encontrei Brownhole perto da porta, falando com a garota que queria que pagássemos para entrar.

Tucker: "Cara, cadê todo o mundo?"

Brownhole: "Ué, os caipiras vieram e levaram eles, mas acho que o melhor pra gente é ficar por aqui."

Tucker: "O QUÊ? VOCÊ É RETARDADO? SOMOS OS ÚNICOS SÓBRIOS AQUI!!!"

Voo pelas escadas e deparo com o que pode ser descrito apenas como algo vindo diretamente de um remake malfeito dos filmes de gangues dos anos 90.

De um lado estão meus amigos, El Bingeroso, Thomas, GoldenBoy, Hate e Credit, em pé em cima dos bancos, apontando, gesticulando e gritando, de forma muito similar a dos babuínos das savanas africanas.

Do outro lado, mais ou menos vinte caipiras, engajados no mesmo modelo de ritual de dominância masculina. Entre eles há cinco seguranças tentando manter a calma e as partes em guerra separadas.

Hate sente que este é o momento de tentar e investe na corrida em direção dos caras. Ainda bem para ele que um dos seguranças o intercepta e lhe dá uma gravata. Hate não gosta muito da ideia e começa a acotovelar as costelas do cara. Normalmente ele deveria acotovelar a cara do sujeito; mas Hate tem 1,70m, a cara do segurança estava meio metro acima do seu alcance. Eu ajudo o segurança a trazer Hate de volta para o nosso lado e sair da zona de perigo de guerra. O segurança vê isso como sinal de que estou sóbrio e diz algo que já escutei algumas vezes em minha carreira de Direito:

Segurança: "Você precisa pegar seus amigos e sair daqui."

Tucker: "Olha, é o seguinte. Nossos carros estão lá no estacionamento. Você vai ter que levar a gente pra lá. Aqueles idiotas estão armados e bem nervosos com a gente."

O segurança acha tudo lógico e avisa os outros guardinhas. Eles fazem um círculo a nosso redor e começam a nos levar em direção aos carros. Os caipirões não parecem felizes com a ideia, mas o líder dos seguranças de alguma forma consegue arquitetar um grande plano para convencê-los a não nos atacar. Só posso dizer que tudo cheirava a violência e inevitável envolvimento policial.

Finalmente, conseguimos entrar no carro de Credit e percebo que Brownhole não está com a gente. Que legal. Eu poderia deixar aquele idiota lá no Oak Room. Olhando por todo o estacionamento, consigo visualizá-lo. Ele está caminhando bem próximo ao mesmíssimo caminhão que El Bingeroso chutou mais cedo, falando com o velho caipira que o dirigia.

Thomas vê a cena e grita: "Caraca, gente, Brownhole vai se foder."

El Bing: "O quê? Onde? Brownhole! TEMOS QUE RESGATÁ-LO!", e sai a mil em direção a Brownhole e o caminhão.

A conversa subsequente eu não consegui ouvir, mas foi relatada com veracidade tanto por Brownhole quanto por El Bingeroso. Brownhole tinha de alguma forma acalmado o velho caipira que dirigia o caminhão. O cara não só era dono do caminhão como também era dono da balada onde tudo começou. Ele estava no caminho de convencer o caipira a esfriar seus guerreiros, quando, de repente, eis que surge El Bingeroso.

Velho caipira: "Filho, seus amigos têm sorte de ter você para tirá-los daqui. Eu mato gente que nem eles."

Brownhole: "Sim, senhor. Estou feliz por resolver tudo de forma pacífica."

El Bing (correndo): "Brownhole, que merda é essa? Vamos sair desta merda. Esse veado tá armado!"

Velho caipira: "Arma? Garoto, tenho duas armas." E o velho pega uma 9mm escondida em um compartimento no caminhão e aponta para cima, junto com a 12 de cano serrado na outra mão.

El Bing: "FODEU!"

El Bingeroso tenta fugir tão rapidamente que cai no chão.

Brownhole: "El Bingeroso, vai embora, volta pro carro, estou cuidando de tudo."

Velho caipira: "Ei, garoto, era você que estava chutando meu caminhão. Tem que pagar pelo conserto."

Brownhole: "El Bingeroso, por favor, vamos embora. Perdão, senhor, meu amigo precisa ir pra casa, ele está muito bêbado. O caminhão do senhor está muito bonito."

Velho caipira: "Quem vai pagar pelo conserto do meu caminhão? Merda!!!"

Chegaram os seguranças intervindo da melhor maneira, e todos se empilharam no carro do Credit.

Sendo o único sóbrio, dirigi até o carro de GoldenBoy deixando que ele e Brownhole saíssem. Esperamos que eles entrassem no outro carro e nos mandamos.

Isso é importante porque a conversa no carro nos vinte minutos seguintes, quando íamos para Chapel Hill, foi em torno disso. El Bingeroso estava convencido de que tínhamos entregado GoldenBoy e Brownhole à morte deixando-os nas mãos dos caipiras. Hate se recusava a acreditar que armas estavam envolvidas. Thomas tinha certeza de que estávamos sendo seguidos. Credit caiu no sono. Foi mais ou menos assim:

Hate: "Cara, a gente deixou GoldenBoy e Brownhole. Eles morreram, porra. Abandonamos os dois pra morrer. E agora?"

Thomas: "Tucker, meu amigo, dá uma acelerada porque aquelas luzes estão seguindo a gente desde Durham."

Tucker: "Gente, vamos relaxar. GoldenBoy e Brownhole estão bem, o caipira com a arma estacionou o caminhão dele, estamos bem, então cala a boca todo o mundo."

Hate: "De que arma vocês estão falando? Não tinha arma."

Bingeroso: "Vá se foder, Hate, eu vi a porra da arma! Eu vi as armas que os caipiras estão usando neste exato momento para matar Brownhole e GoldenBoy. Que merda a gente ter deixado os dois... Eles foram atingidos. Deixamos que eles encontrassem a morte. ELES ESTÃO MORTOS. MERDA!!!"

Hate: "Não tinha arma nenhuma."

Bingeroso: "AAH... Vai se foder, eu vi a arma. Eu vi a filha da puta da arma! Eram duas armas, idiota!"

Thomas: "É sério, para numa delegacia. Os caipiras estão atrás de nós."

Hate: "Quem se importa? Eles não têm arma nenhuma."

Bingeroso: "Vá se foder... Eu vi a arma. Eu vi a porra da arma! Goldenboy e Brownhole estão mortos. Entendeu a merda? Nós abandonamos os dois!"

Thomas: "Tenho certeza de que são os mesmos faróis de caminhão que estão seguindo a gente desde Durham. Tucker, é sério, comece a fazer manobras evasivas ou algo do gênero."

Bingeroso: "Deixamos nossos amigos... SOMOS COVARDES."

Hate: "Fale por si mesmo!"

Bingeroso: "Vá se foder, Hate! Vou acabar com a tua raça!"

Finalmente, conseguimos chegar a Chapel Hill. GoldenBoy e Brownhole estavam bem, não havia ninguém nos perseguindo, Credit acordou e todos disseram a Hate que realmente existiam armas. Bebemos algumas cervejas, nos acalmamos e fomos pra casa.

Eu estava exausto. Ser o único sóbrio em um grupo de nove retardados bêbados não é legal. Foda-se; a partir de agora, vou beber e dirigir. El

Bingeroso e Thomas foram os últimos dois que eu deixaria, e fui pra casa de Bingeroso pra tomar uma com eles.

El Bingeroso estava com fome, então pegou um pacote de cookies pré-cozidos do congelador, abriu a embalagem, jogou tudo numa travessa e enfiou no microondas, colocando na temperatura mais alta dos infernos. Nos deu algumas cervejas, e ali revivemos a noite por um tempo, atualizando uns aos outros sobre as partes que não sabíamos. Depois de duas cervas, Kristy saiu do quarto, grogue e com olhos de sono, e disse a Bingeroso:

Kristy: "Que cheiro é este?"

El Bing: "Desculpa, amor, são os cookies queimando."

Kristy: "Ah, tá ok. Dá pra vocês darem uma maneirada? Amanhã preciso acordar cedo pra trabalhar."

Neste momento, Thomas se levantou e disse: "Maneirar? MULHER, TEMOS SORTE DE ESTARMOS VIVOS!!!"

As folias da chupeta

Ocorrido entre 1994 e 2004
Escrito em julho de 2004

Chupetas... doces sons do silêncio. Sexo oral é como escrever. Quando feito direitinho, é sensacional. Mas não são poucas as ocasiões em que as coisas não acontecem como se espera e tudo dá errado; quando isso ocorre, acaba não valendo a pena. Estas são algumas das minhas melhores histórias boqueteiras.

Fale sem cuspir

Foi no colegial que eu descobri que os boquetes poderiam ser um prazer doloroso. Eu estava saindo com uma garota de outra escola do meu bairro. Além de ser uma das garotas mais gostosas que eu já conheci, ela foi uma das primeiras a cair de boca na "criança". Ambos éramos novatos neste quesito e gostamos da novidade. Tudo aconteceu porque eu a convenci — e não estou inventando — dizendo que não se trataria de sexo "real", uma vez que eu não ia gozar em sua boca. Não são as meninas de dezessete muito engraçadas?

As primeiras doze vezes que ela engoliu a "criança", eu, carinhosamente, gozei do jeitinho que ela queria. Uma vez estávamos no meu carro; estacionei bem na frente da casa dela; tínhamos acabado de sair e eu a estava deixando em casa. Em vez de um beijo de boa noite, sugeri um boquete de boa noite. Ela achou uma brilhante ideia.

Eu me extasiei com o risco e a emoção de tê-la chupando a minha piroca a poucos metros da casa onde o pai dela, que eu odiava, a esperava. Estava eu perdido no êxtase sexual do perigoso e jovem boquete quando a ouço soltar um pequeno grunhido. Ela imediatamente se levanta, com a boca meio aberta, cheia de espuminha, com o excesso descendo pelo queixo, tentando pronunciar palavras com som abafado.

"Seuuu flilo dla pluta!!!"

E aí, claro, ela cuspiu tudo bem na minha cara. Com tudo se espalhando em mim.

Enquanto eu me recuperava de ter meu próprio esperma espalhado em todo o meu rosto, ela saiu do carro e foi correndo pra dentro de casa. Eu não estava nem um pouco a fim de encontrar o pai dela com pose de macho pra cima de mim, ainda mais com minha cara toda gozada.

Quando eu me vi a salvo do perigo, não podia fazer outra coisa senão rir muito. Eu não imaginava que esse seria apenas um de uma lista incrível de incidentes chupeteiros.

Srta. Engasgapica

Uma garota que eu namorei no verão logo depois que me formei no colegial, "Jayne", nunca tinha feito um bola-gato antes de começar a sair comigo. Minha experiência me ensinou que sempre que uma garota diz que nunca praticou felação, ela, inevitavelmente, acaba oferecendo o melhor dos boquetes. As que dizem que nunca fizeram são as que fazem melhor. Jayne era uma exceção.

Ela foi a pior das piores que já provei. Eu jamais ouvi falar de alguém tão ruim de boquete quanto Jayne. Os dentes dela machucavam meu pau, ela não tinha ritmo, nenhum entusiasmo e tinha uma boca que, curiosamente, nunca ficava úmida. Horrível.

Depois de um mês de muita dor, ela, enfim, aprendeu o suficiente para que eu não a parasse depois de cinco minutos pedindo uma punheta — ela era ruim assim. Depois de mais ou menos um mês, ela chegou ao ponto de quase resolver tudo sozinha, sem a minha ajuda. Mas tem a parte mais estranha: não importava o quanto ela progredisse, *ela nunca mexia a cabeça*. Mantinha a cabeça paradinha e eu precisava mover o quadril. Isso era assustador, mas eu tinha paciência com ela por ser linda; e eu ainda era jovem o bastante para acreditar que era capaz de amar.

Uma noite, ela estava desempenhando um belo trabalho e eu seguia muito empolgado com minhas reboladas; de repente, tenho uma sensação de algo molhado e morno na virilha. Estava deitado de costas, olhei pra baixo e vi o que parecia MUITO gozo.

Fiquei confuso, porque, embora eu estivesse quase gozando, não achei que realmente tivesse atingido o orgasmo. O líquido era cremoso ao toque, muito escuro e bem mais viscoso que qualquer sêmen que já tinha disparado do meu pau. Minha primeira impressão foi a de que Jayne tinha me doado alguma doença venérea híbrida maluca que me fez descarregar tudo grosso e pesado. Desencanei dessa ideia, mas ainda matutava sobre o que poderia ter saído errado, e disse: "O que você fez com meu pau?"

Ela olhou pra cima, em direção aos meus olhos. A expressão de sua face a entregou:

"Meu Deus! Você acabou de vomitar no meu pau?! Você acabou de VOMITAR NA PORRA DO MEU PAU?!"

Sim, Tucker. Ela fez isso.

Eu ainda acabei namorando a garota por mais dois anos (a beleza faz coisas estranhas à mente masculina), mas Jayne parou de engolir a boneca e a gente focou em sexo vaginal dali em diante.

Na mosca

O seguinte incidente aconteceu alguns anos depois, na faculdade, logo depois de eu descobrir a arte de gozar na cara de uma garota. Muito antes de eu tornar famoso o termo "encharcando o globo ocular", eu era fã de brincar de "tiro à face".

Quando meu clímax se aproximava, eu a joguei de costas e ejaculei a tempo, cobrindo o rosto dela com uma rajada. Sendo neófito, não tinha ideia de como mirar e, acidentalmente, acertei o primeiro e mais forte jato direto no olho dela. Assim que terminei e desabei, muito feliz comigo mesmo e orgulhoso de minha nova pintura, percebi nela a expressão de agonia e dor.

Tucker: "Linda, está tudo bem? O que houve de errado?"

Garota: "Eu... eu não consigo ver... Caramba, arde... tá queimando!"

Eu a ajudei a tirar boa parte do negócio. Nós dois estávamos nus e suados e eu a levei ao banheiro, onde ela lavou o rosto por uns cinco minutos.

Pelo jeito, o sêmen não combina muito com o olho. Eu carinhosamente a apelidei de olhinho vermelho nas próximas horas, até que ela ficou nervosa e não fez mais sexo oral comigo. Pedi mil desculpas. Ela me perdoou, até perceber que eu também tinha gozado no cabelo dela: foi preciso lavar duas vezes para sair tudo.

Nem é preciso dizer que não houve mais jatos no rosto dela. Depois disso, ela engolia cada milímetro de minhas sementes como uma freira tomando a comunhão.

O fantasma da ópera

Uma vez, visitando alguns amigos e parentes em D.C., acabei saindo para beber e fui para casa com uma garota. Vou ser honesto. Ela não era nada atraente. Mas estava na minha e estava lá; e, talvez, o mais importante: emitia vibrações de boa chupeta. Você conhece o tipo: elas não são bonitas nem excepcionais em nada, mas têm um olhar que diz: "Chupo um pau como se tivesse inventado o ato."

Eu estava bem bêbado quando voltamos pra casa dela, mas isso não pareceu incomodá-la. Nem chegamos até o quarto. Ela me atacou logo que a gente passou pela porta, tirou minha calça, empurrou-me para o sofá branco e ajoelhou na minha frente, fazendo o trabalho ali mesmo, na sala.

Meu Deus, eu estava certo: ela me levou às alturas, literalmente e de forma figurada. Ela deve ter passado pelo menos vinte minutos pagando boquete, nunca tirando a boca do meu pênis, lambendo nos momentos exatos e nos lugares exatos. Ela era tão boa que até meus tornozelos suavam. Deus abençoe quem quer que a tenha ensinado.

Assim que ela terminou, foi ao banheiro para lavar a boca (ela é dessas), e eu fiquei de pé para tentar pegar a camisinha no bolso da minha calça; foi quando eu vi o sofá branco: tinha uma mancha ENORME nele.

Primeiro eu ri, depois lembrei que ela é que tinha me levado para a casa dela... e a garota morava a pelo menos trinta minutos de onde eu estava. Assim que a ideia de pegar carona por mais de cem quilômetros passava pela minha mente, ela saiu do banheiro. Merda.

Pensando rápido, coloquei minha calça no sofá e "romanticamente" levei-a para o quarto, onde tive que comê-la três ou quatro vezes antes que ela caísse no sono. Saí de fininho do quarto e coloquei a almofada sobre a mancha, tampando-a.

Não sei se ela chegou a notar a tal mancha.

Bete Boquete

Todos os incidentes que relatei aconteceram quando eu era jovem e acreditava em coisas como sentimentos e emoções. Como fiquei mais velho e me petrifiquei, percebi que eu poderia ser um idiota e me dar bem com isso, então tomei decisões mais arriscadas com os boquetes.

Uma vez eu estava com uma garota que chamarei de "Bete". Ela morava em uma casa com mais três amigas mas todas estavam fora, então a gente se atracou na sala dela. Bete era mestre na arte de representar o papel dela e adorava, especialmente, cair de boca no meu pau. Ela estava atingindo o crescendo de sua bem conduzida sinfonia quando — pouco antes de me entregar à sua boca — a porta da casa dela foi aberta.

A amiga de Bete já estava dentro da casa quando a viu de joelhos me chupando como se estivesse fazendo um teste para um filme pornô. Bete, com os lábios ainda empacotando meu menino firmemente, com uma das mãos nele, ouviu o barulho e olhou para cima. Por um momento os olhos das duas amigas se fecharam, uma passando pela porta e a outra com meu pau na boca. Naquele momento exato, duas coisas aconteceram simultaneamente:

- Descarreguei o material na boca da Bete.
- A amiga gritou e correu de volta para fora.

Eu não gozava havia uns três dias antes desse encontro, e tinha um supermegajato calibre grosso esperando por ela. Isso não caiu bem para Bete Boquete, especialmente porque ela não o esperava.

Bete tentou engolir todo o líquido, mas era demais. Ela não estava preparada, e ainda tentava processar o fato de que sua amiga a vira chupando meu pau; então, começou a engasgar. Não era tosse nem uma pequena engasgada, não: a vaca estava ficando vermelha e morrendo na minha frente, com meu esperma como instrumento da morte.

Eu não sabia direito o que fazer; nunca tinha visto uma mulher engasgar com um pinto antes. Achei que isso só acontecesse em letras de música de rap.

Depois de uns cinco segundos vendo a garota com ânsia de vômito, as palavras da música do Too Short me vieram à cabeça: "Uma jovem morreu ontem à noite, ela se engasgou com esperma...". Então eu fiz a única coisa que achava que poderia fazer: realizei a manobra de Heimlich, aquela técnica de emergência para retirar um pedaço de alimento ou qualquer outro objeto da traqueia para evitar o sufocamento.

Eu a abracei em volta do peito um pouco abaixo dos seios e apertei as costelas com as mãos fechadas, com toda minha força. Depois de mais ou menos três minutos, ela se restabeleceu, cuspiu meu leitinho e começou a gritar: "PARA COM ISSO (tosse), VOCÊ ESTÁ ME MACHUCANDO (tosse), SEU IDIOTA!!!"

Eu acabei tendo que levá-la para o hospital. Não por asfixia — ela nem estava mais engasgada, o gozo a surpreendeu e entrou em seu nariz. Em minha empolgação, na tentativa de salvar sua vida, acabei quebrando uma de suas costelas.

O destaque da noite foi quando o médico me disse no pronto-socorro que eu tinha feito um belo trabalho com a manobra de Heimlich. Pelo visto, é normal quebrar uma costela se você fizer o procedimento certo.

Nunca mais tivemos o prazer de realizarmos aquela velha mágica depois daquela noite. Deve ter sido porque a garota ficou impossibilitada de respirar fundo por dois meses.

Uma bela refeição

Minha história favorita de boquete aconteceu com uma garota com quem eu saí apenas uma vez. Eu a encontrei em alguma cidade, em algum bar em uma noite qualquer — mal lembro da aparência dela (graças à noitada de goró). Tenho absoluta certeza de que ela era noiva, mas de nenhum de meus amigos, então, beleza.

A garota fez um trabalho decente na chupada, especialmente considerando o quanto eu tinha bebido, e me acabei na sua boca. Como uma profissional, ela manteve seus lábios em volta do meu pau até que ele ficasse sem nenhuma gotinha, mas ela mostrava uma estranha expressão no rosto. Ela contorceu as feições um pouco e abriu a boca como se fosse vomitar — o que, obviamente, fez com que eu me jogasse para trás na mesma hora — e, de repente...

"BUUUUUURRRRRRRRRRRRRRRPPPPP."

A mulher arrotou como um marinheiro bêbado — Do MEU LÍQUIDO! Com certeza um dos momentos de maior orgulho da minha vida.

Todo o mundo tem um amigo desses

Ocorrido entre 1999 e 2001
Escrito em junho de 2005

Quando eu estudava na Duke Law, conheci alguns de meus melhores amigos no Mundo. Caras como PWJ, GoldenBoy, El Bingeroso, Hate, JoJo e Credit fizeram os três anos lá serem os melhores da minha vida. Embora todos fossem sensacionais, cada um a sua maneira, um amigo se destacava: SlingBlade.

SlingBlade é branco e mede 1,82m; um cara boa-pinta, exceto por seu enorme nariz. Imagine um jovem Owen Wilson, nariz fodido e tal, mas com um cabelo rentinho. A primeira vez que encontrei SlingBlade foi na biblioteca da faculdade de Direito. JoJo estava sentado com ele, falando merda, e eu me juntei a eles. Eu não conhecia SlingBlade direito na época; mas quando ele começou a falar de um filme que tinha acabado de ver, dizendo coisas como "era tão ruim que pensei em bater um martelo na mão para desviar a atenção da dor que ele me causou" e "assistir a esse filme foi como bater punheta com areia", eu soube que este cara era engraçado e queria ouvir mais.

TOC, Comandos em Ação e seu apelido

Na primeira vez em que fui ao apartamento de SlingBlade, foi para dar uma carona até o bar. Fazia mais ou menos um mês que a gente tinha se encontrado na biblioteca, e eu fiquei um pouco assustado: a casa dele era um templo ao transtorno obsessivo-compulsivo.

Era meticulosamente limpo e espartano ao extremo. A única coisa na sala era uma TV em cima de um rack, uma cadeira na frente dela e um

PlayStation2 embaixo da TV. Os controles estavam enrolados, um de cada lado, equidistantes da base do PS2, que por sua vez estava perfeitamente perpendicular ao rack da TV. Na estante devia haver uns trezentos DVDs, alinhados com rigor e arrumados alfabeticamente por gênero. Ele tinha muitos dos filmes que todo o mundo possui, como *Scarface* e *O poderoso chefão*, mas a maior parte da coleção era de ficção científica. Ele tinha todos os DVDs de *Star Wars* e *Star Trek* de que eu tinha ouvido falar, e outros tantos que eu nunca tinha ouvido falar.

No quarto, só uma cama e uma escrivaninha. A cama tinha lençóis do Batman e uma colcha do Lanterna Verde. Cada espaço do quarto era ocupado por bonequinhos ou "figuras de ação colecionáveis", como ele os chamava. Acho que ele tinha de setenta a cem brinquedos diferentes em todo canto, a maioria deles posicionados como se estivessem brigando; os Comandos em Ação estavam em guerra contra os personagens do Spawn; Super-Homem e a Liga da Justiça lutavam contra os bonecos de *Star Wars*, e dezenas de outros que não consegui reconhecer travavam suas batalhas congeladas uns contra os outros.

Fui momentaneamente encorajado pelo pôster da gostosa da Jeri Ryan que estava na parede... até perceber que ela se vestia como Sete de Nove (o papel dela em *Star Trek*). O fim da picada foi um Yoda falante que ele tinha na escrivaninha. Eu andei e o negócio começou a falar: "Tamanho não importa." Soquei o negócio e ele respondeu com voz aguda: "Cuidado com o lado negro."

Tucker: "Velho, você já trouxe mulher aqui?"

SlingBlade: "Sim... uma vez."

Tucker: "O que ela disse quando viu tudo isso?"

SlingBlade: "Não sei. Nada. Estava tudo escuro."

Não sou expert em brinquedos, mas pude notar que ele tinha tanto as coleções velhas como as novas de Comandos em Ação. Eu amava meus Comandos em Ação — quando eu tinha DEZ anos. Brincando, perguntei:

Tucker: "Os novos Comandos em Ação são melhores que os dos anos 1980? Não vejo como bater o velho Snake-Eyes."

SlingBlade (a exatidão de sua resposta se deve ao fato de ele ter me mandado um texto reescrito. De memória. Você acha possível que ele tenha TOC?): "A resposta é um ressonante *sim*. Os velhos personagens sofriam de uma debilitante doença conhecida como síndrome de fadiga do elástico.

A síndrome ocorria quando você segurava as pernas do Duque ou

Roadblock, os únicos dois Comandos em Ação que você tinha — uma vez que seus pais eram pobres e odiavam você —, e girava a parte de cima para dar um super-hipersoco que fazia o personagem triunfar diante de seus inimigos, algo que acendeu meu deleite adolescente. Esse soco era uma coisa sensacional, utilizada apenas em circunstâncias extremas, como quando o Cobra estava prestes a invadir o forte Lego. 'Por que Lego?', você pode perguntar. Porque seus pais não bancariam a base dos Comandos em Ação. Deus proibiu você de gastar vinte dólares para que seu filho único, que passaria seus anos de formação confinado no quarto por coisas como 'responder' e 'roubar carros', pudesse ter um forte bacana para seus únicos amigos. Coincidentemente o bastante, você não abriria aquela caixa cinza quando aqueles dois fossem parar na casa dos seus pais, anos depois. A revanche é uma merda, não é?

De qualquer forma, depois de muito uso, a tira de elástico acabava se rompendo, partindo seus Comandos em Ação em dois. E você chorava por ter o número de amigos reduzido pela metade.

Havia também um problema conhecido como síndrome do dedo fatigado. A SDF acontecia quando o Comando em Ação desenvolvia um tipo de lepra devido ao uso excessivo: seus dedos caíam e eles ficavam impossibilitados de segurar uma arma. Uma vez que o dedão caía, os bonecos ficavam praticamente inúteis. Neste estado, só serviam pra receber o nome de algum desafeto da escola e serem então queimados numa fogueira ou detonados com fogos de artifício. Nenhum desses problemas existe na versão atual, pelo que pude perceber.

Nota sem relação alguma com esta história: ainda estou solteiro."

Olhando os DVDs dele, vi um filme que não combinava com os temas de gângsteres e ficção científica dos demais títulos: *Sling Blade*. Eu amo esse filme. Perguntei a ele por que o tinha. Ele disse que era seu filme favorito e começou a recitar as falas de cor, no mesmo tom grave, barítono da voz de Billy Bob Thornton no filme.

(Caso você não tenha visto, *Sling Blade* é um filme fantástico sobre um homem semirretardado, chamado Karl Childers. Meu amigo SlingBlade tem uma relação muito pessoal com o personagem principal — feito por Billy Bob Thornton —, por serem ambos muito sensíveis e se sentirem deslocados e machucados em um mundo que não os entende nem os aprecia, e como resultado devem usar uma máscara social que é diferente de seus interiores. A diferença principal é que SlingBlade é um puta gênio, enquanto Karl Childers é meio retardado.)

Era apenas a quarta ou quinta vez que o encontrava, então eu não entendia o quão imprevisível e de lua ele poderia ser. Depois que a gente foi para o bar e tomou umas, eu estava falando com uma jogadora gostosa de futebol da Universidade da Carolina do Norte, e SlingBlade papeava com uma amiga. Eu achei que a menina que falava com ele era uma idiota, porque ele estava com cara de tédio; e quando SlingBlade fica com essa cara, não se faz ideia do que ele pode fazer para se entreter:

Garota: "Então, você gosta da Duke?"

SlingBlade (imagine a voz dele em um tom grave, barítono, como Billy Bob Thornton no filme): "Alguns amigos chamam isso de Kaiser blade. Eu chamo de SlingBlade. Hrrrrmmmm."

Garota (para mim): "Seu amigo está me assustando."

Tucker: "A mim também."

Depois de umas noites disso, parei de tentar impedir e deixava rolar, porque, apesar de tudo, é muito engraçado. Se as pessoas com quem estivéssemos falando enchessem o saco, a gente soltaria estas pequenas partes improvisadas do filme. Geralmente, eu fazia o papel de Doyle Hargraves, o amigo abusado (vivido no filme por Dwight Yoakam):

SlingBlade: "Acho que esta garota está quase transando com você, hrmmmmm."

Tucker (com sotaque caipira): "Rapaiz, cala a boca ou vô te rebentá."

SlingBlade: "Eu quero um pouco dessa vaginer, hrrrmm."

Tucker: "É isso! Linda — estou farto deste retardado dentro de casa!"

Garota aleatória: "O que há de errado com vocês?"

O Argumento McGriddle

Embora pudesse ser estranho de várias maneiras, SlingBlade era um legítimo gênio da comédia. O exemplo mais puro disso é o "Argumento McGriddle". No fórum do meu site, SlingBlade e eu discutíamos sobre um sanduíche que o McDonalds serve no café da manhã chamado McGriddle. Esta é a transcrição básica da discussão:

Tucker: "Cara, essa coisa parece nojenta. Ela tem que ser nojenta, com esse molho de merda em cima. O que é isso?"

SlingBlade: "Levando em conta sua atitude tão desdenhosa, posso afirmar que você ainda não degustou a maravilha que é o McGriddle. Deixe-me explicar. O que acontece é que Deus cultiva os McGriddle nos Campos Elíseos aplicando um encantamento nunca usado antes. Ele então os leva magicamente até nosso local de repasto, onde algum desgraçado cozinheiro do gueto que o McDonalds resgatou do hospital público àquela semana embrulha um deles em celofane e dá para você, o afortunado consumidor. Você deve ingerir essa iguaria na esperança vã de que suas papilas gustativas possam, de alguma maneira, sentir as deleitáveis particularidades que lhes são apresentadas. Isso é ovo? Claro que é, isso é ovo, sim... e bacon também. Mas espere — eles não adicionaram... sim, adicionaram: eles adicionaram queijo. E então, meus amigos, eles envolveram isso em um suntuoso sanduíche de panqueca! Enquanto suas papilas gustativas tentam processar este maravilhoso fluxo de informação, ELE as atinge — o molho do nugget. A PORRA DO MOLHO DO NUGGET! Ele se anuncia com uma explosão de grandiosidade confeitada nunca antes vista por seu palato."

Tucker: "Então você gosta disso?"

SlingBlade: "Se você falar mal só MAIS UMA VEZ do McGriddle serei obrigado a enfiar um deles na sua goela enquanto como seu cu usando o celofane como camisinha, e ainda te esmurrarei quando o molho do nugget explodir na sua boca."

Ironicamente, acho que isso recebeu mais comentários das pessoas no fórum do que qualquer outra coisa que eu já tenha escrito antes.

"Bem-vindo à minha vida"

Mas entre todas essas esquisitices, uma característica realmente define SlingBlade: seus problemas com mulher. Nas primeiras vezes em que saímos foi sempre a mesma coisa: Eu chegava em uma gostosa, ele ia de parceiro e xavecava a amiga dela, mas, invariavelmente, ele ficava deprimido e/ou puto com a garota, insultava-a e a fazia sair correndo, chorando ou puta da vida com ele. A princípio isso incomodava, porque a gostosa com quem eu estava conversando geralmente ia embora com a amiga chateada/puta da vida. Mas depois que eu me acostumei, fiquei mais intrigado do que irritado. Ele era um cara decente e bem-apessoado que não apenas perdia uma foda: fazia isso de propósito. Quem faz esse tipo de coisa?

Eu tinha que arrancar isso dele, mas acabei descobrindo o que era talvez a história que melhor definia sua vida: Ele e sua namorada do colégio, o amor da vida dele, foram para faculdades diferentes. SlingBlade nunca a traiu porque era um cara honesto, mas ela não possuía a mesma integridade: transou com metade da faculdade dela e nunca contou nada. Pelo menos não até ele ir visitá-la e não entender por que todos aqueles caras ficavam batendo na porta do quarto dela e perguntando o que iria fazer mais tarde...

Ele tomou um fora e foi mandado embora. Nunca se recuperou e, ainda hoje, não consegue lidar com mulheres de forma significativamente romântica.

Depois desse tipo de trauma, eu entendi esses problemas de intimidade; mas ele ainda devia ser capaz de dar uns pegas. Você não precisa estar apaixonado para transar, certo? Até mesmo ele concordou com essa linha de pensamento, a princípio, mas isso não funcionava com meu amigo, na prática.

Você conhece aquela frase: "Eu nunca faria parte de um clube que me aceitasse como sócio"? SlingBlade presumiu que qualquer garota de que ele gostasse o suficiente para querer fazer sexo não iria querer transar com ele. Mas qualquer garota que quisesse transar com ele sem conhecê-lo e respeitá-lo primeiro seria automaticamente classificada como vagabunda... e ele se recusava a dormir com uma garota que visse como uma vagabunda. Este pensamento absurdo garantia que SlingBlade não pegasse ninguém.

Some a isso a falta de tolerância dele com burrice e seu enorme desdém pelo comportamento lascivo feminino, e combine com o fato de que eu chegava junto em várias garotas que se encaixavam com perfeição nas categorias de estupidez e vagabundagem, as quais ele odiava — e você teria uma receita para comédia. Este é apenas um exemplo:

Alguns meses depois da formatura na faculdade de Direito, fui para Washington visitar SlingBlade em um final de semana. Ele estava péssimo, mesmo para os padrões dele.

Trabalhar setenta horas por semana fazendo revisões de documentos como temporário (o mais baixo nível de trabalho legal), morando em um apartamento de merda supervalorizado em Alexandria, sem mulher — nem potencial de mulher — SlingBlade caíra em uma depressão que eu jamais tinha visto. Pelo que eu percebia, a única coisa que poderia dar-lhe alguma alegria era ganhar do colega de quarto no Tetris. Eu decidi arrancá-lo de casa, embebedá-lo e ver se conseguia tirá-lo do fundo do poço.

Fizemos os preparativos na casa dele, ficamos calibrados e fomos para um bar em Clarendon que estava lotado de gostosas. Do outro lado do bar eu vi o que parecia ser uma garota muito gostosa.

Tucker: "Olha lá, aquela garota é um tesão."

SlingBlade: "Ela parece bonita no escuro."

Tucker: "Como assim? Ela é um tesão."

SlingBlade: "É mesmo? Vamos ver: Ela é uma loira, alta, vagabunda e você está bêbado. O cupido falou."

Fomos até lá, mas antes que eu pudesse chegar junto, vi, para minha decepção, que SlingBlade estava certo: seu rosto bonito e os peitos melhores achavam-se acima de uma bunda gigante e pernas de elefante. Essa garota tinha a parte superior do corpo saída da capa da *Playboy* e a parte de baixo de alguma revista de hipertrofia.

SlingBlade: "Hahahahahaha! Bem-vindo a Zerópolis, população: ela."

Tucker: "Preciso beber mais."

SlingBlade: "Bem, você sabe quem chamar se o seu carro morrer e você precisar de um empurrão."

Tucker: "Cara... me deixa sozinho. Se eu pegar essa garota, você poderá me zoar à vontade amanhã, mas me deixa ter minha ilusão hoje."

Ela se aproximou e começou a me paquerar antes mesmo que eu pudesse tomar minha bebida. Fiz meus joguinhos durante o papo, não porque eu estava tentando agilizar as coisas; eu tentava me apressar e ficar bêbado para tornar as pernas dela mais finas.

Tucker: "Então, o que você faz da vida?"

Pernas de Elefante: "Bem, estou quase me formando, mas trabalhei como modelo um pouco... provavelmente, vou continuar fazendo isso depois de me formar."

SlingBlade: "Você é modelo? Certo. E o 'S' vermelho no meu peito significa que eu sou o Super-Homem." (Eu mencionei que ele estava vestindo uma camiseta do Super-Homem em um bar?)

Pernas de Elefante: "Eu sou modelo!"

SlingBlade: "Eu poderia acreditar que você é uma modelo, se você não tivesse pernas tão gordas. Espere: você estava num catálogo de roupas plus size? Esse tipo de trabalho?"

Pernas de Elefante: "NÃO!"

Tucker: "Cara, pra seu governo: sabe quanta grana modelos tamanho G ganham? Muita."

Pernas de Elefante: "EU NÃO SOU UMA MODELO TAMANHO G!!! Olha aqui... a Ford assinou um contrato comigo semana passada!"

SlingBlade: "Tanto faz. Você conseguiu isso com a bunda."

Uma coisa legal sobre a atitude do SlingBlade é que ele era realmente bom em fazer o papel do Cara Mau. Quando você está xavecando garotas, algumas vezes ter um amigo cretino pode funcionar a seu favor. Mesmo que a garota estivesse puta e bufando pra cima de SlingBlade, isso a fez gostar mais de mim. É mais fácil ser o Cara Legal quando um Cara Mau está próximo, mas esta situação a fez realmente querer transar comigo, só para provar que o Cara Mau estava errado e que ela era desejável.

Mas existe um limite para o que uma garota pode suportar antes de ficar puta e ir embora. Eu falei com ela mais um pouco, reafirmei minha posição e então fui dar uma volta com SlingBlade para tentar arrumar alguém para ele. Claro que, se rola um lance desses para mim, pode ter um a mais para ele.

As garotas de um outro grupo com quem conversamos eram realmente bonitas, e uma delas parecia interessada no SlingBlade.

Garota: "Eu já te vi em algum lugar."

SlingBlade: "Talvez a gente vá à mesma loja de quadrinhos."

Ele disse isso de forma sarcástica, mas a ficha dela não caiu.

Garota: "Não, não… não é isso. Eu acho que te vi pedalando outro dia, lá em Ballston."

SlingBlade: "Você é idiota?"

Garota: "O quê?"

SlingBlade: "Sim, eu estava pedalando até a sex shop. Eu vou lá de bicicleta para que ninguém me reconheça."

Garota: "Preciso encontrar minhas amigas."

Arrumei outra dupla de garotas bem bonitinhas. As coisas estavam correndo muito bem para mim… infelizmente a garota de SlingBlade não estava à altura do desafio:

Garota: "Espero conseguir um mestrado em Psicologia depois de me formar."

SlingBlade: "Uma pessoa tem que ser muito inteligente para ter um mestrado em Psicologia."

Garota: "Eu sou inteligente."

SlingBlade: "A coisa mais inteligente que já passou pela sua boca foi um pênis."

Garota: "Eu não sou estúpida!"

SlingBlade: "Ou isso para de falar com seu superior intelectual, ou isso vai levar."

Ela se virou e saiu andando.

SlingBlade apertou os próprios mamilos como Buffalo Bill, em *O silêncio dos inocentes*.

SlingBlade: "Eu me comeria!"

Tucker: "Cara, você percebe que quando insulta uma garota, não só não fode com ela, mas também despacha o grupo de amigas dela inteiro? Consegue ver aquelas garotas com quem ela se sentou? Até onde sei, para aquele grupo acabamos de nos tornar leprosos."

SlingBlade: "Você ouviu o papo sem sentido que saía daquela boca?"

Tucker: "Cara, sou seu melhor amigo. E preciso da sua ajuda aqui."

SlingBlade: "Melhor amigo? Não consigo nem começar a elucidar meu ódio por você."

Tucker: "Esta é a parte engraçada: eu realmente sou seu melhor amigo, mas se eu morresse amanhã não sei se você iria ao meu enterro."

SlingBlade: "Não sei. Talvez… se não estivesse passando nada legal na TV."

Tentei arrumar outra garota para ele, mas minhas possibilidades terminaram antes que eu trouxesse as bebidas. Na hora em que eu estava pedindo, ele gritou: "SEXO ORAL NÃO VAI PREENCHER O BURACO NA SUA ALMA!!!"

Isso selou o destino dele com todas as outras garotas do bar. Então, voltamos a atenção para Pernas de Elefante. Em um golpe de sorte, nessa hora ela estava com uma outra garota, que era muito bonita, tinha um corpo legal e parecia gente fina, e ela e SlingBlade se deram bem. Quando o bar fechou, nós quatro decidimos ir para o restaurante IHOP juntos. Quando estávamos saindo, puxei SlingBlade de lado:

Tucker: "Cara, seja legal, essa garota gosta de você e quer dar uns amassos. Seja você mesmo e tudo vai dar certo. Ela parece ser uma garota legal."

SlingBlade: "É, eu também acho. Se ela não achar que minha mistura única de inteligência cáustica e sátira política é interessante, terei de usar o plano B: humor negro e referências veladas à masturbação.

Eu deveria tê-lo empurrado no farol naquela hora para salvar a noite. Mas... o que posso dizer? Sou um amigo leal.

Chegamos ao IHOP e lá havia umas trinta pessoas, a maioria negros e hispânicos, esperando em uma fila. SlingBlade furou a fila, gritando: "Tem pessoas brancas precisando comer, deem espaço, pessoas brancas precisam de uma mesa, saiam da frente."

Aquilo era obviamente uma piada e a maioria percebeu e riu. O policial na porta não riu.

Policial: "Se o seu comportamento não melhorar, você vai ter que resolver isso em uma cela."

SlingBlade: "Beleza, sr. Distintivo de Plástico. Então, em qual parte da prova da polícia você bombou, hein? Talvez na parte que falava de hospitalidade."

Tucker: "Cara, ele é um policial de verdade."

SlingBlade: "Oh... estamos indo embora agora."

Fomos com as garotas para o outro lado da rua, no Denny's. Eu acho que eles tinham padrões mais baixos para aceitar bêbados do que o IHOP, porque nos deram uma mesa na mesma hora. SlingBlade foi ao banheiro e quando voltou disse a todos: "Cara, tomar antibióticos e depois cerveja não é uma ideia muito boa. Eu acabei de soltar uma sinfonia de movimentos intestinais, cada um com tons e melodias diferentes. Parecia que tinha um xilofone de cocô lá no banheiro."

Eu achei isso hilário, mas as garotas não. Algumas pessoas realmente não têm humor de banheiro. Depois que pedimos, SlingBlade e Garota Bonita começaram a se conhecer melhor.

Garota Bonita: "O que você faz no seu tempo livre?"

SlingBlade: "Esquartejo putas da Guatemala e enterro os restos em covas rasas na beira da estrada interestadual."

Garota Bonita: "Conte-me sobre sua família, como eles são?"

SlingBlade: "Meu pai era tão ruim que deu dez dólares para mim e minhas irmãs na noite do Natal, mas depois pegou de volta, quando estávamos dormindo; e então nos surrou na manhã de Natal, dizendo que a gente tinha perdido o dinheiro."

Ela era uma garota legal, mas não estava entendendo as piadas. Sentindo a noite melar, tentei mudar o foco da conversa para o ex de Pernas de Elefante. Ele era um idiota completo, e percebi que esse tipo de conversa combinava mais com a velocidade intelectual de Garota Bonita.

Pernas de Elefante: "Sim, ele tinha vinte e seis anos, e eu, vinte, quando nos conhecemos, em um Macaroni Grill, onde eu estava jantando com minhas amigas, numa cidade do interior repleta de faculdades.

SlingBlade: "Ele era um gerente assistente de um Macaroni Grill? HAHAHAHAHA. Esse parece um campeão. Ele era um caipira? Tinha cavanhaque e dirigia um Firebird enferrujado?"

Pernas de Elefante: "Não, ele era um cara bem legal. Bem legal mesmo."

SlingBlade: "Ele parece o tipo de cara que declararia seu amor por uma garota com uma pichação na beira da estrada. Aposto que a agenda dele incluía gritar com a cara no travesseiro e chorar até dormir, já que a vida dele era uma merda."

SlingBlade decidiu que a comida dele estava demorando demais e que ele poderia fazer melhor do que o cozinheiro; então, levantou-se da mesa e foi para a cozinha. Não tinha ninguém lá. Ele começou a mexer na chapa, girando botões e interruptores até ligar o treco. A cozinheira entrou e o viu lá; então, parou e ficou olhando com espanto por alguns segundos, vendo-o despejar mistura de panqueca na chapa.

Ele viu a mulher, que perguntou o que ele fazia ali; ele respondeu: "Estou com fome. Vou fazer algumas panquecas para mim."

Ela não achou isso engraçado, e tivemos que deixar nosso segundo restaurante da noite.

As garotas estavam em seu próprio carro e no estacionamento tentamos pensar no que fazer. Garota Bonita teve uma boa ideia:

Garota Bonita: "Sabe... Eu tenho uma banheira em casa. O que vocês diriam se eu os convidasse para ir lá?"

SlingBlade: "Oláááá, infecção urinária!"

Tucker: "Ele tem plano de saúde. Vamos com vocês."

No carro, SlingBlade parecia tão feliz quanto um mórmon recebendo uma dança de uma stripper.

Tucker: "Olá, infecção urinária? Que porra de problema você tem?"

SlingBlade: "Por que tantas mulheres me enojam?"

Tucker: "Porque você é um doente e não consegue superar sua ex. Vai pegar ou não? Aquela garota está a fim de você."

SlingBlade: "É, eu também acho. Ela parece legal. Não sei."

Chegamos à casa delas e já tem um monte de gente lá; aparentemente, uma das colegas de quarto estava dando uma festa naquela noite. Garota Bonita nos serve algumas bebidas, nós nos sentamos e ficamos conversando por um tempo antes de Pernas de Elefante entrar comigo na banheira e começar a me beijar. Alguns minutos depois, ouço SlingBlade gritar lá de dentro:

SlingBlade: "Por que você não quer ficar comigo? O quê? Meu bafo de cerveja te incomoda? Oh, lógico, o papai aqui bebe demais!"

SlingBlade veio até o deck.

SlingBlade: "Estou indo embora."

Tucker: "Por quê? O que aconteceu?"

SlingBlade: "Vou para casa buscar minha arma e matar todo o mundo aqui."

Ele sai antes que eu possa colocar minha cueca (Pernas de Elefante a tinha arrancado na banheira) e alcançá-lo. Encontro Garota Bonita.

Tucker: "Que porra aconteceu? Por que ele foi embora?"

Garota Bonita: "Eu não sei. Seu amigo é estranho."

Tucker: "Tem que ter uma razão. Ele não é de sair assim."

Garota Bonita: "Bem, eu acho que ele ficou bravo quando tentou me beijar."

Tucker: "O que houve?"

Garota Bonita: "Eu me retraí."

Tucker: "O quê? Por que o convidou se não gostou dele?"

Garota Bonita: "Não sei. Pensei que tinha gostado, mas na hora..."

Eu não conseguia acreditar que a vagabunda tinha flertado com ele a noite inteira — e, sem dúvida, ela estava flertando — e, então, deu pra trás na casa dela, depois de convidá-lo para ir lá. Não precisava dar para ele, mas negar um beijo, depois de tudo, foi mancada demais. Especialmente para ele; esse cara não tem muita autoestima quando lida com mulheres, para começo de conversa.

Ele não atendia ao celular, então acabei voltando para a banheira com Pernas de Elefante, que, depois de vinte cervejas, parecia surpreendentemente gostosa de biquíni. As coisas esquentaram, e entramos para finalizar o negócio, quando ela joga uma bomba em cima de mim:

Pernas de Elefante: "Não sei se podemos transar. Vou perguntar pra minha amiga."

Tucker: "O que você quer dizer com isso?"

Pernas de Elefante: "Bem, eu não moro aqui. Sou de Ohio. Todos os quartos são das colegas dela. Eu vou ver se ela me deixa usar o quarto dela."

Caralho! PORRA!

Claro que Garota Bonita fala que não. Ok, tudo bem, posso entender que ela não queira pessoas transando em sua cama. Então passo para outras opções. Pernas de Elefante não quer transar no pátio — "Alguém pode nos ver". Nem no sofá-cama — "Tem mais gente dormindo na sala. E se eles acordarem?".

Em uma derradeira tentativa de salvar a noite, faço o que penso ser uma proposta bem razoável: Perna de Elefante pega o carro de Garota Bonita e nós vamos até a casa de SlingBlade transar. Ele tem uma cama a mais.

Você consegue adivinhar o que a Princesa Empata-foda falou para a amiga? "Não."

Eu estava puto. Garota Bonita acabou com o que poderia ter sido uma grande noite, acabou completamente, por nenhuma outra razão além de frescura. Tudo bem, vaca: Eu tenho algo para você.

Na manhã seguinte, acordei mais cedo, fui até o banheiro e tranquei a porta. Tirei a tampa da privada e soltei um cagão monstro, bem dentro do vaso. Eu já fiz vários gols na vida, mas esse foi o primeiro na louça.

Então, peguei um canetão que encontrei e escrevi na parte de baixo da tampa: "Isto é por SlingBlade. Sua puta."

Eu coloquei a tampa de volta e usei quase meio rolo de papel higiênico para limpar a bunda, colocando tudo dentro da privada. Como esperado, ela entupiu quando dei descarga, espirrando água com merda pelo banheiro inteiro.

Pedi um táxi na hora para a casa de SlingBlade e parei para me despedir de Pernas de Elefante ao sair. Estava rindo histericamente.

Pernas de Elefante: "O que é tão engraçado?"

Tucker: "Fale pra sua amiga que eu não sinto muito. Ela vai entender."

Peguei o táxi de volta à casa de SlingBlade, rindo o caminho inteiro, e entrei na casa por volta de uma da manhã, rindo. Eu o encontrei sentado na cadeira em frente à TV, suado, com os punhos fechados de fúria e um olhar de perigo iminente que eu nunca havia visto.

Tucker: "Cara, o que você tem?"

Ele apontou para a janela do carro. Os para-brisas da frente e traseira não estavam ali, e o capô e o teto tinham várias marcas.

Tucker: "Meu Deus! O que aconteceu com seu carro?"

SlingBlade: "Eu não quero falar sobre isso."

Tucker: "Por que você está todo molhado?"

SlingBlade: "Eu não quero falar sobre isso."

Tucker: "Você passou a noite inteira sentado aí?"

SlingBlade: "Eu não quero falar sobre isso. Deus obviamente me odeia. Odeia. Nada dá certo. Tudo que eu quero é paz e quietude. Uma vidinha com meu Nintendo e gibis. É querer demais?"

Depois de algumas horas ele se acalmou e descobri o que aconteceu:

Chovia forte na estrada quando ele voltava. Ele estava na pista da direita, ainda imerso em autocomiseração, e não notou que estava no ponto cego de um caminhão. Percebeu tarde demais que o caminhão estava mudando de faixa para sair da estrada. SlingBlade teve que desviar com tudo para evitar que o caminhão batesse, mas ia rápido demais, a pista estava escorregadia; ele acabou batendo em uma placa a uns 90 km/h.

A placa acertou o para-choque e entrou no capô, deixando uma marca funda, e então pulou e caiu em cima do teto, fazendo os vidros pularem para fora.

O motorista do caminhão continuou seu caminho, sem perceber o que fez. Nas próprias palavras do meu amigo:

SlingBlade: "Depois que a placa destruiu o meu carro, eu pisei nos freios e parei. Quando meus batimentos caíram para menos de duzentos, consegui tirar meus dedos do volante e agradecer a todas as entidades pelo fato de ainda estar vivo. Tive que chutar os vidros para terminar de arrancá-los, porque estavam rachados e caindo. Quando recuperei controle motor suficiente para dirigir, encostei e percebi que mesmo que as entidades tivessem salvado minha vida, os deuses ainda estavam me zoando... e cada gota de chuva que acertava minha cara pelo buraco onde ficava meu para-brisa era prova disso."

Tucker (sem conseguir segurar o riso): "Que merda."

SlingBlade: "É, uma merda. Bem-vindo ao meu dia a dia."

Tucker: "Calma lá, cara. O destino pode te foder, mas eu fodo com o destino."

Contei para ele o que tinha aprontado. Ele me disse que eu era uma pessoa ruim; mas esta foi uma das poucas vezes que o vi sorrir de verdade.

Prefiro ficar sem boceta

SlingBlade e eu fizemos estágio no mesmo escritório de advocacia no verão depois do nosso segundo ano. Uma noite desse verão exemplifica bem nossa amizade e explica SlingBlade como pessoa:

Nós morávamos no sul de São Francisco e estávamos guiando pela cidade até uma festa. No caminho, um policial na frente da gente, indo sem pressa e com as luzes e sirenes apagadas, ultrapassou um sinal vermelho. SlingBlade pirou. Embora ande comigo, ele é uma pessoa de moral alta e integridade. Para ele, ou você está certo ou está errado; e esse policial estava errado. Meu amigo começou a buzinar, piscar os faróis e dar sinal para o policial encostar.

Tucker: "O que você está fazendo? Ele é um policial!"

SlingBlade: "Vou denunciá-lo! Ele atravessou aquele sinal vermelho!"

Tucker: "Ah, meu caralho... Você tá louco?"

SlingBlade: "Me dá seu celular, vou discar 190."

Felizmente, ele não conseguiu ficar com as mãos fora do volante tempo suficiente para arrancar o telefone de mim; eu o acalmei e fomos para a festa. Era a festa de lançamento de uma empresa chamada Eveo.com, numa baladinha chamada Ruby Skye. Logo depois que chegamos, duas garotas vestidas com roupa de balada e maquiagem borrada vieram falar com a gente:

Garota 1: "Meu Deus, eu sei quem você é!"

Tucker: "Não sou o pai do seu filho."

Ela riu um pouco e me deu um sorriso maroto.

Tucker: "Brincadeira. De onde você acha que me conhece?"

Garota 1: "Você é o cara que tem aquele site, com o aplicativo de encontros, não?" (Isso significou muito na época, porque foi quando meu site quase não tinha visitas e eu só tinha o aplicativo de encontros nele.)

SlingBlade: "Meu Deus, que tipo de vagabundas são essas?"

Tucker: "Pare com isso, cara. Sim, vocês estão certas, eu sou o cara do site."

Garota 1: "Uau! Eu sabia! O que eu ganho?"

SlingBlade: "Um caso incurável de hepatite C e anos de dor emocional."

Tucker: "Pare com isso."

SlingBlade: "Alinhe os corpos, Max. Você sabe o esquema — eu bebo ou elas saem chorando!"

Na maioria das vezes, a única maneira de fazê-lo me ajudar com garotas de que ele não gosta é deixá-lo muito bêbado... Hora de dar cinco doses de Jagermeister para, aí sim, ser a hora de soltar SlingBlade.

Pegamos uma mesa para beber e conversar. A garota com quem SlingBlade estava conversando, Garota 2, o achou engraçado e ria das piadas dele. Tudo corria bem até que a Garota 1 decidiu foder com tudo ao contar para SlingBlade que ela tinha um namorado apenas para traí-lo, especialmente com caras iguais a mim. Pra quê...

SlingBlade: "Bem, você não é incrível? Estou feliz em ver que as aulas de 'vagabunda sem valor' foram vantajosas para você."

Garota 1: "Humm...Você não pode ficar me sacaneando. Tá usando uma camiseta do Batman em uma balada."

SlingBlade: "Prefiro chupar ferro quente a ouvir conselhos de moda de você."

Garota 1: "Você precisa de conselhos de moda, já que se veste como um moleque."

SlingBlade: "Melhor ser um moleque do que uma prostituta do Bowery."

Tentei acalmar as coisas, mas eles começaram de novo.

SlingBlade: "Você tem algo na vida além de trabalho e sexo oral? Eu não estou contando as seringas vazias e camisinhas usadas que decoram o chão do seu apartamento."

Garota 1: "Sim! Eu faço várias coisas! O que você faz além de trabalhar? Fica vendo desenhos do Batman o dia inteiro?"

SlingBlade: "Garota, não desrespeite o Batman ou vai ver este garfo entrar no seu olho. Eu não apenas vejo o Batman, também faço academia. Você poderia tentar fazer isso alguma hora."

Garota 1: "Com licença, idiota, preciso ir."

SlingBlade: "Ir?! O quê? Você vai até a geladeira durante os comerciais? Hein, gordinha?" (A garota não era gorda, mas SlingBlade gosta de apertar os botões óbvios da insegurança feminina.)

Garota 1: "Você é muito cuzão."

SlingBlade: "Fica na boa, magrela, não odeie o mensageiro. Só por curiosidade: você já comeu de tudo?"

Tucker: "Pare com isso."

SlingBlade: "Ela já, o fruto proibido."

Tucker: "Ô, cabeção, essa é minha cerveja. Tire a tampa e cale a boca."

Levei a Garota 1 até o bar para acalmar as coisas, porque, diferentemente do Coronel Masturbação, eu queria comer a garota com quem estava conversando. A Garota 2 na verdade pensava que SlingBlade era engraçado, então continuou à mesa conversando com ele.

Garota 2: "Então, você é solteiro?"

SlingBlade: "Eu prefiro o termo 'vaginalmente deficiente'."

49

Garota 2 (rindo): "Você é tão engraçado. Não acredito que ainda seja solteiro."

SlingBlade: "Sou um ejaculador precoce socialmente ansioso de vinte e cinco anos e estou usando uma camiseta do Batman. Como pode não acreditar que eu ainda seja solteiro?"

Depois de algumas bebidas consegui fazer a Garota 1 se acalmar e voltar para a mesa. A Garota 1 e a Garota 2 imediatamente foram para o banheiro.

Tucker: "Então, essa garota parece gostar de você. E ela é bem gostosinha. Você vai finalmente fazer algo?"

SlingBlade: "Talvez. Ela tem um filho de dois anos... bem, pelo menos sei que ela dá."

Tucker: "Quer beber mais?"

SlingBlade: "Sim, tanto faz. Não é que eu possa me odiar mais do que estou me odiando agora."

Eu acho que foi o ator George Burns quem falou: "Só preciso de um drinque para ficar bêbado. O problema é que não me lembro se este é o trigésimo ou o quadragésimo." A mesma coisa poderia ser dita sobre SlingBlade pegar alguém: para que isso aconteça, ele tem que atingir o nível perfeito de embriaguez. Tem que ser álcool suficiente para deixá-lo realmente torto, mas sem perder o controle. O problema com isso é que a tolerância dele é horrível, o que lhe confere pouca margem para erro. Se ele não bebe o bastante, continua achando que a mulher é uma vagabunda e nem toca nela; mas se bebe demais, ele vomita e/ou capota. É uma operação delicada deixá-lo dentro da Zona de Abate dele.

Bebemos uma dose, e depois outra. Quando as garotas voltaram do banheiro, ele sorriu ao ver a Garota 2. Fiquei empolgado porque achei que havia conseguido alcançar o ponto com precisão. Olhei para o meu amigo meia hora depois, e sua cabeça estava enterrada entre as mãos e ele resmungava para o próprio copo:

SlingBlade: "Álcool, eu sei que posso confiar em você. Você não vai me deixar como aquela vagabunda suja fez, vai?"

Garota 1: "O que tem de errado com seu amigo?"

Tucker: "Ele tem problemas com mulheres. E álcool."

SlingBlade: "Meu fígado está doendo, meu fígado está morrendo."

Garota 2: "Ele é tão engraçado."

SlingBlade: "Se você não me achasse completamente repulsivo, não estaria prestando atenção."

Garota 2: "Você não é repulsivo."

Garota 1: "Sim, ele é."

Neste momento, um cara de muletas passa pela nossa mesa.

SlingBlade: "Eu queria ter muletas como as dele, porque então poderia me surrar até a morte com elas... isso seria melhor do que esta noite que estou tendo."

Os banheiros lá eram do tipo que só permite a entrada de uma pessoa por vez. O cara aleijado tinha que deixar as muletas para fora enquanto mijava. Vendo esta oportunidade, decidi melhorar o clima, à custa dele. Corri até lá e joguei as muletas dentro do banheiro feminino. Na mesa, eu não conseguia controlar o riso, porque eu sabia o que ia rolar depois:

"Onde foram parar minhas muletas?"

Garota 2: "Hahahaha — vocês são tão engraçados!"

SlingBlade (fazendo a voz de SlingBlade): "Como um homem poderia chamar a polícia, ele está tão inclinado a isso, hrrrnmm."

Tucker: "Jesus... de novo, não."

A Garota 1 e eu decidimos ir até a casa dela (sabe, para sexo — coisas que pessoas normais fazem às vezes), deixando a Garota 2 e SlingBlade na mão do destino. Eu não vi o que aconteceu depois; SlingBlade me contou no dia seguinte:

Ele continuou bebendo até que a Garota 2 foi embora. Sem ele. Aparentemente, ela se cansou de ficar ali enquanto ele capotava e a chamava de puta usando a voz de SlingBlade. Depois que ela se foi, ele ficou andando pelo bar, até que decidiu que precisava ir até o banheiro.

No caminho para o banheiro ele começou a tombar para direita e na tentativa de corrigir isto ele tombou para a esquerda. Em vez de se endireitar, ele acabou batendo a cabeça na parede, o que o fez cair de costas no chão. Isso bem na frente de um monte de gente, todas rindo dele.

Ele estava tão bêbado que simplesmente ficou lá por um minuto, tentando lembrar como levantar. Por fim, ele rolou, mas não conseguiu se levantar. Começou a rastejar, como um soldado, até uma cadeira próxima. Uma vez lá, escalou a cadeira, olhou para a plateia, que estava rindo, apontou para si mesmo e gritou: "Ainda solteiro, garotas!"

Onde ele está agora?

SlingBlade é hoje uma pessoa bem diferente da que era na época em que estas histórias aconteceram (a maioria delas entre 1999 e 2002). Eu lhe implorei para que criasse um site como o meu, onde ele poderia exibir seus incríveis talentos cômicos; mas meu amigo se recusou repetidas vezes, seguindo um rumo bem diferente. Acabou dando tudo certo: hoje em dia ele é uma pessoa bem mais alegre, principalmente, por causa do seu novo emprego. Ele me pediu para não escrever nada sobre sua ocupação atual e, é claro, vou respeitar seu desejo.

E sim, mesmo que ele tenha vendido todas as suas figuras de ação colecionáveis no eBay (com lucro, como ele gosta de frisar) e que não durma mais com lençóis do Batman, SlingBlade ainda é solteiro.

Tucker come uma gorda: hilaridade posterior

Ocorrido em março de 2000
Escrito em agosto de 2004

Todos já fizemos isso.

Todos já comemos uma gorda, acidentalmente.

Você começa a noite com as melhores intenções. Mas depois você se encontra num estado tão lastimável que não sabe nem onde pôs a calça de tão bêbado, e dá de cara com uma garota com a bunda maior que a cama. Dar uns amassos e comer uma gorda é quase um rito de passagem para o homem norte-americano. Não há vergonha nisso.

Poucos de nós comeram uma gorda *de propósito*. Vou ser honesto: devo ser um membro deste clube. Mas isso é discutível. Deixe-me explicar.

Tudo começou em março de 2000, o primeiro mês em que o site estava no ar. Eu tinha vinte e três anos e estava no segundo ano do curso de Direito. Tuckermax.com começou originalmente como um site de encontros em que fiz um teste. Meus amigos achavam a página engraçada, mas queriam ver resultados:

PWJ: "Tucker, o site é muito legal, mas você mesmo tem que conseguir um encontro de verdade através dele."

Tucker: "Não sei, não."

Hate: "Max! Como pode colocar este site no ar e não sair nem sequer com uma garota? É muito fraco."

Tucker: "Não sei; tem umas loucas me mandando e-mails."

Hate: "O que mudou em relação ao passado?"

SlingBlade: "É diferente das loucas que você pega nos bares?"

PWJ: "Cara, você não pode colocar o negócio no ar e nunca sair com ninguém. Você tem que testar. Pelo menos uma garota."

Tucker: "Beleza. Pode ser. O que de pior pode acontecer?"

Hate: "É isso aí! Essa linha de pensamento sempre combinou com você!"

Mas eu não tinha prometido aos meus amigos que ia só sair com uma garota pelo site, mas acabei prometendo que ia fazer o meu melhor para me dar bem com ela.

Então, é claro, fazendo essa promessa, não peguei perfis de nenhuma menina da área de Durham, NC. Sei que isso soa ridículo neste momento, uma vez que recebo dúzias de propostas diariamente de garotas, mas vale lembrar que quando o site começou era totalmente desconhecido fora do meu círculo de amigos. Talvez trinta pessoas por dia o visitassem, se muito. Só havia três histórias minhas no ar. E a noção de que este site se tornaria algo além de piadas estúpidas nunca havia me passado pela cabeça. Se você me dissesse que, em dois anos, meu site se tornaria meu caminho para a fama, eu teria rido e lhe diria para parar de puxar meu saco.

Uma semana se passou, e nada. Duas semanas, nada. Três semanas, nada. Começava a me desesperar, pensando em toda a merda que teria de ouvir de meus amigos por não poder arranjar um encontro sequer sendo o dono de um site de encontros, quando, finalmente, uma menina me mandou um e-mail. Ela acabara de mudar para Raleigh por causa de um novo emprego, não conhecia ninguém e achou que eu era engraçado. A gente trocou alguns e-mails e ela me parecia legal e normal o suficiente, mas eu tinha de fazer algumas perguntas antes de ela me mandar uma foto. Quando eu vi a foto, ficou claro por que haviam sido três e-mails até que tomasse coragem para me mandar.

Senhoras e senhores: ela é gorduchinha.

Em circunstâncias normais, teria sido uma decisão muito fácil. Eu teria dito "sai da porra do meu caminho e volta pra casa" e tudo ficaria bem, mas dessa vez foi diferente. Eu tinha PROMETIDO aos meus amigos que sairia com uma garota por meio da minha página, e a Garota Gorducha era minha única opção.

Eu a enrolei por algumas semanas com e-mails fofinhos, enquanto rezava para que entrasse em contato uma mulher que não tivesse um coraçãozinho tamanho elefantino.

Uma semana... duas semanas... nada. Por fim, consultei meus amigos sobre o que deveria fazer. Mostrei a foto a eles.

Hate: "NOSSSSSAAAA!! Você arranjou um guindaste? Esqueça o encontro, passa a corda e manda ela pro estoque."

PWJ: "Você prometeu. Ela pode ser sua única chance."

SlingBlade: "Cuidado para não levar a mulher pra um bar que não sirva comida. Aí não vai dar certo."

El Bingeroso: "Uau, é a vida, cara. Promessa é dívida."

Hate: "MAX, VOCÊ NOS DÁ ORGULHO. DEUS ABENÇOE O SITE!"

Depois de algumas considerações, decidi encontrar a gordinha. Isso ainda me faz rir nos dias de hoje, mas eu realmente pensei que essa seria minha única oportunidade para sair com alguém através do site, e eu não queria perdê-la... nem que para isso tivesse que mergulhar em banhas. O que justifiquei:

Tucker: "Bem... talvez ela tenha perdido peso. Ela disse que esta não era uma boa foto."

(Todos, em uníssono):

"HAHAHAHHAHAHAHAHAHAHAHHAHAHAHAHAHHAHAHAHAHA HAHAHAHAHAHAHAHAHAHAHAHAHAHAHAHAHAHAHAHAH"

SlingBlade: "Perdeu peso? O quê? Você acha que ela pegou alguma rubéola? Desde quando uma menina é melhor pessoalmente do que na FOTO DE NAMORO DA INTERNET?"

Tucker: "Bem, ela tem um rosto bonito. Isso não dá pra negar."

El Bingeroso: "Isso não vai acabar bem."

Hate: "Assim que eu acho que você tem tudo resolvido, você consegue encontrar uma maneira melhor ainda para se foder."

Tucker: "Vai à merda. Espero que todos os seus filhos nasçam tortos."

Concordei em encontrar Bolinha em um bar em Durham. O James Joyce. Claro que não contei a nenhum de meus amigos onde eu ia encontrá-la e os fiz prometer que não me procurariam; imagine se ela não for uma gorda normal, como na foto, mas sim alguém com obesidade mórbida... Como um IDIOTA, não pensei em conseguir promessas deles para *depois* do encontro. Um erro que me assombraria por toda a minha vida.

Garota Gorducha estava lá quando cheguei, e exatamente como na foto — gorda. Começamos a conversar enquanto bebíamos umas cervejas. Ela era igual aos seus e-mails: legal, doce... Ficou óbvio que estava interessada em mim e depois de umas três cervejas ela começou a se soltar. O ponto de virada da conversa foi:

Garota Gorducha (de forma sedutora, com look corpulento e de covinhas): "Tucker, você é um sedutor?"

Tucker: "Er, não... Quero dizer, não da maneira como você está pensando. Um sedutor faz sexo apenas pelo sexo, e faria ou diria qualquer coisa pra te levar pra cama. Sim, quero dizer, gosto de sexo, mas não vou fazer qualquer coisa para me deitar com uma garota. Bem... pelo menos não só isso."

Garota Gorducha (Ainda de forma sedutora, look corpulento e de covinhas): "Eu acho que você é um sedutor, Tucker Max... mas não vou me deitar com você."

Bem, isto já está decidido. A noite obviamente acabará em sexo se eu quiser, mas eu ainda tinha que decidir: desisto de levar a brincadeira adiante, evito a ignomínia de fazer sexo com a Miss Piggy e rezo para outra mulher me mandar um e-mail para um encontro, ou desencano, aproveito a oportunidade que me aparece diante dos olhos e cumpro a promessa feita a meus amigos? Um verdadeiro dilema.

Tucker do Bem: "Ela tem um rosto bonitinho."

Tucker do Mal: "Ela é gorda."

Tucker do Bem: "Ah, ela não chega a ser gorda. Ela está só vinte... trinta quilos acima do peso."

Tucker do Mal: "O que isso quer dizer? Só pelo fato de ela não precisar de um guindaste para sair de casa, está tudo bem? Ela é gorda."

Tucker do Bem: "Mas eu prometi aos meus amigos, e esta pode ser minha única oportunidade para sair com alguém pelo site."

Tucker do Mal: "Tudo bem... mas ela CONTINUA SENDO GORDA."

Termino o debate colocando o exército em campo: "Moço, me traz uma bebida."

E então queimei as pontes de acesso de volta: "Me traz uma tequila. Com uma cerveja."

Sim. Sei que comer gordas é contra as leis de qualquer cara que tenha respeito à sua própria pessoa, mas toda regra tem exceção. A exceção se chama álcool. Deus abençoe o álcool.

A cada copo de tequila e de cerveja, a garota perdia peso e seu rosto, que a princípio era só bonito, tornou-se bem sensual. A noite começa a melhorar.

Mas aí virou uma merda. Escolhi o bar James Joyce porque sabia que nenhum dos meus amigos estaria ali naquela noite; às quartas eles sempre iam a um bar em Chapel Hill. Mas existem outras pessoas que bebem na Duke Law School, além de meus amigos. E lá estavam duas vacas fofoqueiras da minha turma. Carry e Amy estavam no James Joyce naquela noite.

Tentei me esconder quando as vi entrando, mas não teve jeito; o radar de escândalo delas era muito sensível. Elas imediatamente me pararam:

Carry: "Oi, Tucker. Eu ia justamente te perguntar sobre..."

Ela para no meio da frase quando vê a besta do apocalipse que está comigo. Eu gostaria de ter uma foto da expressão dela naquele momento. Confusão completa com um toque de desgosto e uma dor aguda de desgraça. Eu quase ri... então lembrei que era eu que estava com a gorda.

Tucker: "A gente já estava de saída."

Garota Gorducha está atrás de mim, esperando ser apresentada, mas isso não acontece.

Carry: "Quem... O que... Tucker..."

Saio de lá antes de ela terminar seu pensamento. Não há nada no final da frase que eu queira ouvir.

A gorda e eu acabamos indo para minha casa (eu sabia que meus amigos que moram comigo, Hate e Credit, estariam fora bebendo). Fizemos sexo e desmaiamos depois; mesmo assim, eram só onze da noite. Não sei se foi o álcool, a fumaça ou o estresse pós-traumático que me derrubou. Talvez uma feliz combinação dos três.

Os deuses do álcool, geralmente, se entretêm à minha custa, mas às vezes eles me dão uma folga. Acordar-me de um estupor alcoólico geralmente requer um balde de água gelada e uma sirene, mas de alguma forma eu acordei a tempo de ouvir Credit e Hate abrirem devagar a porta, sussurrando um para o outro. Pulei da cama, voei na porta e a tranquei antes de uma possível invasão.

Infelizmente, não tinha nada que eu pudesse fazer em relação aos gritos e às batidas nas paredes.

Hate: "MAX!!! TRAZ A GORDUCHINHA!!! VAMOS VÊ-LA!!!"

Credit: "Fala pra ela que eu tenho um cheeseburger!!"

Hate: "MAX!!! VAMOS DAR UMA CONFERIDA NELA!!! TRAZ ELA AÊÊ!!! HIHIHIHI!!!!"

É claro, não consegui conter o riso. Aquela merda toda estava engraçada. Mas esta não foi a melhor parte.

Garota Gorducha: "Do que eles estão falando? Não seria melhor a gente ir lá?"

Tucker: "Não, não. Então... você vai querer passar a noite toda aqui? Já é quase meia-noite."

Garota Gorducha: "Eu adoraria, mas não posso. Amanhã tenho que ir trabalhar cedo. Na realidade, preciso ir logo."

Tucker: "Vamos só esperar um pouquinho antes que você vá."

Ótimo. Agora, como saio daqui sem que o pessoal a veja? Hate e Credit com certeza estão acomodados na sala para ver TV e eu maquinei um plano. Já que a porta do meu quarto dá para a porta do apartamento, eu e a gordinha poderíamos correr do meu quarto direto para o carro dela.

Tucker: "Ok, coloque a roupa que precisamos tirar você daqui do apartamento."

Garota Gorducha: "Me tirar do apartamento? E seus amigos? Eles não querem me conhecer?"

Tucker: "Confie em mim, você não vai querer encontrar meus amigos. Eles são do mal. Estupradores e assassinos, os dois. *Personas* muito do mal."

Garota Gorducha: "Não, eu quero conhecê-los. Eles parecem ser engraçados."

Tucker: "Esta não é uma opção."

Garota Gorducha: "Tucker, você não vai me expulsar daqui feito uma prostituta."

Tucker: "Tudo bem, mas conhecê-los não é uma opção."

Garota Gorducha: "Mas eu quero conhecê-los, Tucker. Só um minuto: vou fazer xixi e me vestir, nós vamos sair e vou conhecê-los."

Tá de brincadeira? O dia em que eu me prostrar diante de uma gorda é o dia em que vou pendurar as chuteiras.

Considerei minhas opções por um segundo; então, muito calmamente, abri a janela do meu quarto e atirei todas as roupas dela no quintal. Ela parecia confusa quando saiu do banheiro.

Garota Gorducha: "Cadê minhas roupas?"

Tucker (apontando para a janela): "Se você quiser encontrar meus amigos, vai fazer isso nua."

Pense numa expressão facial bem sem graça. PAREI AQUI.

Garota Gorducha: "POR QUE VOCÊ FEZ ISSO?"

Tucker: "Você pode sair pela janela atrás de suas roupas ou correr para a porta pra encontrá-las. Está escuro lá fora, ninguém vai te ver. Ou pode ir trocar uma ideia com meus amigos pelada."

Ela ficou lá em choque por bons dez segundos. Para aproveitar o momento, abri a porta e apontei para a saída. Ela olhou para a janela e, mesmo estando no primeiro andar, acho que não gostou da ideia de passar pela janela para pegar suas roupas; então ela fez um cooper, trotou, sei lá que movimento foi aquele, até a porta e saiu. Eu a segui e tranquei a porta assim que ela se foi.

Problema resolvido.

Aparentando indiferença, eu me sentei no sofá e meus amigos ficaram me secando, tipo "Que será que esse bosta está fazendo?". Levantaram e foram correndo pro quarto.

Hate: "Cadê ela?"

Tucker: "Já se foi."

Hate: "Como? Cadê ela?"

Tucker: "Eu a expulsei daqui. Não vou deixar que vocês, veados, a vejam."

Hate: "HAHAHAHAHHAAHAHHAHAHHAHHA!"

Credit: "Eu imagino a correria dela."

Pós-escrito

Eu sempre conto esta história, e as pessoas, sobretudo as mulheres, sempre me perguntam se me arrependo do que fiz. Bem, primeiro elas ficam bem nervosas comigo e agem como se tivessem sido ofendidas, e então perguntam se me arrependo. De certa maneira, sim; foi bem sacanagem. Mas eu tinha só vinte e três anos quando tudo isso aconteceu: o que você espera de mim? Compaixão? Carinho? Deveria eu tê-la convidado para encontrar meus amigos numa noitada? Sim, eu acho que a maioria dos caras teria feito o mesmo. É por isso que a maioria dos caras são cabaços que não conseguem comer nem uma puta na zona.

O que me dá nos nervos é quando as mulheres me perguntam se eu faria isso de novo. É claro que não. Eu já comi uma gorda uma vez, por que repetiria o gesto? Que pergunta idiota.

Depois descobri que Credit e Hate tinham ido para casa mais cedo naquela noite porque haviam se encontrado com Amy e Carry, e essas vacas contaram que eu deveria estar em casa com a gorda. O dia seguinte no curso de Direito foi bem engraçado.

SlingBlade: "Espera aí — você jogou as roupas dela pela janela? Ela devia ser imensa."

Tucker: "Não. Ela não era tão gorda. Estava acima do peso apenas."

Credit: "Sei não, Max. Pensei que tinha rinoceronte no nosso apê ontem."

PWJ: "Foi assim tão ruim?"

Hate: "O assoalho arfava e gemia."

Credit: "Aposto que ela se mandou em um vagão."

Tucker: "Dane-se. Até onde eu sei, isso nunca aconteceu. Se os amigos não viram, não conta. Acredito nesta regra para sair dessa."

JoJo: "Então você não saiu com uma garota pelo site."

PWJ: "Carry e Amy te viram."

Odeio ter amigos espertos. Acho que isso liquida o debate: comi uma gorda de propósito.

O Fiasco do Agora Infame Leilão de Caridade

Ocorrido no verão de 2000
Escrito em setembro de 2002

Tudo o que estou prestes a contar é verdade. Esta é a história completa e não adulterada, do melhor jeito que posso lembrar, sobre meu infame verão com Fenwick e o e-mail famoso sobre o "Fiasco do Leilão de Caridade Tucker Max".

Vamos começar do começo:

Em maio de 2000, meu amigo SlingBlade e eu fomos até Palo Alto para trabalhar como temporários de verão em uma firma de advocacia chamada Fenwick & West. Foi no verão entre nosso segundo e terceiro ano da faculdade de Direito na Duke. O boom da internet e de tecnologia alcançava seu ápice: quando chegamos ao Vale do Silício, a Nasdaq passou de cinco mil pontos.

Lembra desses dias?

Quase imediatamente depois que chegamos, percebi o quanto eu ODIAVA ser um advogado. Minha imagem mental do que seria um advogado não incluía passar horas sem fim sentado em um escritório sem vida, cercado de pessoas enfadonhas, fazendo serviços idiotas e, em última instância, sem valor algum.

Infelizmente, é isso que um advogado corporativo faz. Quando você é um advogado, seu trabalho é limpar a merda dos outros, carimbar e legitimar o trabalho de outrem. Essencialmente, tomar conta da papelada para as pessoas enquanto elas fazem as coisas importantes de fato. O povo do Yahoo, Cisco e Network Solutions (todos nossos clientes) fazem algo; e eu, o que faço? Uma papelada de merda, irrelevante, besta e estúpida. Eu era um mico manipulador de papéis júnior e odiava cada segundo disso.

Sério, eu gostaria de dizer que era a empresa, eu poderia culpar as pessoas ou o lugar, mas esse não era o caso. Eu odiava a natureza do trabalho. Ser advogado é UMA MERDA.

Quando fico entediado ou infeliz, meu comportamento se iguala ao de um chimpanzé usando crack, até eu achar algo com que me ocupar. A firma de advocacia e o trabalho me entediavam; então, o que eu fiz? Suportei o tédio como um guerreiro? Ou, melhor ainda, descobri uma forma produtiva de canalizar minha criatividade, como eu fiz com meu site?

Não. Eu enchi a cara e agi como um filho da puta. Quase todo dia e, especialmente, nos eventos da firma onde a bebida era grátis. Se ser um advogado não era interessante, eu ia tornar essa porra interessante.

Na minha primeira sexta-feira lá, a firma teve um evento de orientação para os funcionários que iam passar o verão naquele lugar. Na noite anterior, fui com meu amigo à festa de abertura da revista *SOMA* em São Francisco, onde enchi a cara e levei pra casa uma das modelos da festa (bom, ela me falou que era modelo, mas quem sabe a verdade?). Quando acordei às seis da matina no dia seguinte, na casa dela em Oakland, percebi que não tinha pensado direito sobre as ramificações desse ato. A firma ficava bem longe de onde eu estava e eu tinha de estar lá às nove para a reunião.

Prioridades: fucei a bolsa dela, que estava lotada de camisinhas, e encontrei a carteira de motorista. Desta forma eu saberia o nome dela quando ela acordasse (foi uma daquelas noites). Ela falou que me daria uma carona, mas não até em casa, porque era em Mountain View (que é mais longe ainda de Oakland do que Palo Alto) e ela teria de estar em algum lugar às dez. Isso significava que eu teria de usar no escritório as mesmas roupas que havia usado para sair. Isso não seria problema, se não fosse a presença de bebida, vômito e mijo (e, provavelmente, de outros fluidos) por toda a roupa. Bebida a gente entende, mas e o vômito e o mijo? No caminho para a casa dela, paramos em um Jack-in-the-Box. Não me pergunte como ela conseguia manter aquele corpo comendo essas merdas... Ela não era uma modelo tamanho G, então, acho que era bulímica.

Sentado no *drive-thru*, a quantidade sobre-humana de álcool consumida criou vida. Saí com calma do carro, parei atrás de uma moita e consegui vomitar e mijar ao mesmo tempo. É foda não vomitar em si mesmo quando se está bêbado; agora, imagina vomitar e mijar. Bom, eu chupei uma bala e escondi o molhado do mijo até secar. E ainda consegui comer a mulher. Álcool é demais!

Apareci na reunião, tropeçando de bêbado, com os olhos vermelhos, cheirando mal pra caralho. De alguma forma consegui evitar incidentes até depois do almoço, quando eles nos colocaram em duplas com outros temporários. Nós tínhamos que contar coisas sobre nós mesmos e dizer a todos na sala o que aprendemos. Eu não sabia o que dizer para o cara que fez dupla comigo, então falei que tinha saído à noite inteira e não conseguia ver nada porque minhas lentes haviam caído quando eu estava pegando uma mina aleatória. Ele se levantou e contou isso para todos. Eu achei engraçado, um cara, não. Bom, foda-se se ele não curte piada.

Na semana seguinte, o cara que não curte piada, John Steele, baixou no escritório que eu dividia com outros três temporários e resolveu falar merda pra nós. Ele começou a falar do fórum Greedy Associate [Associados Sovinas] da Infirmation.com, como ele não conseguia acreditar que a informação sobre o salário de verão da Fenwick fora parar lá tão rápido e como isso mudou a forma de a empresa fazer as coisas. Deixe-me discorrer sobre um subtema importante e revelador.

Durante a primavera, a Fenwick anunciou que ia pagar aos temporários de verão apenas dois mil e cem dólares por semana, que era menos do que os dois mil e quatrocentos que firmas grandes em Nova York, Los Angeles e Chicago ofereciam. Um pouco antes de chegarmos a Palo Alto, a Fenwick, junto com outras firmas do Vale do Silício, anunciou que iria pagar dois mil e quatrocentos dólares por semana para os temporários, igualando o valor que as empresas ofereciam nas outras cidades.

O que o cu tem a ver com a calça? Bom, eu fui meio que o responsável pelo fato de a Fenwick, e, basicamente, todas as empresas do Vale do Silício, aumentar o salário de dois mil e cem para dois mil e quatrocentos dólares para os temporários de verão. Como isso é possível?, você pode perguntar. As maravilhas da internet e a influência de um site incrível chamado infirmation.com.

A infirmation.com é um site relacionado a empregos. Ele mantém um fórum de discussão, dividido por região, um para Nova York, um para Los Angeles, um para Chicago etc. Esses fóruns, chamados de "Associados Sovinas", ficaram famosos por permitir que funcionários de várias empresas divulgassem anonimamente informações como salário, benefícios, condições de trabalho, qualquer coisa. O gatilho foi quando a

Gunderson, uma firma relativamente pequena do Vale do Silício, aumentou o salário inicial anual dos temporários de cem mil para cento e vinte e cinco mil dólares.

O fórum do infirmation.com foi um dos primeiros lugares onde essa informação foi postada e disseminada, e, a partir disso, os *summer associates* juniores de todas as empresas começaram a compartilhar informações sobre benefícios relativos e a falar mal de suas firmas nesse fórum.

Como resultado desses desdobramentos, os donos de todas as grandes firmas começaram a visitar esse fórum, em busca da última fofoca sobre suas empresas e sobre os competidores. Eles tinham de permanecer atualizados, porque uma mudança na firma A podia significar para esta firma uma fuga de funcionários ou estudantes, e distância da firma B, antes mesmo que ela ficasse sabendo o que estava acontecendo.

Como isso se liga à história? Os salários do verão já tinham sido anunciados em Nova York em dois mil e quatrocentos dólares, e todo o mundo esperava que as empresas no Vale do Silício anunciassem seus salários para o verão. (A Fenwick tinha três concorrentes principais na região naquela época: Cooley, Wilson e Brobeck [estes são nomes abreviados das empresas].)

A Fenwick foi a primeira a anunciar: eles fizeram isso perto do final de abril; o salário era de dois mil e cem dólares, abaixo dos salários em NY. Eu não estava feliz com isso, então, postei esta informação no fórum. Depois, usando quatro ou cinco contas anônimas, comecei uma discussão sobre como isso era horrível, como a Fenwick estava insultando seus temporários, como ninguém ia aceitar essa oferta porque a firma era tão merda que não ia dar trezentos dólares a mais por semana etc. Eu até usei uma das minhas contas para jogar no outro time. Foi lindo. Das vinte mensagens no tópico no primeiro dia, eu devo ter postado umas dez. Eu continuei, com poucas respostas, por uns três dias.

Uma semana depois do anúncio da Fenwick e da explosão resultante no fórum, a Wilson anunciou que ia pagar dois mil e quatrocentos dólares para os temporários. Cada uma das outras empresas caiu nessa depois, incluindo a Fenwick.

De volta à história: Cá estava eu, sentado com o cara que me contratou em uma firma grande de advocacia no Vale do Silício, conversando sobre os fóruns que eu usei para influenciar a estrutura salarial do verão, quando ele soltou a pérola.

"Sim, o que me mata é que decidimos pagar dois mil e cem dólares. Mas logo depois que anunciamos isso, aquele fórum estragou tudo e as outras firmas decidiram pagar dois mil e quatrocentos. Acredita?"

O tempo todo eu pensava: "Ha, ha. Seu bosta, eu, basicamente, fiz tudo aquilo sozinho." Precisei de todas as minhas forças para não rir na cara dele. Ele falou mais umas merdas e me disse que precisava conversar em particular. Levou-me até uma sala de reuniões, fechou a porta e começou a falar da minha reputação, que eu estava começando a ter reputação de festeiro da turma.

Ah, é? Nessa altura do campeonato, eu estava pouco me fodendo para a minha reputação; sim, gosto de receber duas mil e quatrocentas doletas por semana nas férias do verão, mas eu odiava esse emprego e odiava ser advogado. Além disso, ele falou de um jeito que me levou a crer que estivesse conversando sobre amenidades. Não sou bom em perceber pistas; mesmo que essa pista não fosse tão sutil assim, a minha ficha não teria caído.

Fiz mais algumas coisas estúpidas nos outros dias. Eu não me lembro direito, porque foram coisas que nem contaram como "eventos" no meu radar; mas os outros não pensaram o mesmo. Por exemplo: certo dia, eu falava ao telefone quando uma das recrutadoras entrou na minha sala. Ela perguntou com quem eu conversava e eu respondi: "Ah, eu só estava no telessexo." Claro, era brincadeira, mas depois descobri que ela ficou horrorizada.

No dia seguinte, fui convidado a fazer parte de uma reunião com uma cliente em potencial, alguém da gerência e um associado sênior. A cliente era uma garota aspirante a artista, das boas, e estava quase se formando em Stanford. Um veterano de Stanford, capitalista de risco na área, disse à jovem que ela deveria se constituir em pessoa jurídica, conversar e organizar um ponto de partida para sua arte. Ela nos procurou para ter aconselhamento jurídico sobre este empreendimento. Bom, eu podia ser o funcionário júnior da sala, mas — desculpe — ela falou um monte de merda, e eu disse que ela estava falando merda. Quem já ouviu algo assim? Transformar uma artista numa empresa? Só pode ser piada. Eu não me refiro a fazer o seguro do trabalho dela ou vender ações, como David Bowie fez; o cara queria que ela abrisse uma empresa e oferecesse opções de ação para que as pessoas trabalhassem para ela. Eu a aconselhei a ignorar o cara, ele não sabe nada sobre o mundo da arte, que ela procurasse um agente ou algo do tipo e começasse a produzir arte para vender e exibir. Transformá-la em uma empresa iria contra os interesses dela a curto e longo prazos; além do mais, isso nunca aconteceu no mundo da arte, e por uma boa razão — isso é idiota. Achei que a reunião tinha corrido bem; já o gerente pareceu pensar diferente. Ele ficou irritado com o fato de eu ter considerado "idiota" a ideia do cara, que era, aparentemente, importante no Vale.

No dia seguinte, recebi uma ligação de John Steele, que me mandou ir vê-lo em sua sala. Eu subi até lá e ele me deu OUTRO esporro sobre minha atitude. Sério, não deixe ninguém dizer que não tiveram paciência comigo na Fenwick, porque eles tiveram.

Mas eu tive boas notícias: os advogados com quem eu trabalhava — um associado sênior e um funcionário — disseram que eu estava fazendo um trabalho muito bom e que gostavam de mim. Claro, eu tomei isso como carta branca para continuar fazendo o que fazia (desde que meu trabalho fosse bom, é o que importa, certo? Não quando você age como Tucker Max). E então ele falou: "Ah, sim, eu vi o seu lance de solteiro da semana no sfGirl.com. Foi realmente engraçado." O QUÊ? Como ele descobriu sobre isso? Ele continuou: "A parte sobre o cachorro me fez chorar de rir, minha esposa também achou hilário. Claro, eu queria que você não tivesse mencionado a Fenwick ou uma stripper porto-riquenha obesa; mas, sabe, acho que você é desse jeito." Eu não acho que tenha contado a ninguém na Fenwick sobre isso. Senti-me como Tom Cruise em *A firma*; diferente dele, porém, ignorei os sinais de aviso e continuei sendo eu mesmo.

A sexta-feira terminou e fomos para um coquetel da empresa na casa de um dos funcionários. A bebida era de graça e eu mandei ver. Depois de uma hora me vi conversando com duas funcionárias: "Betty" e "Kathy". Betty era uma quarentona casada, com filhos e uma das melhores advogadas da firma. Eu estava no meu modo normal: sociável e cheio de vida, e essas duas começavam a entrar na minha. A festa esfriou, e eu as convenci a saírem comigo, dez outros temporários e um associado sênior até um bar.

Nessa hora eu só estava convidando porque queria alguém que pagasse minha bebida. No caminho até o bar, eu estava no carro com Betty e Katty, quando a conversa recaiu em sexo. No começo eu hesitei, já que Betty era casada e com filhos, além de ser importante. Mas antes que eu percebesse já explicava as regras de um oral para elas, isto é, o significado de "alvejar os olhos de alguém", e por que os rapazes fazem essas coisas. Ficou evidente que o tema despertava o interesse das duas. A conversa continuou até o bar e acabou levando a assuntos como: o que um jovem faria com uma mulher mais velha; se os meus lábios eram macios etc.

Sentamos a uma mesa comprida e, quando a comida chegou, Betty me serviu lula na boca. Enquanto isso, Jim, que também estudava na Duke, sentado na outra ponta e, incapaz de acreditar no que testemunhava, comia costela usando garfo (juro). Não preciso dizer que esta cena também era demais para os outros temporários. E o olhar de uma associada júnior foi impagável quando eu me aproximei e perguntei se a mulher que me dava lula na boca era uma sócia. Sim, eu estava meio fora de controle. Todo o mundo resolveu ir embora, exceto eu, Betty, Kathy e Brian, o outro temporário. Acho que o pessoal viu o desastre se aproximando e não quis estar perto quando ele acontecesse. Decisão sábia. Meu carro ficou na firma, então, Betty me ofereceu carona até lá. Aceitei, e Brian se convidou para ir junto. "Oh, eu preciso de uma carona até o escritório também." Não entendi o porquê na época, mas Betty olhou feio para ele; mas concordou em dar carona.

(Nota: Os fatos que se seguirão eu os contarei por uma única razão: a verdade é uma defesa absoluta contra a difamação, e este evento em particular teve uma testemunha sóbria chamada Brian, que fez Direito na Universidade Columbia. Sei que isso parece uma puta lorota. Eu bebi, mas lembro de tudo. Se não acredita, procure Brian e pergunte. Ele não tem motivos para mentir por mim.)

Quando chegamos à firma, Brian e eu saímos do carro; então, Betty desligou o automóvel e saiu também. Ela olhou para cima no prédio (a Fenwick usa os dez andares de um prédio em Palo Alto), olhou para mim e falou: "Parece que deixei as luzes da minha sala acesas. Eu deveria ir lá apagá-las. O que você acha?" Eu não percebi o significado implícito nessa pergunta; assim, respondi: "Tanto faz, ninguém se importa — são de halogênio, devem gastar três centavos ligadas a noite inteira. Esqueça isso."

Betty exibiu um olhar frustrado e, ainda olhando para mim, disse: "Preciso subir e desligar as luzes, talvez você possa ir comigo… me ajudar." Eu já falei o quanto fico burro quando estou bêbado? Bom, minha ficha não caiu nessa também. "Não, não se preocupe com isso." Ela parou por um momento, olhou dentro dos meus olhos e disse: "você... quer... me... AJUDAR... a desligar as luzes... DA MINHA SALA?"

Bingo. A ficha caiu nessa.

O que eu fiz? Subi até a sala e comi a mulher? Eu a fiz revirar os olhos em cima da mesa? Eu mostrei a ela que um jovem sabia exatamente o que fazer com uma mulher mais velha?

Não. Talvez no que seja a decisão mais estúpida da minha vida, eu falei "não" na lata, entrei no meu carro e saí correndo. A ironia aqui é tão foda que se torna ridícula. Betty não se encaixa em nenhuma categoria de mulher que eu não tenha comido antes; já peguei mulheres da idade dela, mais feias, mais casadas, com mais filhos, tudo. Merda, tenho problemas em contar as vezes que recusei sexo, a menos que a garota fosse feia *e* meus amigos estivessem por perto.

Por que eu dei pra trás? Por que recusei uma foda certa? Eu NÃO SEI!!! Essa é a pior parte. Não entendi o que aconteceu. Por uns cinco minutos da minha vida, eu fui um puritano.

No final de semana seguinte a isso, tivemos uma viagem da firma até o Silverado Ranch, em Napa Valley. Meu colega de quarto e eu fomos de carro para lá na sexta à tarde, nos registramos no hotel e encontramos todos na área de recepção.

Lá pelas sete da noite, rolaram bebidas e petiscos. Por volta de nove horas, o Leilão de Caridade começou. Cheguei à recepção às 6h58 para encontrar muita bebida... e nenhuma comida. Ok, tinha uns camarões, alguma outra coisinha, mas nada substancioso. Bem, o que você acha que poderia acontecer? Ninguém da organização dessa bagaça já ouviu falar dos efeitos comportamentais do álcool em um estômago vazio?

Na hora em que o leilão começou, eu estava tão bêbado que zanzava de um lado para o outro com duas garrafas de vinho nas mãos: tinto na esquerda, branco na direita, alternando goles. Aboletei-me, abraçado às garrafas, numa mesa junto do meu colega de quarto, e mais cinco ou seis temporários e alguns associados juniores.

O leilão era apenas para os funcionários e familiares e só tinha itens relacionados com a firma. Coisas como: o gerente cozinhar o seu jantar, jogar coisas em outro funcionário, a cadeira de outra sala etc. Esqueci para onde o dinheiro estava indo, talvez para o Orfanato das Irmãs do Rectum Pustuloso, quem sabe? A maioria das coisas eram idiotas, então, fiquei lá sentado, mandando ver no vinho. E então, um item apareceu que, no meu estado etílico, tinha de ser meu: John Steele seria seu chofer por uma noite no Cadillac dele. Lindo, pensei. Se eu fosse comprar isso, eles teriam que me dar um lance. Eu estava bêbado assim.

Os lances começaram em cinquenta dólares, foram subindo lentamente para sessenta, oitenta, cem... Fiquei entediado, levantei da cadeira e ergui minha bandeira. O leiloeiro viu isso como um sinal para começar a gritar valores cada vez maiores, sem olhar para os outros. O lance chegou a seiscentos dólares e ninguém deu lances além de mim. Gritei para que ele parasse. Uma ou outra pessoa pode ter dado um lance, quando John Steele pegou o microfone e disse que, se um temporário ganhasse, ele pagaria metade. Isso, previsivelmente, dobrou os lances.

Quando os lances chegaram a dois mil dólares, pensei que tinha ganhado. Ninguém mais estava dando lances, quando, de repente, Aparna, outra temporária com quem fiz amizade, sabia que eu estava trêbado, e, sabia que, devido à minha personalidade egomaníaca, eu nunca ia parar de dar lances, sem ligar para o preço. Então, com a ajuda de outros amigos, começou a dar lances de dois mil e duzentos, dois mil e trezentos, dois mil e quatrocentos...

O que lembro depois é que eu estava no palco, pegando o microfone do leiloeiro, e comecei a gritar com ela. Fiz isso para brincar, mas saiu algo como "Aparna, o que você está fazendo? Sabe que não tem como bancar isso. Você só está tentando me zoar. Eu tenho que ganhar essa; só assim vou receber uma oferta." Isso fez a plateia rolar de rir. Eu não estava tentando ser engraçado, mas... caramba, você coloca álcool em mim e nunca sabe o que vai rolar.

Ele me expulsa do palco, os lances alcançam três mil e trezentos, eu subo de novo no palco, brigo para pegar o microfone do leiloeiro e começo a gritar: "Isso não é justo, você tem gente fazendo vaquinha. Eu só tenho uns temporários aqui no meu lado. Sério, Aparna, preciso disso. DESISTA!" Novamente, explosões de risos.

Os lances alcançam três mil e oitocentos dólares, e, dessa vez, o leiloeiro fala: "Certo, Tucker, venha cá. Eu sabia que você ia subir de qualquer jeito." Fui até o palco e tinha que falar. Ia dar os três mil e novecentos ou não?

Microfone na mão, na frente de todos, falei: "Foda-se, vamos com isso." O engraçado foi que as pessoas que não eram da firma atribuíram a isso a minha demissão. De maneira nenhuma; o gerente veio falar comigo depois e me disse que havia sido a coisa mais engraçada que ele

69

já vira em um evento da firma. O cara, Bill Fenwick, falou que deixei Kentucky orgulhosa. Outro cara que eu não conhecia disse que eu era incrível. Pelo resto da noite, fui uma estrela. Acredite ou não, esta é a verdade absoluta.

Quando voltamos ao hotel, os temporários e alguns juniores foram até um dos quartos, jogamos cartas, bebemos, socializamos. Nessa hora, eu apaguei. A última coisa de que me lembro com clareza é de que tentava convencer um temporário a arrebentar um associado, porque ele estava trapaceando no pôquer. No dia seguinte, Eric me contou que eu tentei pegar Aparna, mas tudo que fiz foi desmaiar em cima dela. Foi uma noite daquelas.

Acordei na manhã seguinte, lá pelas onze, sentindo-me um saco de merda.

Todos os temporários deveriam estar na palestra matinal dada pelo gerente e outro cara. Eles estavam lá, eu não. Eu me vesti e cheguei na hora em que estava terminando.

Alguém me avisa que Gordie, o gerente, perguntou ao microfone se eu estava lá quando a palestra começou, às nove. Fui falar com ele depois: "Ei! Eu consegui chegar... eventualmente." Ele sorriu, balançou a cabeça e disse: "Sempre tem um."

Vamos adiantar até segunda. Estou sentado na minha sala, entediado até a tampa, quando decido escrever para meus amigos e contar o que aconteceu no final de semana. Então, escrevi o infame e-mail. Aqui está ele, exatamente como eu escrevi naquele dia:

--Mensagem Original--

De: Tucker Max
Enviado: Segunda-Feira, 5 de junho de 2000 14:51
Para: [nome removido]
Assunto: O Agora Infame Fiasco do Leilão de Caridade...

Esta é a história do que aconteceu comigo este fim de semana no recesso de minha empresa. É a última vez que bebo antes de um leilão:

Eu e meu amigo, que divide o apartamento comigo, decidimos ir para Silverado Ranch de carro, em vez de pegar o ônibus das duas da tarde. Você não pode dizer que viveu até andar por três horas no tráfego de Bay Area com SlingBlade ao volante. No momento em que chegamos a Silverado, ele estava de fogo, mas a raiva é que o fazia ficar vermelho.

A primeira recepção começava às seis da tarde. Muitos aperitivos etc. Muito e muito vinho e cerveja. Eu não estava gostando da comida e comecei a beber. Pesado. Quando me dei conta, falava com um sócio, Bill Fenwick, com sotaque caipira. É claro, ele é de Kentucky, então conversamos sobre basquete por mais ou menos uma hora. Foi muito legal.

Por volta das nove da noite, o leilão começou. Tinha um monte de coisa estilo "Fenwick", como um jantar feito para o parceiro de gestão etc. Uma das coisas oferecidas era uma noite inteira patrocinada pelo sócio John Steele.

Em meu estupor de bêbado, penso que se eu ganhasse este leilão poderia ter a oportunidade de receber uma oferta. Os lances começam com cinquenta dólares. E as pessoas passam a dar lances aqui e acolá, mas me canso de tantos lances vagarosos e fico de pé na cadeira, segurando meu cartão de lances. Sem descer. Então o leiloeiro entende isso como um sinal para começar a gritar aumentos de preços, sem nem identificar outros participantes.

Quando o preço chega perto dos oitocentos dólares, John Steele diz que vai pagar metade se um temporário de verão vencer. O leilão automaticamente dobra (John é um animador). Quando os preços chegam aos dois mil dólares, acho que estou prestes a vencer. Vou na chamada "dou-lhe uma", e, então, uma outra temporária de verão, Aparna, apoiada por alguns parceiros, decide que tem de me derrotar. O leilão chega aos dois mil e seiscentos dólares, e, antes que eu perceba, estou lá no palco pegando o microfone da mão do leiloeiro e gritando para Aparna parar de oferecer lances. O que eu realmente disse: "Aparna, é sério, para. Tenho que vencer, esta é a única forma que tenho de receber uma oferta."

Isso apenas estimula mais sócios/juízes/pessoal de recrutamento a contribuir com Aparna. Quando o leilão alcança três mil e quatrocentos dólares, começo a gritar, ao microfone, o quanto tudo ali é injusto, porque ela tem parceiros que a bancam, enquanto eu só tenho "alguns poucos temporários sujinhos ao meu lado". Continuo tentando dar lances com, tipo, cinco dólares a mais que ela, mas o leiloeiro fica puto comigo e me faz dar lances em aumentos de cem dólares. Quando o lance dela chega aos três mil e oitocentos dólares, eu volto ao palco. Depois de certa ansiedade, o leiloeiro me pergunta se quero o lance de três mil e novecentos dólares.

Pondero por um segundo, e, na frente de toda a empresa e cônjuges e outras pessoas significativas, com o microfone na cara, digo: "Foda-se, vamos em frente."

Ganhei o leilão.

Agora, como você pode ver, o e-mail traz exatamente o que aconteceu. Não deixei nada de fora. Posso ser um idiota intolerável, mas não preciso exagerar em minhas histórias; são engraçadas o suficiente. Mandei isso para mais ou menos dez amigos e nem pensei no assunto depois. Eles nem acharam tão legal; eu tinha mostrado algumas histórias bem melhores naquele verão (como a da festa da *SOMA* e a da garota coreana que me levou para casa como se estivesse em uma corrida a 180 km/h na 101... você pode imaginar).

Era uma segunda-feira. A quarta chegou, e por volta de quatro e meia da tarde John Steele pediu para eu ir ao seu escritório. Ao chegar lá, notei que meu cartão-chave usado para operar os elevadores ou passar pelas portas não funcionava.

Isso só podia significar uma coisa...

Entrei no escritório dele, e lá estavam uma mulher que eu nunca tinha visto antes e ele. John me apresentou a senhora, uma pessoa de RH, e então eles me deram a opção de sair voluntariamente da empresa ou ser despedido. Ele citou algumas coisas que eu havia feito que os levaram a esse curso de ação, como o comentário do "telessexo" e algumas outras coisas parecidas, mas não falaram nada sobre as coisas realmente ruins que eu fiz. Se eu pedisse demissão, ele afirmou que me pagariam uma grana, pagariam meu aluguel para o verão e pagariam por eu ter "ganho" o leilão de caridade. No total, a soma chegaria perto dos vinte mil dólares, mas eu teria que manter o que eu já fizera em não mais que quatro semanas de permanência lá.

Se eu fosse mandado embora, não ganharia nada.

Estava um pouco em choque, mas não muito, na verdade; um dos temporários da empresa, que já não estava por lá, ouviu falar disso e me contou, no dia anterior. Peguei a grana, agradeci a eles e caí fora. Tudo saiu muito bem, considerando todos os fatores.

Não à-toa agi um pouco como um inconsequente; mas eu estava um tanto confuso.

Percebi que não era uma oferta, mas eu não achava que seria despedido, e as razões que ele me deu para me deixar ir eram uma merda.

Eles tinham muitas razões, não entenda errado, mas as que John citou não pareciam suficientes para se despedir um temporário de verão.

No dia seguinte, recebi duas ligações, ambas de temporários da empresa. Um falava comigo ao telefone, o outro me encontrou para almoçar alguns dias depois. Ambos achavam que eu tinha agido de modo errado, e tinham, basicamente, a mesma opinião: eu me ferrei, sobretudo, pelo incidente com Betty, e não por causa do leilão de caridade.

O que me encontrou para almoçar disse ter falado com um "sócio muito importante" na firma, e disseram a ele que, dado meu histórico de comportamento extremo, a empresa receava que eu dormisse com Betty ou mesmo que eu fizesse algo pior que isso, o que de fato me tornaria um peso ainda maior (se, digamos, eu ficasse bêbado e pusesse fogo no prédio) ou invencível (se eu dormisse com Betty). Por que isso me tornaria invencível? Porque se ela dormisse comigo e eles não me fizessem uma oferta, eles poderiam ser processados por assédio sexual.

Não que eu fosse processá-los se isso acontecesse; mas, considerando meu comportamento naquele verão, posso entender por que eles me viam como um peso.

Nunca fui capaz de verificar essas teorias, mas elas faziam sentido para mim.

Para mim, a mais deliciosa ironia é que, no final, o fato de não ter dormido com Betty me fez sair da empresa. Dá para acreditar nisso? Por não ter fodido com ela, fodi comigo mesmo. Mas isso não é tudo.

Mais ou menos um mês depois, meu e-mail começou a bombar. Em todos os lugares. Paul mandou para Linda Brewer, uma formanda da Duke em outra empresa do Vale do Silício, que encaminhou o e-mail para outras pessoas... dá para imaginar. O e-mail rodou o mundo, várias vezes, e nas minhas últimas contas passou por mais de cem empresas. O que aconteceu em seguida foi minha caixa de entrada lotada com estes e-mails encaminhados e meus amigos do país todo me ligando e perguntando: "Cara, o que aconteceu? É você?" Meu e-mail favorito entre os que recebi foi de um cara que escreveu o seguinte: "Sr. Max, com o desejo e a esperança de uma criança de seis anos de idade na véspera de Natal perguntando do Papai Noel, pergunto o mesmo: Você existe de verdade?"

Liguei para John Steele alguns meses depois, por alguma razão, e a primeira coisa que ele me disse foi: "Cara, você está famoso. Contamos os e-mails e vimos que eles estiveram em mais de cem empresas. Meus parabéns, está realmente bem escrito." Juro por Deus que tive essa conversa com ele.

Até minha mãe recebeu aquele e-mail. Meu tio, que é advogado em Washington, recebeu o e-mail e repassou para ela. Os únicos comentários dela foram: "Bem, acho que é isso que acontece quando você bebe demais."

Eu me tornei uma pequena celebridade no mundo legal depois disso. Todo estudante de Direito e advogado no país me conhecia. Alguém me disse que alguns alunos na Universidade de Columbia deram uma festa com o nome "Salve Tucker".

Eu gostaria que alguém tivesse me avisado antes; eu teria aparecido. É claro, isso poderia ter sido anticlimático. Quando voltei para a Duke, o coordenador pedagógico me escreveu uma carta dizendo que eu deveria ir para uma clínica de reabilitação para alcoólatras. Eu achei aquilo bem engraçado.

Esta é a história real, exatamente como me lembro dela.

No fim das contas, não tenho quase nada de ruim a dizer sobre a Fenwick. Sim, eles me mandaram embora, mas posso entender a posição deles: eu agi como um retardado bêbado, e eles não poderiam tolerar o risco potencial que eu representava. O que eu poderia esperar deles? Que me dessem uns tapinhas nas costas e me arrumassem uma prostituta e algumas cervejas? Até que seria bem legal... Mas é sério, não tenho nenhuma mágoa do pessoal da Fenwick.

Eu, provavelmente, teria feito a mesma coisa se estivesse no lugar deles e algum idiota tivesse aparecido e agido como eu.

Sempre me perguntam se me arrependo do que fiz. Nunca tenho certeza absoluta do que responder; quer dizer, sim, eu gostaria de ter mantido um salário de dois mil e quatrocentos dólares por semana no verão, mas no final das contas, acho que o que aconteceu foi o melhor para mim.

Eu odiava ser advogado, mas a grana era boa; não sei se teria a coragem de parar por mim mesmo. Eu teria empurrado com a barriga o emprego que odiava; faria o suficiente para continuar e me tornaria amargo e desiludido, como quase todo advogado que conheço.

Mas, em vez disso, fiz coisas imaturas e forcei a barra, levando a Fenwick a tomar essa decisão. E foi o que eles fizeram. Bem... o que se pode fazer?

Férias do barulho

Ocorrido em maio de 2000
Escrito em março de 2005

Não sei dizer ao certo com quantas mulheres eu dormi, mas, com certeza, alcancei os três dígitos. Você começa a esquecer alguns sobrenomes quando ultrapassa o número de trinta garotas, alguns nomes quando chega a sessenta, e quando chega perto de noventa esquece as garotas totalmente; mas não importa com quantas você trepa: algumas são simplesmente inesquecíveis.

Esta em particular, "Docinho", eu conheci em um trabalho em Cancun. Estava tão ocupado comendo as irmãs da fraternidade dela que eu não a tinha notado até um dia antes de ela ir embora, mas ela não ligava a mínima para mim. Vi que a garota se respeitava e não queria transar com alguém como eu, então fiquei surpreso quando ela me pediu meu telefone no dia em que foi embora. Eu dei o número para ela e nem lembrei disso depois, mas, dois meses mais tarde, ela me ligou dizendo que ia me visitar.

Naquele momento, eu tinha esquecido como ela era. Fiquei chocado quando a peguei no aeroporto; ela estava mais gostosa do que eu imaginava. Baixinha e vietnamita, mas com o suficiente de mistura francesa correndo em suas veias, ela tinha uma gostosura híbrida que só vemos em mestiças.

Eu tinha vinte e quatro anos na época e ainda não sei direito o que aconteceu, mas na volta do aeroporto ela estava muito formal e quieta, e eu não entendia o que se passava. Por que essa menina me ligaria dizendo que queria me visitar, sabendo como eu era, se não estava a fim de mim?

Um dos meus amigos que moram comigo estava em minha casa quando chegamos; tomamos algumas cervejas e conversamos. Bem, meu amigo e eu conversamos, ela ficou sentada e não se mexia. Toda vez que eu tentava envolvê-la na história, ela respondia de forma reticente e voltava à sua bebida. Já vi vítimas de sequestro serem mais sociais com seus sequestradores.

Meu amigo foi para a academia. Assim que a porta se fechou, aprendi uma bela lição: às vezes, quanto mais quieta e submissa em público, mais selvagem e voraz privadamente. Quero dizer, eu sabia disso na teoria, mas a realidade deste provérbio não havia me apanhado, até que eu me vi sendo praticamente estuprado por essa mulher que não tinha dito nem dez palavras na última hora.

Logo depois do clique da porta se fechando, ela, calmamente, colocou a cerveja na mesa e se atirou em mim feito um jaguar. Nunca um projétil asiático havia sido disparado em mim e eu não sabia o que fazer. Ela literalmente pulava em mim, e eu, chocado e totalmente tomado pela surpresa, levantei as mãos e, tipo, bati nela. Bem na face. Eu não tinha essa intenção, mas por um milésimo de segundo pensei que ela estava tentando me matar. O que você pensaria se uma garota asiática inesperadamente pulasse em você?

Ela estava bem e eu tentei me desculpar — mas não conseguia, porque ela me beijava com muita força. Foda-se: se ela não está machucada, não vou me preocupar com isso.

Antes daquele dia, pensei que eu fosse dominante e agressivo na cama. Isso eu pensava antes que uma colegial vietnamita me fizesse mudar de ideia.

Ela queria tudo, e bem forte. Bati na frente, atrás, do lado, de baixo, de cima, diagonalmente, de todas as formas que eu achava possível, e então aprendi algumas posições novas. Eu realmente pensei que algumas das posições não eram possíveis para gente normal; eu estava errado.

E não importava o que eu fizesse, ela queria mais forte, e mais tranco. Então botei meu pau na bunda dela. Não forte o suficiente. Fui mais forte. Cada vez mais. Eu já estava começando a me machucar. A certa altura, eu enfiava com tanta força que ela começou a despelar, a cama estava tirando a tinta da parede, minha bacia estava doendo de tanto bater nos ossos da bunda dela e eu suava como um trabalhador migrante nos campos. Mas tudo isso ainda não era o bastante.

Eu comi a bunda dela com tanta força que começou a sangrar. Não muito sangue, mas o suficiente para manchar o lençol. Ela não estava nem aí; simplesmente tirou meu pau, colocou uma nova camisinha e enfiou na chavasca. E na boca, e na bunda de novo quando parou de sangrar... Irreal.

Eu precisava arrumar outros pintos naquele fim de semana, porque o meu já não dava conta. Cheguei ao ponto de ter que planejar intervalos de descanso. Ela estava acabando comigo. Tudo isso me desmasculinizava de certa forma; uma pequena e dócil menina tinha me detonado. Passado o fim de semana, depois de ter feito sexo um impressionante número de vezes, minhas bolas doíam e meu pau estava em carne viva, mas ela ainda sentia tesão e tinha a disposição de cair de boca no meu falecido e ficar lá por mais de cinco minutos até que ele alcançasse sua forma ereta; então, montava em mim e agia feito uma britadeira. Eu acho que poderia ter dormido desde que o pau ficasse duro, acho que ela nem ligaria.

Depois que ela se foi, eu não transei por mais de uma semana. Meu pau estava em carne viva. Isso só acontece quando eu estou muito bêbado e tento bater uma (o que é uma ideia muito ruim). Ainda tenho cicatrizes nas minhas costas por causa das unhas dela, e ferimentos nos joelhos, lembranças dos dois dias de sexo violento.

Ela se foi e me senti aliviado. Eu não aguentaria outro fim de semana, principalmente porque ela parecia muito bem, como se nada tivesse acontecido.

Mais tarde, recebi um e-mail de uma menina da comunidade com quem eu tinha dormido em Cancun:

"Você se lembra do nome daquela garota asiática? A asiática quietinha da minha comunidade? Ela supostamente foi para a casa de seus pais na semana passada, mas quando voltou, teve de passar no médico por ter 'problemas femininos'. Bem, ela sempre disse que nunca tinha feito sexo e que não poderia saber o que estava errado, mas um amigo meu é residente lá e afirmou que ela tinha impactado o reto, além de ter contraído infecção urinária. Dá pra acreditar? Como poderia acontecer isso se ela não pratica sexo?"

MULHER! VOU TE DIZER COMO ISSO ACONTECEU! EU SOU O CARA!

Pensando bem, não tenho lá muito crédito nisso. Qualquer que tenha sido o problema dela, ela fez a si mesma. Eu não vou me sentar aqui e escrever sobre quão grande meu pinto é; é a medida para um cara de estatura mediana. Medi e comparei a diversos estudos: não importa o quanto eu fosse gostar que a minha benga encostasse nos joelhos, ela tem o tamanho que tinha que ter.

A infecção urinária ocorreu porque do sexo anal passamos direto para o vaginal; essa não é uma boa ideia, mesmo com camisinha nova. Quanto ao reto impactado... bem, ela é uma asiática pequenininha. Meu pau pode não ser grande, mas, com certeza, é maior que o cólon dela.

De qualquer forma, desejo sorte a quem estiver namorando aquela garota agora: cara, você é um homem melhor que eu.

Tucker vai a Vegas

Ocorrido em outubro de 1999
Escrito em abril de 2005

Alguns acontecimentos são marcantes na vida de um homem: a primeira transa, a primeira bebedeira, a primeira briga... E a primeira viagem a Vegas.

Quando eu cursava o segundo ano da faculdade de Direito, tive de ir a Los Angeles para algumas entrevistas, e eu planejava me hospedar na casa do meu bom amigo "Junior" enquanto ficasse lá. Junior é um cara forte, descendente de italianos e de árabes, com olhos verde-claros e pele bronzeada. O tipo de moreno de olhos verdes que deixa as mulheres piradinhas. Eu conheci Junior na Flórida, onde ele trabalhava para o meu pai. Nós nos tornamos amigos porque ele era tão pegador quanto eu — na verdade, ele era BEM melhor que eu em matéria de pegar mulher; além disso, ele conseguia acompanhar meu ritmo e, às vezes, até me superava. Poucos são capazes de tal façanha.

Nessa época, Junior vivia em Santa Monica e estudava na Universidade da Califórnia, em Los Angeles. Cheguei ao Aeroporto de Los Angeles às oito da noite de uma quinta-feira. Eu pretendia passar o fim de semana tomando todas e seguir para as minhas entrevistas na segunda-feira. Junior já estava a minha espera.

Junior: "E aí, cara, como vão as coisas?"
Tucker: "Tudo na mesma. E você, o que me conta?"
Junior: "Nada de novo. Bom, vamos nos mandar para Vegas."
Tucker: "Opa, vamos nessa."

Por volta de 20H15, estávamos na estrada. Eu ainda não havia colocado minha bagagem na casa de Junior. No meio do caminho, numa cidadezinha bosta chamada Barstow, Junior me disse para sair da estrada e parar em um lugar — In-N-Out era o nome desse lugar. Não fiquei muito animado com a ideia.

"Cara, aonde estamos indo? Essa coisa aí deve ser uma merda."

Junior não respondeu, apenas olhou pra mim como se eu tivesse me recusado a comer a Penelope Cruz. Ele insistiu que entrássemos no In-N-Out e argumentou que os hambúrgueres daquele estabelecimento mereciam uma atenção especial, e seria um crime saboreá-los e dirigir ao mesmo tempo. Pediu para mim um Double-Double (sanduíche com dois hambúrgueres e duas fatias generosas de queijo). Isso não me impressionou. Era só a porra de um sanduba.

Eu só havia me apaixonado três vezes em toda a minha vida, e minha primeira mordida naquele Double-Double foi uma delas. O pão crocante realçando o sabor da alface fresca, o molho especial tornando o tomate ainda mais saboroso, a carne tenra envolvida pelo queijo picante — todos esses elementos se combinavam em um harmonioso sabor nunca antes visto no mundo do fast-food norte-americano. Eu fiquei impressionado. Na história da civilização, havia apenas um grande prato de fast-food, e esse prato era o Double-Double. Estava satisfeito ao terminar meu Double-Double, mas ainda assim devorei outro logo em seguida. Essa delícia era tão transcendentalmente maravilhosa que quase me levou às lágrimas. Os filhos da puta deviam me contratar como porta-voz.

Junior insistiu em dirigir no restante do caminho. Eu não entendi a razão disso até entrarmos na principal avenida de Vegas; se eu estivesse ao volante, sem dúvida, nos meteríamos em encrenca. Não sou um grande fã do filme *Swingers*, mas tenho de reconhecer que Favreau matou a pau na cena em que os atores veem as luzes de Vegas. Eu parecia uma criança completamente enfeitiçada pelas luzes brilhantes e pelas coisas que resplandeciam por todo o canto. Dirigir em Vegas é bem diferente de dirigir na Times Square.

Chegamos ao hotel e cassino Bellagio por volta de uma da manhã, e logo nos sentamos nas mesas de vinte e um e começamos a jogar. E a beber. E a ganhar. Quando me dei conta já estava bêbado, Junior e eu gritávamos, e um monte de gente havia se reunido ao redor da nossa mesa. Nós éramos "aquela mesa".

Quem já foi a Vegas, ou frequentou um cassino qualquer, sabe de que mesa eu estou falando: aquela com os caras em pé ao redor dela, comemorando euforicamente cada mão vencedora, praguejando em cada mão ruim, fazendo apostas ridículas, gritando para que o cassino inteiro pudesse ouvir, pedindo bebidas por todo o salão, abordando as pessoas e mandando que trouxessem mais comida, agarrando a bunda das garçonetes, insistindo para que o gerente do setor arranjasse um quarto e algumas putas... Sim, nós éramos esses caras.

O Show de Apostas de Tucker e Junior tinha várias atrações: nós chamávamos absolutamente todos os crupiês de "Slappy", não importava o nome que tivessem. Nós perseguíamos os Slappys o tempo todo com ameaças físicas:

Junior: "Se você ganhar do meu 20 vai ganhar também uma bicuda no meio do saco!"

Tucker: "Juro pelo cadáver podre e seco da minha avó, se você me sacanear com outra carta ruim eu vou polir o chão do cassino com as suas tetas!"

Uma crupiê quase limpou a gente; nós a ameaçamos e lhe rogamos pragas, a chamamos de "Anjo da Morte". Ela acabou se mandando da mesa, quase chorando. Mas isso não nos deteve:

Junior: "Ei, uma hora você vai ter que sair do cassino, então fica esperta porque você não me escapa!"

Tucker: "Tomara que as suas crianças peguem lúpus!"

Um dos Slappys era um puritano:

Tucker: "Vejam só essa carta... AH, VAI SE FODER!"

Crupiê: "Ei, você não pode dizer 'foder' aqui."

Junior: "Nós não podemos dizer 'foder' neste cassino, mas as garotas de programa podem perambular por toda Vegas vendendo seus serviços."

Crupiê: "A prostituição é legal em Vegas. Dizer 'foder', não é."

Tucker: "PUTZ, COMO VOCÊ FALA BOSTA!"

Junior: "É permitido dizer 'bosta'? Será que é contra a lei cagar em Vegas?"

Sinceramente, não sei explicar por que não fomos jogados para fora dali.

Zoar os crupiês foi muito divertido, mas acabamos nos cansando da brincadeira. Eram mais engraçadas as pessoas que jogavam em nossa mesa ou nos observavam. Perto de nossa mesa havia duas mulheres, uma bem jovem e a outra mais velha, obviamente, a mãe da primeira. Junior, com sua libido incontrolável de elefante macho no cio, ficou ligado, imediatamente.

Junior: "Vou passar um xaveco nessa mina."

Tucker: "Velho, você ficou maluco? Uma semana atrás essa garota ainda dormia num berço e usava fraldas."

Junior: "Preciso cumprimentá-la, porque você, obviamente, criou sua filha com muita competência." [Enquanto dizia isso ele estava diante da mãe, mas comia a filha com os olhos.]

Mãe: "Minha filha tem quinze anos."

Junior: "Bem... Eu sou rico. Darei a você um dote bem generoso."

Tucker: "UM TANTÃO PARA A MENINA E UM TANTÃO PARA A MULHER!"

Mãe: "Até logo!"

Ficamos tão empolgados com as apostas e com o pessoal a nossa volta que não percebi o tempo passar. Quando dei por mim e olhei o relógio, eram nove horas da manhã de sexta-feira e eu me sentia meio bêbado. Por curiosidade, perguntei à garçonete quantas cervejas eu havia consumido, e ela respondeu: "Não sei, meu bem. Eu trabalho no turno das duas às dez da manhã, vocês já estavam curtindo quando cheguei aqui. Acho que você tomou umas vinte ou vinte e cinco cervejas desde que eu comecei a trabalhar."

Como uma criança pequena que só percebe que está ferida quando vê de fato o sangue escorrendo do corte, eu só notei que estava bebaço quando soube quantas cervas havia entornado. Então, sacudi o ombro de Junior.

Junior: "Cara, você tá legal?"

Tucker: "Eu preciso de uma cama, caralho... Não consigo mais parar em pé."

Junior deu risada, disse para o crupiê ficar de olho em mim, deu-me umas vinte fichas de cinco dólares e se mandou. Eu passei de "Tucker em Estado de Graça" a "Tucker em Estado de Coma" em apenas cinco minutos. Não sei ao certo o que aconteceu nos trinta minutos seguintes, mas, quando Junior voltou, minha cabeça estava colada à mesa e eu empurrava as fichas para a frente aleatoriamente. As pessoas me olhavam com cara de idiotas e riam como se eu fosse um artista de rua ou coisa parecida. E esta é a melhor parte: eu estava apostando mais vinte dólares.

Junior: "O hotel está lotado, não conseguiremos quarto aqui. Mas eu acabei de conhecer uma garota e você poderá ficar no quarto dela. Tucker, esta é a Charlene."

Junior era incrível com as mulheres, mas aquilo era demais até para os padrões dele. Ele acabara de bater o próprio recorde. Em vinte minutos o cara havia descolado uma mulher em Vegas — e muito gata, diga-se de passagem —, e, como se isso não bastasse, convencera a mina a deixar seu amigo Tucker — um cara que ela jamais vira na vida — ficar desmaiado no quarto dela enquanto se divertiam no cassino. Caramba, Junior estava a um passo de se tornar um mito.

Naquele exato momento, porém, eu estava mamado demais para reconhecer essa façanha; assim, apenas resmunguei qualquer coisa em resposta, apanhei a chave da garota e caminhei na direção das escadas. Não lembro do caminho que fiz para chegar ao quarto dela, nem de ter tirado minha calça... Também não lembro de ter mijado no chão do banheiro, nem de ter derrubado uma mesa, nem de ter apagado sobre uma cama, nem de nada que eu tenha feito. Eu continuo me negando a assumir responsabilidade por esses incidentes.

É aí que reside a beleza do álcool: se você não lembra do fato, então, o fato não ocorreu.

Só lembro que acordei ao som de pele se chocando contra pele, em ritmo acelerado. Eu estava tão fraco e desidratado que não conseguia nem abrir os olhos. Eu os esfreguei e, mesmo com a visão muito embaçada, enxerguei Junior na outra cama, afogando o ganso naquela garota com tanta gana que pensei que ele quisesse abrir um atalho até a China. Uma cena realmente gratificante. Em seguida, voltei a perder a consciência.

Quando acordei novamente, eles já haviam tomado banho e se livrado de todo o fedor de sexo bizarro. Junior e eu deixamos o quarto para jogar um pouco mais; antes, porém, Junior deu à garota um número falso de telefone celular, porque ele é uma pessoa filha da puta de ruim. Umas duas horas mais tarde, eu percebi que tinha deixado meus óculos no quarto da mina:

Junior: "Mas como você pôde deixar os óculos lá? Está tão bêbado que esqueceu que não consegue enxergar sem eles?"

Fui novamente ao quarto dela e bati na porta. A garota deve ter pensado que era Junior voltando para mais uma trepada, porque veio atender com uma toalha enrolada no corpo, sorrindo de modo sedutor. Quando me viu, pareceu confusa e logo tratou de disfarçar.

Charlene: "Precisa de alguma coisa?"

Tucker (confuso, por causa da evidente tensão sexual): "Ahnn... E-eu, ééé... Eu deixei meus óculos aqui. Só isso."

Charlene: "Entre."

Não tive de procurar os óculos por muito tempo; eles estavam debaixo da cama. Então, as coisas ficaram estranhas. Charlene estava recostada na parede entre mim e a porta, com uma expressão no rosto que eu nunca havia visto antes. Bem, eu já tinha visto isso antes, sim, mas só em filmes pornôs em que a esposa solitária vestindo um jeans sumário trepa com o encanador musculoso. Mas isso não estava acontecendo ali... Ou será que estava? Quero dizer, aquilo era o mundo real e o mundo real não é como os filmes de sacanagem... Ou é? As mulheres não saem por aí metendo ao léu com caras que acabaram de conhecer... Ou será que saem?

Você precisa levar em conta que eu tinha apenas vinte e três anos na ocasião e ainda não sabia o que sei agora. Há muitas mulheres maravilhosas no mundo, e as mulheres devem ser tratadas com respeito. Mas, enquanto a maioria delas tem um ritmo mais "família", algumas são verdadeiras vadias relaxadas, putas de carteirinha mesmo. Embora fosse inexperiente no assunto, deixei que meu sexto sentido me guiasse e decidi pagar para ver. Afinal, o que poderia acontecer de pior? Ser chutado para fora dali? Eu já ia embora mesmo.

Tucker: "Você ainda está molhada? Por que continua usando essa toalha?"

Charlene: "O que você acha de vir até aqui e me secar todinha?"

Eu era bobo e tinha vinte e três anos, mas não podia deixar passar uma chance dessas.

Quando penso no que fiz nessa ocasião, vejo que foi meio nojento. Passei a vara numa mulher que um puta amigo meu tinha acabado de traçar. Mas ela havia tomado banho, então, tudo bem, eu acho. Ah, que se foda. Afinal, o que acontece em Vegas, fica em Vegas, certo? Mas o mais legal disso tudo é que eu jamais disse uma palavra sobre o assunto a Junior. Ele vai descobrir tudo quando ler essa história.

Mais tarde, de volta às mesas de jogatina:

Junior: "Por onde você andou?"

Tucker: "Só fiquei de bobeira por aí. Ei, essa sua mina é gostosa pra cacete!"

Junior: "Obrigado por me avisar... Ela é o bicho na cama."

Tucker: "Aposto que é mesmo."

A essa altura, já eram cinco da tarde de sexta-feira. Nós havíamos lucrado uma grana legal na noite anterior, mas a sorte nos abandonou e eu acabei perdendo quinhentos mangos. De qualquer maneira, detonei doze drinques, então, não foi uma perda de tempo total.

A sangria cessou às oito da noite, porque o voo do meu mano Sling-Blade estava para chegar. No aeroporto, eu o avistei quando ele saía da área das bagagens e gritei da janela do carro:

Tucker: "SLINGBLADE, ESSE LUGAR É DEMAIS! NEM QUARTO DE HOTEL A GENTE ENCONTRA! JUNIOR ANDOU FODENDO UMA VADIA E EU GANHEI UMA GRANA PRETA! IIIIIISSS-SAAAAAAAA!!!"

SlingBlade: "Será que eu perdi alguma coisa?"

Nós fomos imediatamente jantar no In-N-Out (sim, eu sou obsessivo-compulsivo), jogamos e bebemos um pouco, e fomos para a grande boate dentro do Venetian. Junior e eu partimos para cima de duas gatas. E porque elas haviam cometido o crime de terem uma vagina, SlingBlade, como era de se esperar, tratou-as mal e porcamente, e passou o tempo todo resmungando "putas" pra cá e "lixo promíscuo" pra lá. A certa altura, nós cinco vimos uma cena hilária na pista de dança: uma garota incrivelmente gostosa dançava numa boa com uma amiga, quando um velho calvo e repulsivo se aproximou e começou a se esfregar nela. Veja, ele não estava apenas dançando pertinho dela; ele a estava atormentando com seus passinhos de babaca. Era ridículo. Ela se esquivava do bundão, ele continuava a segui-la, a mina continuava a se esquivar e nós continuávamos rindo dele. De repente, SlingBlade saiu andando e foi até o velho — que tentava agora xavecar as garotas —, puxou-o para o lado, apontou-lhe a saída e disse: "O senhor é um fracasso na dança e na vida. Por favor, fique longe dessa gostosa."

A expressão na face da mina era impressionante; era a personificação do verdadeiro amor. Quase chorando de tanto rir, ela foi para cima de SlingBlade, agarrou-o e lhe deu um beijão na bochecha. Quanto ao velho calvo... Bem, tantas pessoas estavam rindo que o sujeito não teve alternativa a não ser vazar do clube.

A noite prometia. Minha garota ficava cada vez mais a fim e já estava rolando uma pegação entre a gente.

Nós estávamos no bar. Com as mãos nas minhas pernas e a língua em minha orelha, ela sussurrou:

Garota: "É verdade que o que acontece em Vegas, fica em Vegas?"

Tucker: "Só vale quando a pessoa mora aqui."

Garota: "Eu sou de Cincinnati."

Tucker: "Vale ainda menos se a pessoa não dormiu com ninguém."

Garota: "Isso é tão excitante... Eu nunca fiz isso!"

Eu a levei na mesma hora para o corredor dos banheiros, onde começamos a dar uns malhos tão loucos que eu não sei que parte do corpo usamos para nos deslocar até o nosso destino. Essa boate, em vez de banheiros separados para homens e mulheres, tinha quatro banheiros que podiam ser usados por pessoas de ambos os sexos. E esses banheiros tinham umas portas de vidro muito maneiras: essas portas eram totalmente transparentes, mas ficavam opacas no instante em que você as trancava.

Deixando de lado as portas superlegais dos banheiros, eu precisava encontrar uma solução para o meu problema, e rápido. Eu estava bebão e cheio de tesão, com uma garota bebaça e muito a fim de trepar; mas havia umas vinte pessoas na nossa frente esperando para usar os banheiros. Concluí que sendo eu uma pessoa obviamente mais importante e com necessidades bem mais urgentes, poderia furar a fila. Eu só teria que dar ao pessoal da fila alguma compensação.

Uma das portas se abriu e eu corri até ela levando a garota comigo. Um vacilão da fila tentou dizer alguma coisa, mas antes que ele começasse eu falei: "CARA, VOCÊ NÃO VAI SE ARREPENDER, vou fazer a sua espera valer a pena!" Antes que ele pudesse protestar, puxei a mina para dentro da cabine e tranquei a porta, o vidro transparente ficou imediatamente opaco. Ela me agarrou e me tacou um puta beijo molhado e bêbado:

"Me fode com tudo, me fode até me fazer esquecer meu nome!"

Bem, ordens são ordens. Eu girei o corpo dela e a inclinei sobre a privada, puxei para baixo sua calcinha da Victoria's Secret, e enfiei-lhe a benga como se não houvesse amanhã. Mas enquanto eu estava ali, mandando ver, meu subconsciente pentelho resolveu me encher o saco: "Tucker, você não vai cumprir a promessa que fez ao vacilão lá fora?"

Filho da puta de subconsciente do caralho.

Tentei pensar em alguma coisa, alguma ideia.

E eu tive uma ideia. Dentro do reservado, enquanto eu pegava a mina por trás, percebi que estávamos posicionados quase de lado em relação à porta de vidro, mas eu ficava bem próximo da tranca da porta. Hora de cumprir a promessa. Destravei a porta, que voltou a ficar transparente em instantes. Algumas das pessoas na fila se voltaram para olhar para a porta, esperando que se abrisse... mas, em vez disso, eles me viram enrabando aquela garota. Eu sorri e voltei a trancar a porta.

Dei mais umas metidas e destranquei a porta novamente. O vidro ficou transparente, mas dessa vez havia quatro pessoas esperando. Elas estavam todas de boca aberta. Sorri para elas, dei um tapinha na bunda da gata e tranquei a parada de novo.

Momentos depois, porta destrancada mais uma vez.

Oito pessoas esperando para ver. Dei umas palmadas sacanas no traseiro da garota. A galera incentivou e vibrou. PUTA QUE PARIU! ISSO É LEGAL DEMAIS!

E trava a porta.

E volta a destravar.

Agora eram doze pessoas esperando. Aí comecei a dar espetáculo, tipo: "Ei, vejam só... Sem as mãos!" QUEM É O CARA AQUI? HEIN???

E "plunk", porta trancada.

Porta destrancada.

Mais de doze pessoas na plateia. Segurei o cabelo dela e dei-lhe uns tapas no traseiro como se ela fosse a minha montaria. A galera foi à loucura. Como vibravam. EU SOU UM ASTRO! MORRAM DE INVEJA!

Tranca mais uma vez.

Um pensamento me ocorreu. Do que eu gostava mais, afinal: do sexo ou da plateia? Ah, sei lá. Eu devia me tornar ator pornô. No final das contas, o que importa não é o tamanho da rola mas o tamanho do público que a rola atrai.

Eu tranquei e destranquei aquela porta um monte de vezes, e sempre que aparecia eu proporcionava à plateia uma atração diferente: puxei o cabelo da mina, botei-lhe o dedo no fiofó, brinquei com as roupas dela, fingi que escrevia nas costas dela... E enquanto eu fazia essas coisas, meu público aumentava cada vez mais.

Deus, eu nasci para brilhar nos palcos! O melhor de tudo é que a garota nem se deu conta do que acontecia; e do lado de fora só era possível enxergar a parte de trás do corpo dela, ela só podia ser vista da metade das costas para baixo. Ela era, praticamente, uma bunda que se projetava da parede para a alegria dos fãs.

Mais ou menos na décima vez em que eu destravei a porta, pelo menos trinta pessoas esperavam pela oportunidade de me ver enfiar a jeba naquela mina. Eu estava quase gozando e decidi que fecharia o espetáculo em grande estilo, destrancando a porta e gozando bem em cima do vidro transparente. Quando senti que chegara a hora, apertei a base do

meu pau (para evitar que a porra voasse antes do momento certo), virei-
-me para a porta, destranquei-a e então esporrei no vidro todo, exibindo
diante da plateia minha melhor cara de fodão. UAU-MAS-QUE-FINAL!!!

Por estar sob o efeito do orgasmo eu não o vi de imediato, mas não
demorou para que eu o notasse bem diante dos meus olhos.

Eu esperava a presença de mais de trinta pessoas assistindo espanta-
das enquanto eu descarregava toda a minha munição na porta... Em vez
disso, apareceu diante de mim um segurança de dois metros de altura,
um armário com os braços cruzados diante do enorme peitoral, com uma
lanterna do tamanho de um cassetete na mão.

Nossos olhares se cruzaram. Então, ele dirigiu os olhos para o líquido
gosmento que escorria porta abaixo, e voltou a olhar para mim. Nós com-
partilhamos um momento. Um momento de total e completo espanto.

Porém, esse momento passou depressa. Provavelmente terminou no
exato instante em que ele jogou o ombro contra a porta, empurrando-a e
amassando a minha cara com ela. Com a piroca na mão, a cueca presa nas
pernas e vendo estrelas, eu cambaleei e caí... aterrissando direto no vaso
sanitário.

Caso você esteja se perguntando, a água da privada parece incrivelmente fria em contato com um rabo nu.

"VOCÊ PENSA QUE PODE FAZER A MERDA QUE QUISER AQUI?!", bra-
dou o segurança com sua voz de trovão.

Ele segurava a lanterna de modo ameaçador, e eu tenho certeza de
que se a garota não estivesse ali essa lanterna colidiria com violência e
precisão contra a minha cabeça. Felizmente, para mim, a mina veio em
meu resgate:

"AAAAAAAAAA-AAAAAAAAAAAAHHHHHHHHHHHHHHHHHHHHH-
HHHHHHHHHHHHHH"

Na ânsia de me pegar, eu acho que o segurança não viu a garota, porque ele se assustou e deu um pulo. Aproveitei a chance para me desatolar
da privada, e, com a bunda ainda molhada, vesti de novo a cueca.

Eu tentei fugir, mas nem que tivesse uma turbina enfiada no traseiro
conseguiria escapar do cara. Era um sujeito grande e atlético, e me usou
para treinar sua técnica de imobilização, apesar de quase ter escorregado
na calcinha rasgada que ficara pelo chão. Eu teria elogiado sua técnica
impecável se pudesse falar, mas com as minhas costelas retorcidas e meu
pulmão achatado, respirar não era uma opção para mim.

Ele me agarrou pela blusa e basicamente me arrastou pela pista de dança. Eu reuni todas as forças que me restavam para soltar um patético "Socorro!". Felizmente, SlingBlade e Junior me viram e correram para me dar uma ajuda. Bom, na verdade eles não fizeram nada para impedir que o segurança continuasse a limpar o chão com a minha bunda, então não serviram para porra nenhuma. Foi mais um apoio do tipo "Bom, vamos rezar para que o godzilla aí tenha se cansado de dar porrada nele, senão vai ser velório com caixão fechado." Viviam me chutando para fora dos botecos, isto é, me expulsando; mas essa foi a primeira vez que fui realmente chutado para fora — literalmente, chutado, fisicamente atirado de um lado para o outro como uma boneca de pano. E as pessoas ainda dizem que não há mais caras durões em Vegas como antigamente...

Eu ainda trajava minha cueca ensopada e socada em meu traseiro molhado quando nós fomos a outro cassino e bebemos no bar principal por cerca de uma hora, só para descontrair e digerir os últimos acontecimentos.

SlingBlade tinha a resistência física de uma minhoca recém-nascida e não estava lidando nada bem com a combinação de álcool, In-N-Out e estresse; então, decidimos ir a um lugar no cassino onde serviam café.

Eram quase quatro da manhã de sábado e o desjejum já estava servido nesse restaurante. Junior e eu imediatamente pegamos pratos e nos sentamos. Ovos mexidos com bacon caíam pelas bordas dos pratos. Quando SlingBlade sentiu o cheiro da comida, ele tonteou e ficou pálido. Aí eu quis fazer graça: "Esse cheiro não é nada legal quando se está com o estômago embrulhado. Preste atenção: aconteça o que acontecer, em hipótese nenhuma pense em batatas fritas empapadas de óleo e sanduba de churrasco gorduroso com manteiga derretida por cima. E com cinzas de cigarro por cima também."

SlingBlade só teve tempo de se inclinar um pouco antes de vomitar tudo o que havia botado pra dentro nos últimos dez anos. E bem em cima de nossa mesa.

Tucker: "AAI, MEU PAI!"

Junior: "POR QUE VOCÊ FALOU ISSO?"

Tucker: "SEI LÁ EU!"

Eu ainda não havia me recuperado do mico no banheiro da boate e do cacete que levei do segurança, e simplesmente fiquei ali sentado. Foi Junior quem salvou o dia. Ele imediatamente entrou em ação: "De pé,

SlingBlade, fique de pé. Certo. Tucker, segure-o aí. Fiquem aqui e me esperem, eu volto logo."

Ele correu até a frente do restaurante e abordou a gerente. Ela era uma mulher bem-vestida, provavelmente com trinta e muitos anos, parecia infeliz, talvez porque àquela altura da vida ainda precisasse cumprir turnos tarde da noite num restaurante de Vegas.

Gerente: "Olá. Em que posso ajudá-lo?"

Junior: "Bem, é o seguinte. Nós estávamos sentados, e... Veja bem, não quero meter ninguém em encrenca por isso, não há necessidade, mas parece que alguém deixou um caminhão de lixo em nossa mesa, e agora ficou impossível sentar lá..."

Ele apontou para a mesa cheia de caca onde estávamos sentados.

Gerente: "Mas o que houve com a me... Meu Deus, o que é aquela coisa?! Tudo aquilo só de vômito? Mil perdões! Ah, que desagradável, eu sinto muito! Não acredito que isso tenha acontecido. Não se preocupe, vocês receberão outra mesa, vou cuidar de tudo agora mesmo. Peço mil desculpas. JULIO, VENHA CÁ!"

SlingBlade e eu fomos até a parte da frente do restaurante. Com as mãos sobre o estômago, SlingBlade não parecia estar muito melhor. Nós fomos rapidamente colocados em outra mesa, num lugar reservado do restaurante.

Tucker: "Você consegue aguentar? Está tudo bem com você?"

SlingBlade fez que sim com a cabeça. Eu estava pedindo café para ele quando a gerente e Junior se aproximaram de nossa mesa.

Gerente: "Eu gostaria de me desculpar mais uma vez por esse transtorno. Realmente sinto muito. Isso nunca aconteceu antes. Peçam o que vocês quiserem, será tudo por conta da casa."

Junior: "Isso é muito gentil de sua parte, e lhe agradeço, mas não será necessário. Acredite, não foi tão ruim assim."

Gerente: "Oh, não, deixem-me pelo menos oferecer essa compensação a vocês. Por favor. Eu me sinto muito mal por..."

Antes mesmo de ver a coisa eu pude ouvi-la; mas o ruído já bastaria para eliminar toda e qualquer dúvida. Quando por fim eu olhei para SlingBlade, havia apenas alguns respingos de vômito saindo de sua boca, mas o carpete estava cheio de um líquido espesso... E esse líquido estava bem perto dos sapatos da gerente.

O espanto fez a mulher ficar completamente imóvel; apenas a sua cabeça balançava de um lado para outro enquanto ela avaliava os danos.

90

Quando a ânsia de vômito de SlingBlade recomeçou, ela se afastou de seu caminho a fim de não receber outra carga de suco de lixo tóxico. A gerente esperou que nosso amigo parasse de regurgitar e falou: "Acho melhor vocês irem embora agora."

De tanto tomar Red Bull na boate, Junior e eu ainda estávamos ligadões, e decidimos jogar. SlingBlade estava fora de combate, mas o cassino onde nos encontrávamos não tinha mais nenhum quarto vago. Assim, tivemos de rodar de carro por um longo tempo até encontrar um quarto. Quando enfim encontramos o bendito quarto, despachamos nosso amigo para lá e fomos para uma mesa de vinte e um. Isso aconteceu perto das cinco da manhã do sábado.

Junior deixou a mesa às dez da manhã. Eu continuei jogando e bebendo vodca com Red Bull, quando lembrei de consultar o relógio já eram três da tarde (ainda de sábado). SlingBlade e Junior haviam voltado para a mesa:

SlingBlade: "Minha nossa... Como você conseguiu ficar acordado até agora? Andou cheirando?"

Tucker: "Que, QueNadaFilhote, o RedBull é umTroçoFantástico, MasEuAchoQueTem AlgumacoisaNoArDessesCassinos. PutzVegasÉShow! EuAmoTudoIssoAqui!QueDemais! Ei, olhemSóEssaCartinha, HEIN? QUE-MÃOHEIN? AOW, MEUVELHO!! VouÉ...MeDarBem. VOU OU NÃO VOU? DIZAÍ! DIZAÍ!"

SlingBlade: "É melhor a gente chamar os Jogadores Anônimos agora ou esperamos até você desmaiar?"

Junior: "O que há de errado com os seus olhos? Eles estão vibrando."

Tucker: "TôComFome, VãoboraProInNOutEDepoisPraUmaBoate-DeStrippers! VouCairDeBocaNosDouble-DoublesHEIN!!"

Nós deixamos o cassino no carro de Junior e assim que me sentei no banco traseiro senti como se tivesse sido desligado da tomada. Eu apaguei dentro do carro e eles simplesmente me largaram ali. Acordei cinco horas depois, às oito da noite, ainda no interior do veículo, em algum estacionamento que não pude reconhecer. Mas e daí? Que se foda. Aqui é Vegas e a diversão não para.

Olhei ao redor e vi os letreiros luminosos do Bellagio. Sabia por que estávamos ali. Ontem — pelo menos eu acho que foi ontem — nós estávamos jogando vinte e um no Bellagio, no começo da tarde, enquanto esperávamos a chegada do avião de SlingBlade. Junior, que é um verdadeiro radar humano para identificar peitudas gostosas com baixa autoestima, foi atraído para o bar principal do cassino como uma abelha é atraída pelo mel. Lá havia um monte de garotas lindas e sensuais, um achado e tanto. Parecia um evento da Playboy ou algo assim. Ele tentou xavecar algumas meninas, mas foi repelido diversas vezes, sem dó nem piedade. Encontrei Junior e SlingBlade no bar. Os dois estavam bebericando uns drinques, mas não conversavam com nenhuma das mulheres.

Tucker: "E aí, Junior, o que é que está pegando? Nunca vi você desistir de nenhuma mina antes, principalmente minas como essas aí."

Junior só balançou a cabeça em resposta. SlingBlade soltou uma gargalhada e então falou: "Não dá pra acreditar que vocês dois, seus idiotas, não perceberam isso ontem. ELAS SÃO TODAS PROSTITUTAS! Você não dá em cima delas, você negocia preço com elas!"

Essas eram as más notícias. Mas também havia boas notícias: Junior e SlingBlade tinham uma carta na manga. Junior realmente não era capaz de pegar uma prostituta, mas ele convencera uma garçonete do Bellagio a jantar conosco, acompanhada de duas amigas que estudavam com ela na Universidade de Nevada em Las Vegas. Elas nos encontraram no bar e nos levaram para um incrível restaurante tailandês. Descontraidamente, as garotas perguntaram o que nós fazíamos. Pensei em dizer a verdade, mas a troco de quê? Aqui é Vegas. E em Vegas você pode ser o que lhe der na telha.

Tucker: "Nós tocamos em uma banda aí."

Garota 1: "Não brinca! Será que já ouvimos vocês tocarem?"

Tucker: "Talvez. Vocês curtem rap cristão?

Garota 2: "Eu amo rap cristão!"

Tucker: "Bem, eu sou Big Baby Jesus, e [apontando para Junior] este é The Beat Boxin' Prophet, e ele [apontando para SlingBlade] é DJ Orthodoxy. Nossa banda é o Tha Last Suppa."

Como eu gostaria de ter um registro do olhar estampado na cara de SlingBlade. Não há uma palavra boa o suficiente para descrever o modo como ele me olhou; "desprezo" não dá a ideia exata e "ódio" não é um termo rico o bastante. Eu tinha certeza de que as garotas iam rir na nossa cara e nos perguntar o que fazíamos de verdade... Nessa noite, aprendi que não se deve subestimar a burrice dos estudantes da Universidade de Nevada em Las Vegas.

Garota 2: "NOSSA, MEU DEUS! Claro que eu já ouvi suas músicas, rapazes!"

Garota 1: "Tocaram alguma coisa de vocês no rádio hoje? Acho que sim!"

Preciso interromper a narrativa para fazer um breve comentário. As pessoas sempre me escrevem e-mails perguntando-me como eu me meto nas situações ridículas nas quais sempre pareço estar envolvido. Bem, galera, a resposta é simples: no exato ponto em que a maioria dos indivíduos colocaria um ponto final na brincadeira, eu simplesmente piso fundo no acelerador e arrebento com o limite de velocidade.

Tucker: "Que legal! Não dá pra acreditar que vocês ouviram a gente. Nós ainda não somos 'a banda', mas estamos no caminho certo para chegar lá. Que bom saber que vocês duas são nossas fãs."

Garota 3: "Eu também sou fã de vocês!"

Tucker: "Ô beleza!"

Junior já tinha entrado de cabeça na brincadeira, mas SlingBlade não parecia feliz. Além de não gostar de ser "DJ Orthodoxy", ele não conseguia aguentar a mina babaca com quem estava conversando.

Garota 3: "Então, de onde você é?"

SlingBlade: "Quem liga para isso?"

Garota 3: "Você disse 'aqui no paraíso'? No paraíso de Vegas, não é? Eu também!"

SlingBlade: "Sim, sim. Eu sou daqui, exatamente daqui."

Garota 3: "Dessa vizinhança?"

SlingBlade: "Não, desse restaurante tailandês. Meu pai era um jogador degenerado e viciado, que me perdeu num jogo de pôquer de altíssimo risco; mas, felizmente, eu consegui fugir da fábrica de cola e vivi nas ruas até ser adotado por essa adorável família tailandesa. Passei o resto da minha infância correndo sob pernas de cadeiras, limpando mesas em troca de um lugar para dormir e comendo restos do chão para sobreviver."

Garota 3: "Você não precisa ser tão estúpido."

SlingBlade: "Quem me dera, minha pobre acadêmica de assuntos penianos. Peça outro drinque para mim, e rápido."

SlingBlade se levantou e foi até o banheiro.

Garota 3: "Vocês dois são bem legais, mas... esse DJ Orthodoxy é um babaca."

Tucker: "Às vezes ele tem problemas com aquela parte que fala do amor ao próximo."

Para fortalecer de vez a lorota do rap cristão, a certa altura, eu peguei meu copo de cerveja, levantei-o e me dirigi a Junior e a SlingBlade:

Tucker: "Beat Boxin' Prophet, DJ Orthodoxy... Acho que está na hora de nossa pequena oferenda. E então? Que tal um pouco de cerva para Jesus?"

Junior: "NÓS O ENCONTRAREMOS NAS ENCRUZILHADAS DA VIDA, JESUS!"

Entornei uma ou duas gotas no chão. Rindo histericamente, Junior fez o mesmo... e as garotas também fizeram a mesma coisa. SlingBlade olhou para mim com aversão.

SlingBlade: "Eu odeio vocês dois com uma intensidade impossível de comunicar por meio de palavras."

Aquele restaurante tailandês era legal pra caralho. Você mal terminava um drinque e os caras já punham outro na sua frente. Ficamos tão bêbados que até SlingBlade começava a parecer legal. A certa altura, começamos a falar de sexo anal. Enquanto conversávamos sobre as vantagens de se colocar no buraco de trás, Junior, já muito mamado, levantou-se de sua cadeira e gritou: "Está pra nascer a mulher que vai aguentar essa tora no meio da bunda."

Depois de dizer isso, Junior tirou o pau para fora e o bateu contra a mesa. E o pinto fez um barulhão ao bater na mesa — era uma tremenda benga, coisa de dar medo. Acho que alguns copos até balançaram. Ouvi claramente quando uma das garotas engasgou. Todos à mesa ficaram em silêncio por um longo momento, até que Junior começou a esbravejar.

Junior: "Eu nunca fiz sexo anal porque o meu pau é grande demais. Nenhuma mulher me dá a bunda. Olhem para essa coisa... parece uma bigorna. Alguém conhece um rabo que dê conta dessa jeba? Olhem para esse pau! É enorme!"

Tucker: "Agora você está sendo orgulhoso, Beat Boxin' Prophet."

Assim que essas palavras deixaram a minha boca, todas as mulheres saíram imediatamente do transe em que se encontravam. Elas se endireitaram e pararam de olhar para Junior, que colocou a rola novamente dentro da calça. Assim, aquela mesa recuperou um pouco de sua normalidade. Se é que se pode esperar alguma normalidade depois que batem uma piroca gigante na mesa onde você está comendo.

Depois do jantar, decidimos ir para a casa que duas garotas dividiam. SlingBlade alegou cansaço e quis ir embora. Mas nós conhecemos a verdade: ele morria de medo só de pensar em fazer sexo casual com uma garota. Ele não dormiria com uma mina se não estivessem apaixonados. O garoto tinha problemas. Ele pegou um táxi e se foi.

Quando chegamos à casa das garotas, elas foram todas para o banheiro, e Junior me perguntou:

Junior: "Não acredito que elas pensam que somos mesmo cantores de rap cristão. Você acha que o que estamos fazendo é errado?"

Tucker: "Junior, eu tenho para mim que nada do que fiz na vida é errado."

Descemos todos ao porão, onde havia uma televisão, mobília etc. Peguei uma poltrona, Junior ficou com a outra, mas as minas foram para o andar de cima.

"Nós já voltamos", elas disseram.

Eu precisava muito mijar e comecei a perambular pelo sótão em busca de um banheiro. Não consegui encontrar nenhum e não me agradou a ideia de ir ao andar de cima para lidar com o que elas estavam planejando, fosse o que fosse. A alternativa que me restava era dar um mijão na caixa de areia para gatos que vi no chão.

Junior: "Meu, o que você está fazendo?"

Tucker: "Miau... Miaau."

Tudo o que conseguíamos ouvir do andar superior era um som abafado de conversação. Então, um barulho alto soou, como se algo tivesse sido quebrado. A Garota 2 desceu as escadas e disse a Junior que a Garota 1 o esperava lá no andar de cima. Então, ela me deu algumas explicações: "Gostaria que DJ Orthodoxy tivesse ficado. Nós brigamos para decidir quem treparia com quem. Eu não moro aqui, na verdade. Essa casa é das duas outras garotas. Então, se quero foder com você, nós teremos de fazer isso no sofá daqui do porão."

Nós trepamos sem parar, até cairmos de exaustão. Na manhã seguinte, fui acordado pelo ruído de arranhões e por miados de um gato tagarela. Do sofá onde eu estava, consegui descobrir o problema: a areia da caixa dele virara CIMENTO. Estava totalmente endurecida. Não é de se admirar: tinha sido mesmo um mijão devastador. Dei um passa-fora no bicho, que guinchou para mim e se mandou. Daí fiquei sem sono e resolvi passar a naba na mina de novo.

Junior e eu deixamos a casa algumas horas mais tarde, para voltar a Los Angeles. Não mudamos de roupa nem tomamos banho. As garotas desejaram sorte para nossa banda e prometeram ir ao nosso próximo show.

O fim de semana havia acabado conosco. Nós começamos à uma da manhã de quinta-feira e prosseguimos quase sem parar até a manhã de domingo.

O lado ruim dessa história é que Vegas perdeu seu encanto sobre mim. Todas as viagens que fiz a Vegas desde então foram uma bela merda. Acho difícil superar uma coisa dessas. Além do mais, a cidade mudou bastante desde aquele fim de semana e não foi para melhor. Talvez tenha sido sorte nossa, talvez se tratasse de um tempo diferente; mas a cidade simplesmente já não parece a mesma que visitamos da primeira vez.

A propósito: eu compareci a todos os meus compromissos de segunda-feira.

Fio-dental

Ocorrido em abril de 2001
Escrito em março de 2005

Nunca deixe ninguém dizer nada diferente: a única coisa boa da Duke é que fica a quinze minutos de Chapel Hill. Aquela universidade era demais: 65% dos alunos eram garotas, a maioria gostosa, e 35% homens, em sua maioria completos idiotas que não faziam concorrência. E mais: bastava você pegar uma que tinha moral com todas as amigas pra ser inserido na comunidade. Isto é, ficar com uma garota popular era como atrair mais quinze que queriam transar com você, simplesmente porque havia escassez de caras bacanas. Talvez não existisse isca melhor na Terra do que encontrar uma graduanda da Universidade da Carolina do Norte (UNC) e dizer "Sim, eu vou para a Duke Law School". Deus, tenho tanta saudade daquele lugar...

Uma vez eu fui fazer um trabalho com uma menina da UNC e logo a ignorei por causa da mulherada mais gostosa da comunidade. Esta menina estava a fim de mim, mas era muito magrinha para o meu gosto; não sinto atração por garotas que pareçam vítimas de campos de concentração. Ela percebeu que eu dava mais atenção para outra garota, então, chegou em mim e disse:

Garota Magra: "Por que você fica falando com ela e não comigo?"
Tucker: "Eu gosto dela."
Garota Magra: "Mas eu sou tão melhor que ela."
Tucker: "Mas eu acho que gosto da sua amiga."
Garota Magra: "Tenho certeza de que ela não faz uma chupeta como a minha."
Não é para amar as garotas da comunidade da UNC?

97

Tucker: "Sim, pode ser, mas você é muito magrela. Gosto de garotas que tenham um pouco de carne para pegar. Sou muito agressivo na cama; se a gente transasse, receio que um de nós sairia machucado. Ou eu te dividiria em duas ou seu cotovelo pontudo arrancaria meu olho. E eu ainda passaria todo o tempo pensando em te dar um hambúrguer em vez de te comer."

Achei que isso fosse suficiente para que ela me deixasse em paz. Mas foi aí que realmente entendi quão desesperadas as meninas da UNC estavam por homens.

Garota Magra: "Acredite em mim. Você me quer. Garotas com bulimia chupam melhor. Nós não temos refluxo."

Eu quase entrei em choque. Que garotas dizem isso? Só as que estão a fim de mim, só pode ser.

Assim que a gente entrou no hotel, a comunidade tinha alguns quartos alugados, imediatamente fomos para um deles. Ela quase quebrou meu zíper tentando arrancar minha calça. A garota não estava blefando: engoliu cada centímetro meu sem pestanejar. Meu pinto tem tamanho médio, mas ela forçou tanto que eu poderia jurar que a ponta dele estava tocando seu intestino delgado.

Mas ela não parou só no pau: colocou quase toda a região da virilha na boca. Em cada investida ela conseguia engolir cada vez mais carne. Teve um momento em que estou certo de que ela tinha meu pau e as bolas na boca, tudo de uma vez. Eu não achei que isso fosse possível até a cobra píton deslocar a mandíbula para engolir tudo.

A parte mais cômica estava na minha cabeça: aqui está essa garota chupando meu pau, que é a fonte da juventude, e tudo em que posso pensar é que isso foi, provavelmente, o máximo que ela comeu nos últimos meses sem vomitar. Terminei, ela engoliu, e comecei a rir, pensando se depois ela iria vomitar meu esperma.

Ignorando minhas risadas, ela continuou lá em baixo e chupou tudinho o que restava; então olhou para mim, sorriu de forma sedutora e disse: "Eu falei que você queria que eu te chupasse."

Olhei para ela e não consegui falar. Não por causa da chupeta — foi boa, mas não o bastante para que eu perdesse as faculdades mentais. Foi por outra razão: No sorriso dela... enrolado no dente frontal e embrulhando o canino esquerdo... estava o mais longo e mais nojento pelo púbico jamais visto. E era meu, tirado diretamente do meu saco.

É estranho como seu cérebro funciona em momentos como este. Eu não estava pensando no quanto era nojento meu pentelho, ou se isso significava que eu tinha que dar uma aparada nos crespinhos, ou ainda se deveria contar para ela; não. Meu primeiro pensamento era: "Ela vai ser mãe de alguém um dia? Uau. Coitadas das crianças; vão beijar essa boca." Meu próximo pensamento foi: "Quantas calorias têm meus pentelhos?"

Eu ainda não rapei minhas bolas nem a área da virilha, mas agora dou uma aparada de vez em quando. Não confio em mim mesmo com uma lâmina perto de meu melhor amigo (e também não quero ter as bolas rapadas feito uma estrela pornô), então, só dou uma aparada na área. Tudo por causa de uma menina de irmandade da UNC.

O final de semana Foxfield

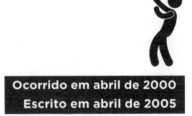

Ocorrido em abril de 2000
Escrito em abril de 2005

Eu nunca estudei na Universidade de Virgínia (UVA), mas ainda sinto que tenho um laço com essa instituição.

Prestei vestibular e entrei, mas, para meu pesar, escolhi a Universidade de Chicago. Matriculei-me de novo para Direito, mas escolhi a Duke porque a UVA não me daria uma bolsa (consegui uma na Duke). Tenho quatro primos que fizeram a UVA e sempre estava por lá. Mas foi um evento que rolou em abril de 2000 que cimentou meu laço não oficial com aquela universidade: Foxfield.

Foxfield é o nome das corridas de cavalo que rolavam na primavera em alguma fazenda perto da UVA. O povo enchia os carros com comida e bebida e se mandava para a fazenda, farofando o dia inteiro. Alguns alegavam ter visto cavalos correndo na pista, mas ninguém que conheço chegou a ver um.

Eu estava no segundo ano da Duke, em 2000. GoldenBoy e sua namorada (que posteriormente viria a ser sua esposa) entraram na UVA para o bacharelado; ela ainda estava na UVA quando nós entramos na faculdade de Direito. Na sexta à noite, antes de Foxfield, GoldenBoy, Hate e eu bebíamos em Durham.

Este é o resto da história:

23:00: Estávamos comendo comida mexicana e tomando cerveja. GoldenBoy nos divertia com histórias bizarras de Foxfield. Ele descrevia um final de semana com uma quantidade virtualmente ilimitada de álcool, bebedeiras homéricas, uma quantidade de comida que rivalizava com os banquetes medievais e garotas de vestidinho com moral negociável.

23:15: Hate e eu perguntamos por que nós não estávamos indo. Ele não tinha nenhuma resposta satisfatória. Exigimos sair imediatamente para lá. Ele estava dando pra trás. Começamos a zoar com ele. A duvidar de sua masculinidade. A analisar suas preferências sexuais e supor que ele fosse um francês de origem bastarda.

23:16: GoldenBoy está ao telefone com sua namorada [GoldenWife], dizendo que estávamos indo e pedindo a ela que saísse e comprasse cerveja. GoldenBoy é um ser facilmente manipulável.

0:00: Estamos na estrada, a caminho de Charlottesville. Tenho um estoque pessoal de doze latinhas para fazer as horas passarem mais rápido.

1:12: Minha cerveja tá caindo no carro do GoldenBoy. Eu não percebi porque capotei.

3:00: Chegamos ao apê da GoldenWife. Perguntamos onde rolavam as festas. Ela disse que não sabia. GoldenBoy abanou o rabo ao ouvir. Ele viu isso como um sinal de que ela o ama. Casais assim me dão nojo.

8:00: Hate e eu acordamos de uma noite de sono confortável no chão de madeira. Batemos na porta do quarto até acordar GoldenBoy. "HORA DE ENCHER A CARA!" Ele nos olha como se fôssemos dois animais raivosos prontos para devorar sua prole. Ele bate a porta e volta a dormir.

8:03: Hate e eu abrimos nossa primeira cerveja.

8:05: Hate e eu abrimos nossa segunda cerveja.

8:08: Hate e eu abrimos nossa terceira cerveja. Digo para Hate que consigo beber mais do que ele. Ele ri. "E assim começa, Max."

8:30: Depois de mandar pra dentro a terceira cerveja da série, sinto que ela gira no meu estômago. Beber de manhã = má ideia.

9:17: Estou na oitava cerveja da manhã e começando a procurar lugares onde posso vomitar. Hate não parece reduzir o ritmo. Reconheço que de fato ele pode beber mais do que eu.

10:00: Hate não liga que eu parei de beber e continua a mandar álcool furiosamente goela abaixo. Ele começa a esmurrar o apartamento, chamando todo o mundo. "MAAAX, CADÊ VOCÊ, PORRA?! YEEEAAAAAAH-HH... GoldenBoy, traz seu rabo pra cá. Eu te desafio a beber comigo! Max já arregou. Você pode até pedir pra GoldenWife te ajudar. YEAAAAAAHH-HHH. MAX, SUA MOCINHA!"

11:00: Entramos no carro e pegamos os amigos de GoldenBoy da facul que estão na cidade para Foxfield. Hate passou do modo de Bebida Agressiva para o modo de Bebida de Combate. Ele está atacando a cerveja. Hate coloca metade do corpo para fora do carro, gritando para qualquer fêmea à vista "AAAEEEEE... MOSTRA AS TETAAAAS!!".

11:15: GoldenBoy diz que, embora o plantel de garotas em Foxfield seja alto, ninguém pega ninguém. É mais um evento social alcoólico, ele avisa. Pergunto se ele sabe com quem está falando. Ele gira os olhos e condescendentemente me deseja sorte: "Ok, Tucker... ninguém pega ninguém em Foxfield, o lance rola depois." GoldenBoy lançou a lebre. Eu a aceito. "Filho da puta! Tá zoando com minha habilidade na pegação? Eu vou pegar uma garota na sua frente e você vai cheirar meu dedo."

12:00: Chegamos. O campo se estende além da vista, um mar de idiotas de fraternidades com cabelo encaracolado, camisas com listras e calças vermelhas, cerveja gelada e garotas menores de idade prontas pro abate. Isso é quase injusto pra eles.

12:01: Vejo a primeira gostosa de vestidinho e quase quebro meu pescoço olhando para ela. Esta cena vai se repetir mais ou menos mil e duzentas vezes nesse dia.

12:13: Chegamos à tenda do amigo do GoldenBoy. Ele começa a nos apresentar, mas Hate empurra todo o mundo do caminho e cai de boca no frango frito. Ele olha pra cima por um momento para cumprimentá-los com algo que poderia ser interpretado como "menos conversa, mais comida" antes de voltar sua atenção total para a salada de batata, *tuchando-a* pra dentro com a mão.

12:14: GoldenBoy me diz que está meio surpreso. Ele tinha certeza de que seria eu que iria estragar a tarde. Eu lembrei a ele que a corrida mal tinha começado.

12:38: Uma garota, tentando ser legal com o Hate, aponta para o isopor e oferece uma bebida. Ele examina as opções: "Não vou beber breja light ou refri diet, já que ambos causaram câncer em ratos de laboratório e que também não ajudaram ninguém a ficar menos redondo. Eu tô vendo destilado nesse isopor? AI, CARALHO... MAX, OLHA ISSO! ESSE POVO TEM *POBREMA*!" Decido que é hora de dar uma volta por Foxfield com Hate.

12:50: Hate não está satisfeito: "Meu, eles têm breja. Por que a gente tá saindo fora?" Explico para ele: "Você já deixou todo o mundo puto lá, temos que encontrar vítimas novas. Vamos roubar breja de pessoas menores do que a gente." Isso o anima: "MOSTRA O CAMINHO!"

12:54: Encontramos nossas primeiras vítimas. Um carro com o

porta-malas aberto e uns moleques. Hate ataca e começa a vasculhar o isopor deles. "BINGO, MAX! ELES TÊM BREJA!"

13:04: Vamos para outro carro. Garotas de fraternidade. Gostosas por toda parte. Hate se enfia no meio: "OOOI, MINAS! QUEM QUER UMA GOLADA?" Ele pega uma tequila e começa a girar a bebida sem noção nenhuma, espalhando o conteúdo em várias pessoas.

13:05: Pediram para que nós nos retirássemos.

13:09: Encontramos outro grupo de garotas. Hate se enfia no meio delas: "OUVI DIZER QUE AS MINAS DA UVA BEBEM! O CARALHO! EU POSSO BEBER MAIS DO QUE VOCÊS TODAS JUNTAS!"

13:10: Pediram para que nós nos retirássemos.

13:20: Encontramos outro carro com garotas. Decidi por uma abordagem diferente. "Hate, não fale a menos que falem com você." Essas garotas são atletas. Minha prima joga pela UVA. Pergunto se elas a conhecem. Dizem que sim; tô dentro. Para garotas de facul, amigos em comum = esse cara é seguro = eu quero transar com ele.

13:55: As coisas estão indo bem. Hate está conversando com uma garota maior do que ele, assim ele fica na boa. E então acontece: uma garota decide flertar comigo me chamando pra fora: "Você não tem cara de quem chapa."

13:56: Isso não fica sem resposta: "Sabe com quem está falando? Mina, você não chega aos meus pés bêbados." Ela me desafia pra uma competição. Eu rio. "Enfileira os copos. E sem bebida de mina. Uísque."

13:58: Ela ergue o primeiro copo e faz um brinde. "Me dê castidade e confiança — mas ainda não... Santo Agostinho!" Todas as suas amigas riem e aplaudem. Amadoras.

13:59: Eu ergo meu copo: "Isso é pra todas as vagabas daqui. Eu não falaria com nenhuma de vocês se não tivesse um pau... Tucker Max."

14:00: Uma das meninas me pergunta: "Quem é Tucker Max?"

14:10: Dois copos depois, minha oponente se retira. Eu falo sem piedade: "Você pode votar e dirigir, mas nunca será uma igual!" Eu não sou um bom vencedor.

14:11: Uma das amiguinhas dela se aproxima. Ela é uma gracinha de cabelo curto e óculos pretos de aro grosso. E está puta.

Garota: "Isso foi realmente sexista."

Tucker: "Não, não foi. Foi uma piada. Se eu tivesse dito que as mulheres não passam de suporte pra boceta, ISSO seria sexista."

Garota: "Hein?"

Tucker: "Se eu tivesse chamado a garota de boqueteira, isso também seria sexista. Ou se eu dissesse que as únicas coisas que ela tem de bom são a temperatura de trinta e seis graus e dois buracos molhados, isso seria muito sexista. Mas eu não falei nada disso, falei?"

Garota: "O QUÊ?!"

Tucker: "Oh-oh, eu te deixei puta? Você vai começar a escrever alguma poesia angustiante sobre isso?!?"

Ela olha para mim como se eu fosse uma privada cheia de camisinhas usadas. Hate me puxa para longe dela antes que ela se recupere. "Max, acho que você já causou demais aqui." Demora um segundo para registrar isso, mas caiu a ficha de que Hate é a voz da razão nesse momento. Isso não desceu legal.

14:25: Usando o lance de "Conhece minha prima?", conseguimos entrar em outra rodinha. Essas minas pensam que cuzões bêbados e sarcásticos são engraçados. Bingo. Decido zoar com pessoas para divertir as garotas.

14:27: Um retardado passa na minha frente: "Olha pra você, cara... o circo tá de folga hoje? Se você acertar meu peso, te dou uma breja."

14:31: Para uma mina com cara de vagabunda: "É uma cruz no seu peito? O fato de passar a maior parte do seu tempo ajoelhada não te faz religiosa."

14:33: Uma velha que parece muito com atriz das antigas passa na minha frente e eu digo. "Você vai crescer, será grande, terá o mundo inteiro de bandeja, começando aqui, começando agora, tuuuuudo floresce!"

14:34: Uma das garotas rola de rir: "MEU DEUS! *APERTEM OS CINTOS, O PILOTO SUMIU* É MEU FILME FAVORITO!" Eu chego junto. "Meu nome é Tucker e frequento a faculdade de Direito na Duke para ficar rico e poder comprar o que minha esposa quiser. Qual é o seu nome?"

15:15: Estou xavecando a mina sem dó. Hate se aproxima, olha para ela, depois para mim. "Eu preciso saber o nome dessa?" Decido que é hora de afastar essa garota do Capitão Pinto e ir para algum lugar mais discreto.

15:30: Estou com problemas para encontrar privacidade em uma pista de corrida aberta.

15:40: Um lance de gênio passa pela minha cabeça. Encontro uma área gramada no morro atrás do carro de GoldenBoy e sugiro que nos sentemos lá, "para ficarmos sozinhos".

15:42: Olho ao redor e percebo que pelo menos duas mil pessoas podem ver a gente. Uma delas é GoldenBoy. Eu aceno.

15:45: Falo o quanto acho que ela é atraente. Ela fica vermelha. Ela me diz que sou engraçado.

15:50: Digo que ela é exatamente o que eu procuro em uma namorada. Ela fica mais vermelha ainda. E fala que sou um cara legal.

15:55: Estou dando uns amassos. Na frente de todo o mundo.

16:00: Não satisfeito apenas com beijos, começo a explorar. Ela está sem calcinha. Vagabundas atrás de dinheiro são maravilhosas.

16:05: Estou com dois dedos na frente e um atrás. Minha técnica especial. Ninguém pega ninguém em Foxfield? Vai se foder, GoldenBoy.

16:15: Tento subir em cima dela, mas ela me segura. Decoro é uma merda.

16:16: Ela segura minha mão e se levanta. "Vamos para outro lugar, estamos num morro, na frente de todo o mundo." Ah, ok, tinha esquecido disso.

16:30: Passamos por um banheiro químico. Considero a possibilidade, abro a porta e mudo de ideia na hora. Nenhuma boceta vale aguentar esse cheiro.

16:55: Passamos por um trailer vazio. As pessoas do lado disseram que todos haviam saído para ver as corridas de cavalo.

17:01: Largaram a porta do trailer aberta. Oops... Joguei a mina na cama e começamos a transar. Eu nem tirei as roupas dela, já que o vestidinho sem calcinha liberava o caminho. Putas são maravilhosas.

17:04: Transar bêbado é demais.

17:08: E é ainda melhor um sexo transgressivo sob efeito de álcool no trailer de um desconhecido e com uma garota que você nunca viu mais gorda.

17:10: Começo a bombar mais forte. Cada vez que enfio, ela solta um ganido. Parece um ganido de prazer e ela não está pedindo para parar, então eu enfio mais forte.

17:14: Enfio com mais força. Ela solta um ganido mais alto ainda.

17:15: Tô sentindo o gozo chegar. Vai ser uma esporrada homérica.

17:17: Meus olhos começam a queimar. Eu ignoro.

17:18: CARALHO, NÃO CONSIGO RESPIRAR, QUE PORRA É ESSA?!

17:18: Saio do trailer com ela, às lágrimas, tossindo e quase sem poder respirar. Estou muito confuso. A sensação em minha garganta é a de que eu comi um balde de pimenta. Começo a tomar água e cerveja para tirar essa sensação bizarra.

17:23: A garota grita. "MEU DEUS! EU SEI O QUE É ISSO!" Ela cobre o rosto e corre até o trailer. Sai, tossindo de novo, segurando a bolsa dela o mais longe possível do rosto. "Eu estava deitada em cima da bolsa e acho que meu spray de pimenta disparou por acidente. Tá tudo sujo dentro da bolsa!"

17:25: Eu não sabia se ria ou chorava de tudo isso. Ainda processando essas informações, enfiei a mão na calça e ajeitei meu pau melado. Aprendi da pior forma que a capsaicina (o princípio ativo do spray de pimenta) funciona em qualquer mucosa, não apenas na garganta e nos olhos. Comecei a gritar e pular ao redor dos carros.

17:27: MAS QUE MERDA.

17:30: Encontro uma mangueira perto dos banheiros químicos, baixo a calça e começo a passar água por toda a minha genitália exposta.

17:32: A água está em uma temperatura ártica. Minhas bolas se retraíram tanto pra dentro de mim que eu poderia puxá-las pela garganta. Tô parecendo um eunuco. Todo o mundo está rindo de mim. Eu não ligo. Parar a dor é tudo que importa.

17:35: A dormência dá lugar à dor. Paro de me molhar e cubro meus genitais. Minha calça está completamente ensopada.

17:40: Não encontro o trailer nem a garota. Estou completamente perdido.

17:45: Eu paro e começo a considerar o que aconteceu. Não consigo acreditar. Respirei spray de pimenta durante uma foda, queimei meu pau e então uma centena de pessoas riu de mim enquanto eu molhava minhas bolas. Que porra.

18:00: Ainda perdido. Não consigo encontrar nem o carro de Golden-Boy. Tento ligar no celular dele, mas nada. Lembro que aparelhos eletrônicos não combinam com água.

18:30: Encontro a área onde estava o carro de GoldenBoy. Não tem ninguém. Isso não é bom. Um cara me deixa usar o celular para ligar para Hate.

18:31: Ele responde, mas mal consigo ouvi-lo. Parece que ele está dentro de um túnel de vento. Há cães latindo ao fundo. Isso é demais para mim. Desligo.

18:37: Ligo para GoldenBoy. Ele está no apê de GoldenWife. Ele me diz para ir até lá. Vou ter que andar até o apê? "Ei, se conseguiu pegar alguém em Foxfield, provavelmente você consegue fazer qualquer coisa." Filho da puta.

18:55: Ando uns dois quilômetros antes que um casal de velhos me dê uma carona. Eles são legais e me levam até o apê de GoldenWife. Tem um isopor no banco de trás. Pergunto se posso pegar uma cerveja. "Hmm... claro, filho, sirva-se. Os jovens de hoje com certeza bebem bastante. Você deve beber um dia inteiro antes de se sentir satisfeito, não?" Eu discordei: "Senhor, quando você é alcoólatra, não existe isso de se sentir satisfeito."

19:30: Chego no apartamento. Hate não está lá. GoldenBoy pensou que ele estivesse comigo. Eu pensei que estivesse com ele. Oh-oh. Golden-Boy liga para Hate.

Hate: "Não vou mentir, eu tô doidão."

GoldenBoy: "Onde você está?"

Hate: "Não tenho certeza. Esses caras me deram uma carona na caçamba do caminhão com seus cachorros, mas me largaram no campus. Você não era um SigEp da UVA? Eu acho que é onde estou."

19:45: Chegamos à SigEp. Hate está dormindo em uma cadeira na sala. Não tem mais ninguém lá. Falo para Hate acordar e procurar sua dignidade.

19:46: Hate tropeça na porta da frente da fraternidade. "ALGUÉM VIU A PORRA DA MINHA DIGNIDADE?"

20:31: Vamos até um bar. O Biltmore. Está lotado. Hate decide que o serviço é uma merda, e então sobe em nossa mesa e grita: "ALGUÉM ME TRAZ UMA PORRA DE UMA BREJA!"

20:32: Hate não tem um equilíbrio muito bom quando fica bêbado e acaba caindo da mesa. Nisso ele cai em outra mesa, fazendo voar todas as bebidas que um cara estava tomando com a namorada dele.

20:33: O casal está completamente coberto por cerveja e vodca. Preparo-me para brigar, mas o cara continua sentado. Pergunto: "Você não vai arregaçar com ele?" Ele permanece sentado. A namorada fica puta e sai. E então ele se emputece com Hate. Eu falo o óbvio: "Não tem por que brigar agora, sua vagabunda já se mandou."

22:30: GoldenBoy se manca que prefere estar em casa com a mulher que ama do que estar bebendo sua vigésima cerveja do dia com seus desagradáveis amigos bêbados. Bichinha.

22:45: A fila pra mijar está grande demais. Eu saio e mijo na parede.

22:46: Um policial aparece.

Policial: "Filho, pare e venha aqui."

Tucker: "Não consigo parar, vai doer muito, preciso terminar."

22:47: Assim que o policial pega as algemas, ele vê uma briga come-çar a uns vinte metros de distância. Ele corre. Hoje à noite os deuses da bebedeira estão do meu lado. Acho.

22:48: Enquanto subo o zíper da calça, rumo para outro bar. Só por precaução.

22:55: No bar novo, eu pego uma bebida. A falta de coordenação deri-vada do meu estado inebriado me leva a derramar a bebida em mim. Fico puto. "Sua bebida de merda, você me deixou bêbado."

22:56: Para minha surpresa, a bebida começa a falar comigo. Ela me diz para não colocar nela a culpa, que eu sou um bebum desajeitado. Acredito ter descoberto um nível novo de embriaguez além do "Tucker Max Bêbado". Ele se chama "Quando Objetos Inanimados Conversam com Você Bêbado".

23:15: Vejo uma garota na fila do banheiro. Não sei por que, mas sou atraído por ela.

23:16: Eu me aproximo. Falo para ela não ficar triste. Ela me diz que tomou pau no exame. Respondo que não tem problema, ela vai passar na próxima. Ela comenta que sou um cara legal. Dezesseis horas de bebera-gem contínua e meu radar de vagabunda carente ainda está 100%.

1:30: Muitas bebidas e muito xaveco depois, chegamos à casa dela.

1:35: Ela tenta me convencer de que nunca fez isso e que não é esse tipo de garota. É difícil, para mim, entender. Sua pronúncia não é muito boa com um pau dentro da boca. Esse pensamento foi minha última memória clara da noite.

11:00: Acordo no apartamento de GoldenWife. Hate está capotado no sofá. Estou fedendo a vômito e suor. Estou confuso sobre como cheguei lá.

11:01: GoldenBoy me passa seu celular e me diz para escutar o correio de voz. É minha voz, gravada em torno das 2:45. Estou sem fôlego e pare-ce que estou correndo:

"GoldenBoy, qual é o seu endereço? Cadê você? Acabei de comer uma mina aleatória que encontrei no Biltmore. Aparentemente, ela não passou no exame e gostou de mim. A camisinha estourou e me mandei assim que pude. Tô fodido. Meus filhos bastardos serão feios e estúpi-dos. ME AJUDA!"

Pé na Estrada em Austin

Ocorrido em outubro de 2000
Escrito em setembro de 2003

O elo entre o bife e o milk-shake

Era o começo do meu terceiro ano de Direito, e lá estava eu na biblioteca com meus amigos, matando aula e trocando ideia sobre como foi nosso verão. No começo, eu era o centro das atenções; estava terminando de contar sobre o Fiasco do agora Infame Leilão de Caridade Tucker Max, mas PWJ logo me superou.

Ele nos contou uma história sobre um clube de cavalheiros que frequentou em Dallas, um lugar muito diferente do clube de striptease a que estávamos acostumados.

"Na primeira vez em que tive um lap dance ali, eu estava meio reticente com relação a tocar, mas a stripper pegou minhas mãos e colocou nos peitos dela. Na segunda dança, ela se virou e rebolou a música inteira, até me deixar babando. Eu não tive uma terceira vez, mas se tivesse, eu poderia ter feito tudo, menos enfiar na garota. Ela era um TESÃO e não chegava nem perto de ser a melhor de lá. E o melhor de tudo: cinco pilas pelas danças e duas pelas bebidas."

Depois que nós declaramos a história como lorota, PWJ nos convenceu de que esta Cidade Perdida de Cibola existira. Ficamos empolgados. Jon Benet resumiu tudo: "Eu pensava que existisse uma linha clara entre um clube de cavalheiros e um puteiro. E você nos diz que essa linha tênue..." O lugar se chamava Baby Dolls e se tornou nosso cálice sagrado. No final, todos nós estávamos dentro. Mas conforme a data se aproximava, vários amigos começaram a desistir.

109

- GoldenBoy desencanou porque tinha acabado de voltar de uma viagem de uma semana para a Rússia e não queria ficar longe da noiva por mais tempo. Eu não vou falar nada sobre isso, porque meu amigo acabou se casando com ela e eu realmente gosto da mina. No final, acho que foi uma decisão acertada. Se você está nessas de "responsabilidade" e "amor".
- Hate decidiu ir a uma entrevista. Diferente de mim, ele estava irritado com o fato de não ter um emprego.
- Brownhole é basicamente uma bicha e chupa-saco e estava com medo de que ser preso arruinasse sua carreira política. Nenhum de nós tinha certeza de como ele foi parar no nosso grupo.
- Credit estava saindo com uma garota que SlingBlade definiu uma vez como "O pior demônio na longa história de jogos e trapaças femininas". Credit é um covarde sem bolas e queria continuar saindo com ela, então, implorou para não ir viajar.
- JoJo tomou a mesma decisão que toma sempre que vê um bando de malucos correndo para se meter em encrenca. Ele correu para o lado oposto.
- Jon Benet deu a desculpa mais ridícula possível. Em vez de ir viajar com a gente, ele voou até Boston com a namorada, uma amiga da namorada demoníaca do Credit, para procurar apartamento. PARA PROCURAR APARTAMENTO... não importando o fato de que ia se mudar só UM ANO DEPOIS. Esta foi a razão da expulsão dele do grupo.
- Isso nos deixou com apenas quatro viajantes:
- PWJ estava em revisão jurídica, tinha várias coisas para fazer. Mas como ele segue o próprio pau como um bastão divinatório, acabou limpando a agenda.
- A agenda de SlingBlade incluía beber sozinho no escuro e bater punheta olhando para a edição limitada do pôster da 79 de *Star Trek* que ele arrumou. Ele com certeza estava dentro.
- El Bingeroso já tinha planejado uma viagem para visitar um amigo em Austin; dessa forma, juntou a viagem dele com a nossa e deu uma bijuteria brilhante para a noiva para distraí-la de seus novos planos.
- Eu consegui encaixar a viagem entre saídas para Chapel Hill envolvendo sexo e bebida. Inseridas entre alguma bebida e sexo.

Em uma bela noite de quinta-feira, no começo de outubro, SlingBlade, PWJ, El Bingeroso e eu começamos nossa viagem até Dallas. Em breve seríamos conhecidos no estado do Texas por nossos nomes bíblicos: Pestilência, Praga, Fome e Morte.

Nossa primeira parada foi em um restaurante em algum lugar fora de Charlotte, onde nossa camaradagem se reforçava com histórias de nossa juventude. Eu me lembrei de uma infância colorida por instabilidade familiar, vários divórcios, recasamentos (sete entre meus pais biológicos), padrastos, mudanças constantes, solidão e dor emocional. Ninguém ligou para meus problemas, porque eles já tinham lido sobre o divórcio mais recente do meu pai (saiu na revista *Time*), e ninguém precisava de mais detalhes para saber que eu era um fodido na vida.

PWJ nos contou de uma juventude bizarra, filho que era de um coronel do exército, onde sua jaqueta da Styx e obsessão por qualquer coisa sobre rodas não podiam fazer com que os caipiras do Kansas ignorassem sua cabeça em formato de ovo e um QI de três dígitos. Ele não era popular, mas uma vez que nenhum de nós parecia com as adolescentes nativas que ele escolhia como presas, não dávamos a mínima. Da mesma forma que sua idade (três anos a mais que nós) dava-lhe uma sabedoria e maturidade que nenhum de nós possuía, por baixo de seu exterior composto e simpático, PWJ poderia ser o pior do grupo. O fato de crescer com um cérebro mas ser um excluído social o forçou a aprender as regras do jogo da pior forma, e também plantou um rancor dentro dele. Mesmo que ele seja a voz da razão dentro do grupo, também é o cara que manipula meninas inocentes de dezoito anos para sexo com mentiras e decepções (enquanto o resto de nós apenas encontra as vagabundas e deixa a natureza seguir seu curso).

SlingBlade nos proporcionou histórias sobre seus emocionalmente distantes, avessos a riscos e superprotetores pais, que dividiam o tempo entre gritar com ele e deixá-lo de castigo no quarto. Ele foi um menino que passou a infância com bonecos como amigos e um Nintendo como babá. Ele também nos falou da história que mais o marcou: Ele e sua namorada do colégio, o amor de sua vida, foram para faculdades diferentes. Slingblade passou o primeiro semestre recusando sexo com toda garota que chegava junto (e foram várias), porque era inocente, apaixonado e não queria trair a namorada. Ela não tinha a mesma integridade, e o traiu. E não contou até que ele foi viajar para visitá-la e notou que os caras viviam passando pelo quarto dela, perguntando o que ela iria fazer à noite.

SlingBlade não lida bem com dor emocional; tornou-se amargo e desconta a traição da amada em todas as mulheres.

Mas foi El Bingeroso que roubou o show. Ele cresceu em uma pequena cidade do Nebraska, com uns setecentos habitantes, um Dairy Queen e um posto de gasolina. Ele se lembra do pai, que o fazia correr cem metros contra o irmão. Quando ele tinha seis anos e entrou na escola, era gordo e vivia comendo massa; os professores chegaram à conclusão de que ele era retardado e o jogaram em uma classe de educação especial. Ele ficou lá até os oito anos, quando finalmente fizeram um exame de QI nele e descobriram que era um gênio. Ele foi colocado na classe de superdotados. Na verdade, estava irritado por sair da sala especial, porque gostava de pintar e porque sempre tinha lanche lá. Ele nos contou também da vez em que ele e o irmão, respectivamente com nove e onze anos, viram de dentro do carro trancado o pai acabar com um ladrão, quase matando o cara ao bater repetidamente a cabeça dele no capô e no para-lamas, espirrando sangue pelo carro todo. [Eu cheguei a encontrar o pai do El Bingeroso depois, acredite — você não gostaria de cruzar com ele. Tenho um medo profundo daquele homem.]

Mas o que realmente o distinguia do resto de nós era que ele estava apaixonado e tinha uma vida estável. Mesmo que curtisse festas como nós, ele amava a noiva, estava completamente comprometido com ela e empolgado com o fato de tê-la convencido a vestir uma roupa de empregada francesa na festa de Halloween do Direito da Duke.

Primeiro dia: Baby Dolls

Chegamos a Dallas na sexta à tarde. Depois de um cochilo, fomos jantar num mexicano em Deep Ellum e, depois, fomos em um bar yuppie do outro lado da rua. Pabst e Guiness nas torneiras. Metrossexuais usando lycra marrom por todos os lados. Eu odiei todos no ato.

Pegamos duas jarras e decidimos jogar hóquei de mesa. Quase no começo da primeira jarra, vi duas garotas olhando para nós. Uma loira gostosa [Loira] e uma ruiva comível [Ruiva]. Elas ficaram olhando por uns dez minutos. Eu queria comer a loira, assim comecei a agitar as coisas:

"Vocês virão conversar com a gente ou vão ficar aí só olhando?" Elas aceitaram o convite. Eu mirei os peitos da loira. Eles são quase perfeitos e expostos de forma sedutora. A garota sabe o que faz. Apesar do meu exame quase forense (ela não notou — sou mestre nisso), mantive o papo suave até que o cretino do El Bingeroso decidiu foder com tudo:

Loira: "O que os traz a Dallas?"

El Bingeroso: "Viemos ver um clube de strip."

El Bingeroso, seu filho da puta empata-foda do cacete. Obrigado, cuzão. Eu não queria comer a mina mesmo.

Ruiva [me puxando de lado, já que o El Bingeroso continua falando com a Loira]: "Você veio mesmo pra Dallas para ir a um clube de strip?"

Tucker: "Não, não. Nós temos uma semana de folga na faculdade de Direito, então viemos visitar alguns amigos, nos divertir, esse tipo de coisa. El Bingeroso só quer ir a um clube de strip de que ouviu falar."

Ruiva: "Você gosta de clubes de strip? Esses lugares são nojentos."

Tucker: "Sim, são meio nojentos. Mas meus amigos querem ir, então, fazer o quê? Eu não conheço ninguém em Dallas. Além disso, eu gosto de seios nus."

Ruiva: "Você pode ficar aqui... sair comigo."

Tucker: "Sim, talvez." E talvez eu assista a reprises do *Alf* no Telemundo.

El Bingeroso cola em mim: "Meu, acho que você pode querer entrar nessa." [Vira para a loira.] "E aí? Quer ir ao Baby Dolls com a gente?"

Loira: "Eu vou ao clube de strip com vocês, quero ver peitões."

Tucker: "Você já foi a esse Baby Dolls antes?"

Loira: "Sim, fiz uma audição lá uma vez."

DING DING DING DING!!! JACKPOT!!! Chama o patrão, temos um vencedor!

El Bing "Você curte garotas?"

Loira: "Claro."

Excelente. Pra gente fazer um pornô, tudo que precisamos agora é de música dos anos 70.

Olho para o outro lado da mesa. SlingBlade me envia seu olhar padrão, metade entediado, metade de desdém. "Outra puta?", leio na expressão que ele sempre faz quando começo a conversar com garotas aleatórias. Faço um gesto para que ele venha... e então vejo PWJ.

Jesus Cristo, parece que ele entrou no *Kentucky Fried Movie*. Está conversando com uma loira platinada usando chapéu de caubói. A maquiagem dela parece ter sido aplicada com uma .12. Ela está usando calça laranja apertada, que deve ter pego em seu último emprego no Hooters. Na cintura há um cinto que parece ter uma arma de brinquedo pendurada. Provavelmente ela era bem atraente em, digamos, 1986. Agora ela está nas últimas de uma batalha contra o tempo e a moda.

Tucker: "Cara, com quem o PWJ está conversando?"

SlingBlade: "Não sei... alguma puta. Ela o molhou com aquela arma de brinquedo e ele caiu nessa. Ela tem peitões... O cupido acertou em cheio."

Quinze minutos depois de abobrinhas, a Loira está dentro. Infelizmente, ela quer que a Ruiva vá com a gente, mas esta não está particularmente entusiasmada com a possibilidade de ir "a um desses lugares". Sou apresentado a um pesadelo logístico: Eu quero comer a Loira, que está arrastando a asa para El Bingeroso. Ela só vai ao Baby Dolls se a Ruiva for. A Ruiva está apaixonada por mim, mas não quer ir ao Baby Dolls. El Bingeroso está bêbado e não ajuda em nada. O que fazer?

É aqui que as aulas de economia da Universidade de Chicago ajudam no jogo da vida real. Este é um exemplo clássico do Dilema do Prisioneiro: se eu continuar a prestar atenção na Loira e tentar capturar a chance mínima de comê-la, vou provavelmente falhar e não comer ninguém, e o grupo não verá nenhuma ação lésbica no clube de strip porque nenhuma delas irá com a gente. Todo o mundo vai perder.

Mas se eu pegar um membro da equipe, ignorar a Loira e fechar na Ruiva, posso fazer com que ambas nos acompanhem ao Baby Dolls. Isso significa que eu não vou comer a Loira, o que reduz minhas chances de felicidade pessoal, mas darei ao grupo a chance de maximizar a situação, ao fazer com que duas garotas nos acompanhem ao clube de strip.

Viu? Até mesmo Tucker Max pode ser altruísta.

Se isso trouxer algum benefício a ele.

Tucker: "Ruiva, vamos, vamos todos ao clube de strip, vai ser legal."

Ruiva: "Não vá a um clube de strip, você sabe que aquelas garotas não dão a mínima para você."

SlingBlade: "Isso não é verdade. Elas sentam no meu colo e falam que me amam."

SlingBlade geralmente prefere fazer piada a ser esperto. E por isso, amigos, ele não come ninguém. Bem... tem também a falta de autoconfiança dele. Sem contar o medo de compromisso emocional, já que ele pensa que todas elas são vagabundas traíras.

Tucker: "Valeu, cuzão. Por que não vai assistir *Deep Space Nine* e deixa isso comigo? Seu porra."

[Eu tiro a Ruiva de perto do "Capitão Come Ninguém".] "Vem comigo, vai ser legal. Sua amiga quer ir."

Ruiva: "Eu não quero ir nesse lugar, é nojento."

Tucker: "É, eu sei. Mas eu vou estar lá, nós podemos ficar juntos. Vamos deixar que eles se divirtam." Fiz gestos na direção dos meus amigos. "Eles vão olhar mulheres nuas e nós podemos curtir. Juntos."

Eu cheguei mais perto e segurei suas mãos.

Ruiva: "Por que você simplesmente não fica aqui? Comigo?"

Tucker: "Sim, vamos ficar juntos... no clube."

Ruiva: "Mas eu não quero ir a um clube de strip."

Tucker: "Mas eu quero. Com você... nós... juntos."

Ruiva: "Eu não gosto de lá."

Tucker: "Você já foi?"

Ruiva: "Não..."

Tucker: "Vamos fazer assim: Se você e a Loira forem com a gente, prometo que vamos nos sentar em algum lugar e ignorar tudo ao redor. Será romântico. Estaremos ocupados olhando bem nos olhos um do outro, nem iremos perceber o que está acontecendo." Ao ouvir essas palavras saindo de minha própria boca eu quase vomitei.

Ela parou e pensou.

Ruiva: "Não, eu não quero ir a um clube de strip... eu simplesmente não posso."

Isso é incrível. Até mesmo eu tenho um limite. E essa lorota de olhar nos olhos é o meu limite. SlingBlade e El Bingeroso, chega. Vão tirar o PWJ de perto daquela vaca da pistola de água e vamos embora. A Ruiva está tentando me convencer a ficar no bar com ela. Quase implorando para mim. Antes que eu perceba, meus amigos estão saindo pela porta.

Caminho em direção à porta, a Ruiva ainda presa ao meu braço como uma lampreia. Tento fazer uma análise de custo-benefício: Provável pegação e atividade sexual com a Ruiva ou nudez definitiva mas chances mínimas de pegar no Baby Dolls. Preciso colocar a Ruiva em nossas atividades de final de noite.

Tucker: "Você vai sair comigo no final da noite? Digo, nós vamos nos divertir depois que sairmos daqui, tipo, na sua casa?" O tom da minha voz não tinha nenhuma sutileza.

115

Ruiva: "Não sei se eu posso. Tenho que acordar às sete."

Tucker: "Sete da manhã? Pra quê?"

Ruiva: "Um encontro da Young Life."

Tucker: "Preciso alcançar meus amigos."

Fugi do bar antes que ela pudesse mudar a expressão em seu rosto.

[A Young Life é um grupo cristão fundamentalista que prega a abstinência e várias outras coisas ridículas. Minhas bolas doeram várias vezes no ginásio e no colégio quando tive que lidar com essas meninas — NUNCA MAIS.] No carro, no caminho para o Baby Dolls, PWJ explica sua pequena aventura:

Tucker: "Cara, que porra era aquela mulher com quem você estava conversando? E onde ela arrumou aquelas roupas? Em uma liquidação na zona?"

PWJ: "Não sei, ela trabalha lá. Ela tinha uma pistola de água no cinto... é errado que isso tenha me deixado com tesão?"

Tucker: "Ela TRABALHA lá? Eu acho que ninguém liga se ela passar meia hora falando com você. Aparentemente o trabalho dela é se autodegradar e falar merda com nerds."

PWJ: "Você não entendeu... essa não é a melhor parte. Eu aprendi a filosofia de caça que ela usa: 'Não pesque fora do píer da empresa e não transe com seus amigos. Eu tentei ambos várias vezes e nunca funcionou.' AHÃ... eu quase cuspi minha bebida quando ela falou que tem gatos em vez de filhos porque 'você não vai pra prisão quando dá drogas para seus gatos'."

Decidimos que estávamos começando a gostar do Texas. O Baby Dolls não faz nada para descarrilhar nosso trem de loucos.

O Baby Dolls deveria ser o molde em que todos os clubes de strip são feitos. O brilho de neon da fachada podia ser visto a quilômetros. Um prédio rosa enorme saindo de um mar de asfalto com fotos de garotas seminuas em um outdoor de quase quatro andares de altura pairando do estacionamento. A entrada são duas portas enormes de madeira adornadas com bronze e dois leões de chácara que parecem ter saído da liga nacional de futebol americano. Ela é protegida por um toldo rosa que se estende pela calçada uns três metros. O enorme palco central ovalado tem quatro palcos menores ao redor, cada um com um poste de bronze preso do chão ao teto. Dois bares completos e dois bares de cerveja que possuem uma falange de bartenders e garçonetes. E o MAIS IMPORTANTE: Todas nuas.

Nada de adesivos, nada de fio-dental, nenhum tapa-sexo. Nada entre você e a carne nua e pelada de mulheres atraentes... exceto notas de dólar. As garotas eram gostosas além da gostosice. Dezenas de mulheres incrivelmente maravilhosas e sensuais, cada uma com um sorriso que expressava a sinceridade de uma mãe solteira com aluguel atrasado.

Aos vinte e quatro anos, este era meu Paraíso.

Duas dançarinas vieram quase imediatamente depois que nós nos sentamos. A gostosa tinha pelo menos 1,78m, cabelo loiro encaracolado, pele quase cremosa e maravilhosos silicones, perfeitamente redondos e empinados em seu peito. Ela se sentou no colo de PWJ.

Stripper: "O que você faz?"

PWJ: "Estudo Direito."

Stripper: "Uau... então você estuda na SMU?"

PWJ: "Não exatamente... estudo na Duke."

Ela olha com cara de nada.

Alguns segundos depois, é quase possível enxergar o acender de uma vela na bolha de pensamento acima da cabeça da garota.

Stripper: "Você quer dizer Duke como em Duke?"

PWJ espera um pouco e fala: "Sim, Duke como em Duke."

Ela faz uma cara de dúvida: "Oh, eu acho que nunca ouvi falar desse lugar. Deixe-me adivinhar: você foi pra Harvard."

PWJ: "Bem, não exatamente..."

PWJ foi pra Princeton. Eu parei de prestar atenção porque odeio burrice tanto quanto gosto de beleza. E ver ambos combinados me deixa puto. Além disso, preciso começar a beber e os mamilos dela não estão vertendo vodca.

Encontro uma garçonete e começo a beber. Combativamente. Eu dirigi dezesseis horas com o propósito específico de vir para este clube de strip e vou pro inferno se estiver aqui e nada acontecer. Para atingir esse objetivo e ficar bêbado e fazer algo acontecer, faço amizade com a garçonete, Liz. Gentis leitores, deixem-me explicar algo a vocês: É praticamente regra universal nos clubes de cavalheiros que as garçonetes são mais divertidas e aptas a transar com os clientes do que as strippers. Elas não são tão pressionadas em relação ao tempo, então dá para brincar mais. Os punheteiros que dão dinheiro a mais para as strippers não costumam dar gorjeta para as garçonetes; desta forma, dar atenção a uma garçonete vai te levar mais longe do que dar atenção a uma stripper. Além disso, elas tendem a não ficar drogadas nem bêbadas durante o serviço, enquanto as strippers quase sempre estão em algum estado alterado. Assim, conversar com as garçonetes pode de fato levar a algo.

A coisa mais engraçada é que elas sempre acham que são melhores do que as strippers; em suas mentes, existe uma linha clara separando-as das mulheres que tiram a roupa. Desta forma, geralmente, é muito mais fácil conseguir levar uma garçonete para casa com você. As strippers são usadas, abusadas; elas odeiam homens, na maior parte dos casos com razão. As garçonetes ficam menos na defensiva. Estão acostumadas a serem ignoradas ou olhadas de cima; por isso, se você prestar atenção nelas, haverá uma resposta. Um flerte inócuo e uma boa gorjeta para Liz bastaram para que eu e meus amigos fôssemos jogados em um fluxo constante e ininterrupto de bebidas e uma gostosa sempre por perto. Leiam e aprendam, champz. De volta à ação:

SlingBlade conseguiu uma das garotas mais gostosas do clube para dançar para ele. Antes de pegar o dinheiro ela tentou conversar e pareceu genuinamente interessada, sem papinho de stripper. Isso provavelmente tinha a ver com a confluência do senso de humor sarcástico e egocêntrico dele e a falta de habilidade do padrasto dela em demonstrar qualquer tipo de carinho quando ela era pequena. E o que SlingBlade fez? Flertou com ela? Tentou se aproveitar da situação? Claro que não. Ele colocou o dedo nos lábios dela e explicou pacientemente: "Prefiro beber Pinho Sola a ter de ouvi-la mais um segundo". E ordenou: "Menos papo, mais teta." Esse cara tem problema.

Aparentemente, algo no PWJ grita "TROUXA", porque outra stripper se aproxima e coloca as mãos sobre os olhos dele, sussurrando algo, provavelmente erótico, em seu ouvido. Ela é MEDONHA. A cara da mulher parece ter perdido uma luta com um cortador de grama. Ela não tem alguns dentes. Não sei dizer com certeza, mas acho que tem uma tatuagem de lágrima no olho esquerdo. Eu gesticulo, passando o dedo pela garganta, e grito:

"Cara, ela é uma baranga, fim de carreira, precisa andar sobre duas patas e entrar na raça humana. Não faça isso! VOCÊ É JOVEM DEMAIS PRA MORRER!"

Ele não percebe meus avisos a tempo. A mulher senta no colo dele. PWJ diz que não quer uma dança, ela diz que não tem problema e continua batendo papo sentada no colo dele. Eu penso, alto o suficiente para todo o mundo ouvir, se o zôo sabe que um dos bichos fugiu. Ela não gosta. Foda-se, não é culpa minha se ela parece o bicho-papão com tetas caídas.

PWJ me ignora e continua a conversar com ela. Quando a ouço dizer "Sim, tenho dois corações tatuados no quadril, mas quando fiquei de barriga a tatuagem esquerda virou um tomate", eu me levanto. Prefiro arrancar meu pau do que ouvir mais um minuto desse papo.

Ando pela casa, flertando com as garçonetes, as bartenders e as strippers. Mandando vodca e refrigerante goela abaixo... e então acontece: Eu vejo a futura esposa de El Bingeroso. Na verdade não é ela — ISSO seria foda —, mas ela é a cópia exata da noiva dele. É de dar medo. Eu me aproximo de onde a garota está e fico por lá, vendo-a terminar uma dança em cima de um cara. Ele não gosta. Foda-se, cara, você está vestindo uma jaqueta do Detroit Red Wings, obviamente, você é um merda.

Dou a ela dinheiro suficiente para duas danças em El Bingeroso, e dou mais dez dólares. Peço a ela que diga que se chama Kristy (o nome da noiva de meu amigo), e para não responder mais nada. Eu aponto para ele. A mulher se aproxima e se apresenta: "Oi, sou Kristy. A janta tá no forno, baby."

Depois do que me pareceu serem uns dez minutos, eu olho. Ela está parada em cima dele, conversando. Tudo bem, ela deve estar aquecendo o cara ainda. Alguns minutos depois, a mesma cena. Eu vou ficar puto se El Bingeroso não usar meu dinheiro direito, pensando que isso pode violar seu relacionamento ou alguma outra merda do tipo. Eu me aproximo e corto El Bingeroso no meio de uma história que eu já tinha ouvido.

El Bingeroso: "É, eu era gordo quando moleque. Você sabe que os jeans para crianças vêm em três tamanhos, P, M e GG? Então, eu era GG".

Tucker: "Caralho, El Bingeroso, sua noiva stripper não vai dançar pra você?"

Ele parece confuso. "Você tá falando do quê? Meu, ela já dançou, tá só relaxando agora."

Talvez eu esteja mais bêbado do que pensava.

Encontro Liz e pergunto o quanto já bebi. Ela me olha igual a El Bingeroso. "Tucker querido... como assim? Não tô entendendo..."

Eu acho que me fodi.

Tento me recompor na minha cadeira, quando uma stripper tesudíssima me segura pela calça e me puxa para si. Ela usa um colante tigrado que parece ter sido pintado em seu corpo. Dizer que os peitos dela estavam pulando equivale a dizer que pelo menos aquela roupa a cobria de alguma forma. Sua bunda J-Lo sorri para mim, eu sorrio em resposta. Demoro alguns segundos para encontrar os olhos dela. Tenho de cobrir os olhos, porque a quantidade absurda de glitter prateado espalhado pela cara da mina reflete uma quantidade absurda de luz. Ela diz algo, mas não consigo entender. Finjo ouvir por uns três minutos e a interrompo:

"Se a gente estivesse namorando, eu nunca ia sair de casa. Nunca sairia da sua área vaginal e arredores. A menos que eu fosse gozar na sua cara."

Ela me acha engraçado. Ela realmente quer me dar uma dança. Eu digo que sou um advogado pé-rapado e não posso bancar. Mas tem alguma coisa nela. Talvez a luz, talvez sua atitude agressiva, talvez seja seu corpo saído do gueto, talvez sejam esses enormes peitos falsos que teimam em fazer pressão contra mim... talvez sejam as três margueritas, seis cervejas e quinze vodcas com refri. Mas ela me pegou de jeito.

Acho que ela viu a cumplicidade em meus olhos, porque sem nenhuma deliberação a mais, pelo menos alguma que possa me lembrar, ela me puxa para uma cabine privada nos fundos do clube e começa a dançar. Nessa hora, estou tão bêbado que até eu sei que estou bêbado.

Outra coisa maravilhosa do Baby Dolls: as strippers te encorajam a pegar nos peitos delas. Eu explorei esse privilégio sem dó. Enchi a mão naqueles peitos falsos. Eu estava amassando aquelas tetas com tanta força que se tivesse um pouco de água e fermento estaria fazendo pão. Lá pelo final da dança, eu tentava mesmo estourar os implantes salinos, que não são coisas muito resistentes.

No final, ela me abraça, os peitos logo abaixo do meu queixo.

Peituda: "Você quer ir para algum lugar... mais privado?"

Tucker: "Claro... para quê?"

Peituda: "Se nós pegarmos um *champagne room*, podemos fazer o que quisermos."

Tucker: "Qualquer coisa?"

Peituda: *"Qualquer coisa".*

Tucker: "Ok."

Peituda: "São trezentos pelo quarto, mais cem dólares."

Tucker: "Quatrocentos por tudo?"

Peituda: "Ahã."

Eu paro e penso. Consigo me lembrar vagamente de um dilema moral que eu poderia usar neste tipo de situação... pena eu não estar sóbrio o suficiente para recordar onde havia guardado minha ética. Ou mesmo para saber o que era ética.

Bêbado como eu estava, a única coisa que eu poderia considerar era o preço. Obrigado, aulas de economia da Universidade de Chicago.

Tucker: "Vou te dar vinte dólares."

A Peituda riu: "Não, são quatrocentos, querido."

Tucker: "Ok, vinte e dois dólares."

Peituda: "Bem, você é bonitinho e engraçado, vou fazer por trezentos e cinquenta."

Tucker: "Vinte e cinco."

Peituda: "Trezentos e vinte e cinco?"

Tucker: "Não, vinte e cinco dólares."

Peituda: "Eu tenho que dar cem dólares para o clube para ficar no quarto por uma hora."

Tucker: "Eu não duro uma hora… te dou vinte e oito."

Isso continuou por pelo menos mais dez minutos, até que, finalmente, fizemos um acordo: cinquenta e cinco dólares. Por meia hora.

Eu poderia escrever um livro sobre negociação. Ela saiu com cinco doletas nessa, você pode acreditar. E eu estava tão bêbado...

Quando encontrei meus amigos, duas horas e cinquenta e cinco dólares sabiamente gastos depois, eles estavam no estacionamento comendo um sanduíche que haviam comprado de um cara que os vendia no porta-malas de um Chevette. Sem precisar falar nada, eles estavam horrorizados. Mas dentro do meu cérebro encharcado, eu assumi uma postura defensiva:

"Cara, não teve como. E eu poderia desistir de uma barganha dessas? É UMA QUESTÃO DE PRINCÍPIOS!"

Segundo dia: a Feira Estadual do Texas e a história do Embassy Suites

No dia seguinte, acordamos espalhados pelo quarto do hotel, ainda vestidos e fedendo a spray de cabelo e fumaça de cigarro. Fizemos as malas e rumamos para Austin. No caminho, vimos uma placa enorme na estrada:

"Vire aqui para a Feira Estadual do Texas!"

El Bingeroso quase teve um aneurisma. "OH OH OH OH!!! PRECISAMOS IR, PRECISAMOS IR! Caras, é a FEIRA ESTADUAL DO TEXAS!!!"

É o pico mais insano de caminhões, caipiras e barraquinhas que eu já vi. SlingBlade pega um bolinho frito, eu um refri, PWJ se apaixona por carros "clássicos" (leia-se: carros de pegar mulher), mas El Bingeroso é que se ligou na essência da Feira Estadual do Texas. Ele fez amizade com um caipira com dentes marrons que vestia uma camiseta da WWF manchada de mostarda. O moleque parecia possuir o QI cultural de alguém que acabou de sair de uma orgia com ovelhas. Nós os vimos na frente de um tipo de videogame. Ele acena.

El Bing: "Vocês viram isso? [apontando para o jogo] Isso se chama 'O Eletrocutador'. Você pega nessas barras de metal aqui, a máquina envia uma carga elétrica que aumenta continuamente. Conforme a voltagem aumenta, a sua pontuação também. Se você segurar até o fim, você ganha… algo. E esse cara [Jethro] pensa que consegue."

Tucker: "Aparentemente, um tratamento de choque grátis."

PWJ: "Você não consegue segurar isso mais do que alguns segundos."

Jethro: "U carai qui num consigu ô."

El Bing: "Ok, dê o seu melhor. Aqui, nós vamos até apostar."

Na hora que PWJ coloca a moeda na máquina e o caipira esfrega as mãos e se prepara mentalmente, eu puxo El Bingeroso de lado. Ele está rindo como uma colegial japonesa dentro da loja da Hello Kitty.

Tucker: "Meu, quem é esse cara? Que porra tá rolando?"

El Bing: "Eu vi esse cara olhando pra máquina e apostei que ele não conseguia. Ele ficou todo-todo. Meu, eu vi essa coisa derrubar caras com mais de cem quilos antes. Essas máquinas foram banidas do estado do Nebraska. ISSO É MUITO LOUCO!"

O caipira se endireitou, esfregou a cara, cuspiu nas mãos, esfregou e limpou na camisa. Começamos a torcida:

El Bingeroso: "YEAAAAAHHH!"

Tucker: "Olho de tigre, olho de tigre!"

PWJ: "O que não te mata te faz mais forte!"

SlingBlade: "Nada que não a vitória!"

Ele resmungou algumas frases inspiradoras, pressionou o botão de início e segurou nas duas barras de metal. Nos primeiros segundos ele estava bem…

E então seus braços começaram a tremer.

E seus ombros.

E seu tronco.

E sua cabeça.

Sua boca começou a espumar e babar.

E então, um estranho, gutural e animalesco urro surgiu de dentro dele. Com as mãos ainda nas barras, seu corpo inteiro convulsionava violentamente quando uma velha o puxou da máquina. O cara caiu no chão e a mulher gritou com ele: "Jethro, sai de perto dessa gente. Eles tão rindo docê!"

Eu acho que nunca ri tanto nessa vida. Eu estava deitado no asfalto quente da Feira Estadual do Texas, todo encolhido, com lágrimas rolando, enquanto segurava meus músculos abdominais e convulsionava de rir. Eu conseguia olhar para cima e ver o olhar vazio e confuso de Jethro enquanto a mãe o tirava de lá, limpando a baba dele e os braços ainda formigando.

Eu realmente espero que Deus tenha a capacidade de perdão que os cristãos comentam tanto, porque estou no limiar de testar os limites disso.

Chegamos a Austin e fizemos o check-in no Embassy Suites. Depois de um cochilo, El Bingeroso chamou seus amigos e nos encontramos em um lugar chamado Cheers Shot Bat na 6th Street. Lá estávamos eu, PWJ, SlingBlade, El Bingeroso e três amigos da faculdade dele. "Thomas" (da história "A noite em que quase morremos"), "Dirty" e "Mermaid".

Mais ou menos às oito da noite, quando chegamos, o bar estava praticamente vazio. Sem problema, podemos nos divertir só a gente. Mermaid pediu para o bartender "Sete dr. Peppers Flamejantes".

Até aquele momento eu não fazia ideia do que era um dr. Pepper Flamejante. O bartender alinhou sete *pints*, cada um com cerveja light pela metade, em um tipo de formação piramidal no balcão. Ele pegou sete copos pequenos e colocou Amaretto neles, completando com Bacardi 151. Esses copos foram dispostos na borda de cada um dos copos de cerveja. Ele tomou uma golada de Bacardi 151, aproximou um isqueiro da cara e cuspiu o álcool, criando uma bola de fogo gigante que pegou nos copos pequenos, incendiando-os. Com os copos ainda em chamas, ele bateu em um deles, iniciando um efeito dominó, fazendo com que cada copinho caísse dentro das cervejas, apagando o fogo. Cada um pegou um copo e mandou pra dentro e, caralho, tinha mesmo gosto de dr. Pepper.

Foi a coisa mais foda envolvendo álcool que eu já vi. Meu transtorno obsessivo-compulsivo me obrigou a ver isso de novo. E de novo. E de novo. Seis rodadas de dr. Pepper Flamejante depois, fiquei estragado e quase tocamos fogo no bar.

Galera, ouça minha advertência: essa porra é a paraolimpíada dentro de um *pint*. Você pensa que não dá nada, que nem é forte e, logo em seguida, percebe que uma hora se passou e você está no banheiro do bar sem a calça, cercado por cinco garotas, dando sua cueca para uma despedida de solteira porque uma delas era bonita e falou que sua bunda era uma belezinha. Estejam avisados.

Depois desse pequeno fiasco, atravessamos a rua até um piano-bar. Descobrimos que um dos pianistas era cego. Como éramos basicamente chacais bípedes que seguiam sua natureza, nos concentramos no mais fraco.

Acho que demos pelo menos vinte papéis com nomes de músicas para eles. No final, o pianista cego parou e gritou: "SEUS IDIOTAS! Parem de dar esses papéis! EU SOU CEGO! CEGO! NÃO POSSO LER ESSA PORRA!"

Um dos ajudantes se aproximou e deu os papéis para o pianista que não era cego, ele começou a rir tão alto que não conseguiu continuar tocando. Ele parou e falou ao microfone:

"Bem, eu adoraria tocar essas músicas, mas, infelizmente, não conheço nenhuma delas. Vamos ver se você as conhece, Phil. Elas são:

- Por favor se mate
- Ray Charles não deveria ser negro?
- Eu vou roubar sua carteira porque você não pode ver quem sou eu
- Você já comeu uma cabrita sem querer?
- Você é cego porque bateu muita punheta quando era moleque
- Venha pro banheiro para que eu possa te chupar
- Eu aposto que você come barangas porque não consegue ver a cara delas
- Eu mijei nos seus sapatos quando você foi ao banheiro

E assim por diante. Phil, você conhece alguma dessas? Eu não."

Foi muito foda. A parte irônica é que enquanto a maior parte da plateia estava com cara de cu, o pianista cego rachava de rir junto com a gente. Eu imagino que pessoas deficientes podem ser úteis de vez em quando.

Depois de mais algumas cervejas, fomos para outro bar, e outro, e outro. *Ad infinitum*. A noite estava demais… para nós… porque não somos pessoas legais. Segue uma seleção de nosso comportamento em vários bares da 6th Street naquela noite:

- A certa altura, encontrei uns surdos que gesticulavam entre si. Comecei a gesticular para eles. Eu realmente sei linguagem de sinais. Estudei isso como língua estrangeira para fechar um dos requisitos para entrar na Universidade de Chicago. Eu estava perguntando a eles onde podia encontrar umas putas da hora, quando PWJ chega e fala: "Tucker, eu não sabia que você falava com surdos."
- Enquanto a gente passava de um bar para outro, PWJ viu um Lowrider El Camino com hidráulicos saltitando pela 6th Street. Ele correu até o carro e começou a pular junto, gritando para o motorista "QUE CARRO DA HORA, MEU!". O motorista, um homem de óbvia ascendência hispânica, olhou com desdém e gritou em resposta: "Fique longe do meu carro ou vou te arrebentar!"
- Claro, havia as mulheres. Incontáveis mulheres, milhares delas, quase todas gostosas e todas elas bêbadas. Algumas das conversas que gravei:
Tucker: "Ei, qual é o seu nome?"
Garota: "Me chamo Pocahontas."
Tucker: "Certo, e eu me chamo John Smith."
SlingBlade (murmurando): "Tucker, isso vai dar merda."
Tucker: "Você é casada?"
Garota: "Sim."
Tucker: "E como anda o casamento?"
Garota: "Muito bem."
Tucker: "Alguma chance entre nós?"
Garota: "Não."
Tucker: "Você tem alguma amiga gostosa que não seja uma porra de uma freira? Ei, aonde você está indo? Eu só tava brincando! Eu respeito a santidade dos relacionamentos monogâmicos! SUA PUTA!"
- PWJ me fez ir junto uma hora, mas a amiga da garota era uma gorda medonha. Eu tentei terminar rápido com aquilo. "Você não quer conversar comigo, eu tenho dores lancinantes em meu escroto." Ela achou isso engraçado, e então tive que apelar. "E aí? Esse estepe que você tá carregando é pra um carro ou pra um caminhão?" Eu me fiz de sonso quanto PWJ perguntou o que

aconteceu. "Não sei, cara. Eu estava tentando te ajudar, mas ela não entrou na minha. O que eu posso fazer? Nem todas as garotas gostam de mim."

- Dirty tirou uma foto minha com alguma garota e então falou para ela: "Você pode conferir essas depois no poopsex.com." Ela saiu correndo.

- SlingBlade exibia seu humor típico de bêbado. Os xavecos que ele usou naquela noite variavam do horrendo para o ofensivo e até quase o criminoso. Seu xaveco padrão era: "Eu juro por Deus, sou obrigado a dizer que sou um maníaco sexual condenado. Qual é o seu nome?" Depois que eu consegui fazer com que ele parasse de falar sobre molestar crianças, ele mudou para as seguintes pérolas: "Bom, bom... você fuma. Quando você terminar de chupar esse bastão cancerígeno, eu queria um conselho sobre qual marca de vodca usar com meu Percoced." Ou "Oi, podemos pular as gentilezas e ir direto para a parte em que você me chama de Capitão Kirk e me bate umazinha lá no meu carro?" Esse era o tipo de pegador que ele era.

- Este foi meu lance favorito da noite:
  Tucker: "Você se importa se eu te paquerar um pouco?"
  Garota: "Suba a braguilha primeiro... obrigada."
  Tucker: "Desculpe. Então... qual o seu nome?"
  Garota: "[blá, blá, blá]."
  Tucker: "Você tem prognatismo... VOLTA AQUI, EU ACHO ISSO SEXY!"

- De alguma forma, SlingBlade conseguiu pegar uma gostosa que ele não achou que era uma vagabunda interessada nele. Fascinado por este evento raro, fui falar com ela e descobri a razão de imediato: a garota não devia ter mais de dezesseis anos. Bem, talvez dezessete. Ele cochichou para mim: "Isso é o que os advogados do Texas chamam de 'Idade de Consentimento'." Existia apenas uma barreira para SlingBlade dar o bote. Ela não acreditava que ele havia ido para Austin High com ela. Ela perguntou qual era o mascote do colégio.
  Ele a acusou de não saber também e tentou tirar essa informação dela. Eu inventei um plano que poderia solucionar esse dilema: Disse a ele para me cochichar a resposta, e então ela poderia me

dizer qual era o mascote. E eu iria avisar se ele tinha acertado. Ela concordou. Ele fingiu dizer algo na minha orelha e eu disse a ela: "A menos que o mascote seja 'Eu vou nocautear essa mina e enfiar o punho inteiro no cu dela', eu acho que ele não estudou na Austin High." Ele ainda não me perdoou.

- PWJ e eu conversávamos com algumas garotas, PWJ parecia estar se dando bem com a que achávamos que fosse a líder, quando ela se ligou:
Garota: "Você lembra qual é o meu nome?"
PWJ: "Não."
Garota: "Isso me atrai."
PWJ (virando-se pra mim): "Tucker, essas meninas vão dormir com a gente em 30 de fevereiro. Vamos embora."

Esses joguinhos eram bem divertidos, mas estava quase na hora de ir embora e nós não tínhamos nada concreto. Então, eu tinha que ficar sério e fazer o que Tucker faz de melhor: pegar mulher. Nessa hora tínhamos nos separado, estávamos apenas eu, SlingBlade e PWJ. Encontrei um grupo de três garotas, paguei uma rodada de bebida, fiz algumas piadas e a equipe estava pronta. Do jeito que rolou, eu peguei a gostosa, SlingBlade, a bonitinha, e PWJ, a gorda. Eu joguei a peso-pesado para ele porque tetas gigantes eram a kriptonita dele, e as dela eram tão largas quanto aquele cabeção do PWJ.

Quando ele bebe algumas cervejas a mais, tetas grandes bloqueiam qualquer outra consideração física: gordura, características faciais, falta de higiene pessoal etc.

Depois de uma rodada ou duas, elas concordaram em ir com a gente comer alguma coisa no Kerbey Lane, um restaurante que ficava aberto até mais tarde. Indo para o carro, vimos vários policiais, alguns deles a cavalo, perseguindo um bêbado, espancando o cara com cassetetes e tal. Eu ri disso. As garotas ficaram horrorizadas. SlingBlade se ofereceu para ajudar os policiais a bater nele. O que o PWJ fez? Correu até os policiais gritando, e eu estou dizendo exatamente o que ele gritou: "EU SOU ADVOGADO E JURO POR DEUS QUE VOU PROCESSAR VOCÊS DE ACORDO COM A SEÇÃO 1983 DA QUARTA EMENDA!!!"

Sim, meu amigo não tinha noção. Exceto pelo cara, tudo acabou bem, porque eu consegui convencer as garotas de que PWJ era um advogado foda e que nós fizemos Direito juntos. Eu salvei meus amigos mais do que o melhor goleiro dos times fracos.

De qualquer forma, chegamos ao carro e no caminho até o Kerbey Lane eu olhei no retrovisor e vi PWJ dando seu melhor para engolir a cara da gorda. Eu cometi o erro de olhar para baixo e vi a mão dele abaixo da cintura dela. Porque era impossível discernir qualquer coisa depois do cotovelo dele. Isso quase me fez perder o apetite.

Apesar dessa cena, eu ainda estava com fome quando chegamos ao restaurante. Sabia que ia traçar a gostosa, então queria agilizar as coisas e comer logo para colocar meu pônei no estábulo. Peguei a gostosa pela mão e me dirigi, impávido, para a entrada. Ela virou a cabeça e estava falando alguma coisa para as amigas atrás da gente quando passei por um poste, ouvi um barulho seco e um grito: "AAAAIIII, MINHA CARA!!!"

Eu me virei e vi a gostosa toda encolhida no chão, segurando o rosto e gemendo de agonia. Sem querer eu a dirigi de cara para um poste. Suas amigas correram para ver se ela estava bem. Eu fiquei parado, vendo a melhor chance da noite evaporar. Falei: "Bem, acho que não vou transar hoje." E entrei no restaurante. Espero que minhas filhas tenham namorados desse tipo.

Depois disso, é claro que me queimei. Todas as garotas da mesa me encaravam. SlingBlade não estava feliz também; pelo jeito, a garota que ele ia pegar já tinha feito sexo com outro cara em algum ponto da vida dela, o que a transformava em uma vagabunda total. Ele tinha problemas com mulheres. PWJ estava mais bêbado que todos nós juntos e mais feliz do que um porco no chiqueiro. Eu olhei para SlingBlade. Nós pegamos tantas mulheres juntos que não tínhamos nem que falar. Ele achava que essas garotas eram um caso perdido e queria ir embora sem dizer nada a elas. Eu também, mas queria ter certeza de que meu outro amigo estava bem.

Tucker: "PWJ, vou mijar, quer ir junto?"

PWJ: "Nem, eu tô de boa."

Chutei o cara várias vezes, com força, até cair a ficha dele. Uma vez no banheiro, expliquei:

Tucker: "Cara, eu e SlingBlade vamos vazar. Quer ir junto ou vai comer a garota com quem você está?"

PWJ: "Não sei, cara, ela é meio gorda. O que acha que devo fazer?"

PWJ estava tão bêbado que seus olhos giravam e ele não parava no lugar. Qualquer coisa que eu dissesse ele faria. Claro que eu ia jogar o cara debaixo do caminhão. Literalmente:

Tucker: "Meu, você COM CERTEZA tem que ir pra casa com ela. Ela não é tão gorda. Ela tem tetas grandes. Porra, eu comia.

PWJ: "Sim, ela tem tetonas, não? Eu adoro tetas. OK, OK, eu vou com ela. Obrigado, cara… você é um amigão."

Voltamos para a mesa, eu fiquei sentado uns trinta segundos, cruzei o olhar com o de SlingBlade e ao mesmo tempo nos levantamos e fomos para a porta. A gostosa falou: "Aonde vocês estão indo?" Respondi: "Para o banheiro", e saímos do restaurante. "O banheiro não fica aí!"

Eu não tinha percebido com quanta vontade estava de cagar até que chegamos ao nosso quarto no Embassy Suites. Você já ficou tão bêbado que esqueceu que tinha que cagar até que a pontinha ficasse pra fora? Bom, eu estava desse jeito. Antes que eu terminasse de tirar a calça, SlingBlade passou por mim e entrou no banheiro. Tudo bem, eu podia tirar minha roupa de balada e colocar uma camiseta e samba-canção. Esperei, pacientemente, por uns três minutos, e então comecei a gritar e bater na porta, dizendo que ia cagar na cama dele se ele não saísse.

Algum tempo depois, ele abriu a porta rachando de rir e falou: "Acho que esse foi o melhor barro que alguém já soltou no planeta. Eu acabei de colocar essa privada em terapia."

Eu olho dentro do banheiro. Parece o Apocalipse. A privada está transbordando, a água marrom de merda está espalhada pelo chão do banheiro e a descarga, soltando um barulho demoníaco.

O FILHODAPUTA ENTUPIU UMA PRIVADA DE HOTEL!

As privadas de hotel são de tamanho industrial; elas são projetadas para suportar cagadas de elefante! Essas privadas turbinadas geram força suficiente para sugar um bebê. Mesmo assim esse frango de setenta quilos do SlingBlade conseguiu matar nossa privada.

Eu estava quase em pânico. Soltei uma miríade de palavras de baixo calão para ele, entremeadas por "QUE CARALHO TEM DE ERRADO COM VOCÊ?!", e atirei um abajur pra fora do quarto. A cabeça da tartaruga estava pra fora, eu precisava cagar em qualquer lugar. Imaginei que teria um banheiro no lobby e corri para o elevador. Uma vez lá, eu não conseguia encontrar um banheiro em lugar algum. Eram quatro da manhã e não tinha ninguém no balcão. Eu bati furiosamente no sino — TRIM TRIM TRIM TRIM TRIM TRIM TRIM TRIM TRIM — até que uma velha apareceu com a cara toda amassada de sono e me disse que o banheiro ficava no canto do lobby.

Eu virei a quina do balcão em direção ao lobby triangular e percebi que não sabia de que lado do triângulo ela estava falando. Eu não tinha tempo de voltar e perguntar. Vi uma porta branca no final do lado esquerdo e fui como um pinguim rapidamente para lá. Por que pinguim? Porque eu apertava minha bunda com todas as forças do meu ser para impedir que a merda sujasse minha cueca rosa da Gap. Eu estava literalmente pressionando as bandas da minha bunda com as mãos. Um dos momentos de maior orgulho em minha vida.

Quase arrombei a porta ao entrar. Ouvi um grito tão alto que quase me fez cagar. Eu vi que aquilo era um armário da faxina, completo, que incluía até uma faxineira mexicana. Contemplei por um momento a possibilidade de cagar no balde da faxineira, mas decidi que não, principalmente por causa da presença dela.

Tentei ser o mais diplomático possível, considerando que eu estava quase cagando na calça:

Tucker: "ONDE É O BANHEIRO?"

Faxineira: "No, no hablo ingles."

Tucker: "O QUÊ?!? Hmm, hmm… DONDE ESTÁ A PORRA DO BAÑO?"

Faxineira: "AYA, AYA!"

Ela apontou para o outro lado do lobby. Quase sessenta metros de onde eu me encontrava havia duas portas com uma placa gigante onde estava escrito "BANHEIRO". Bem onde a mulher do balcão disse que estaria, exceto que estava no lado errado do lobby.

Eu tinha meio segundo para tomar uma decisão crucial: podia correr e rezar para não cagar antes de chegar ou enfiar o dedo no cu e caminhar os sessenta metros até a liberdade lavatorial. A decisão foi simples: correr.

Eu joguei futebol, beisebol e basquete no colégio. Estava em boa forma. Já corri da polícia antes, corri de cães de guarda, corri de um tiroteio no Kentucky. Mas não acho que já tivesse corrido tão rápido na vida. Nada me motivou como a possibilidade de ser coberto por excremento humano.

- Depois de vinte metros, senti algo na minha cueca.
- Depois de trinta metros, senti um molhado na bunda e nas pernas.

- Depois de quarenta metros minha cueca estava no meio das coxas. Eu me esforçava para que ela não caísse.
- Depois de cinquenta metros, eu sentia o molhado por todo meu corpo e coisas pegando na nuca e nas orelhas.

Quando cheguei à porta do banheiro, no final dos sessenta metros, eu já estava fodido. Estava cagando em mim. Minha cueca rosa da Gap já tinha merda saindo pelo ladrão.

Arrombei a porta e pulei pra fora da cueca, a bosta já pegando no assento. Eu tentava tirar tudo às cegas e quase quebrei a porta da primeira cabine. Sentei na privada e escorreguei, porque minha bunda estava coberta por fezes gosmentas e escorregadias. E meu cu continuava a soltar mais. Eu finalmente me arrumei na privada e perdi cerca de dez quilos nos dois minutos seguintes.

Durante uma breve pausa do meu quase sobre-humano fluxo de merda, percebi que a privada estava quase até o topo de cocô, e então dei a descarga. Previsivelmente, ela transbordou. Beleza, foi só passar pra outra cabine e continuar minha pequena aventura; só que dessa vez eu puxava a descarga em intervalos de poucos segundos.

Quando terminei, estava fisicamente exausto, desidratado por completo, e meus olhos lacrimejavam em razão da força que fiz ao cagar. Eu ri quando constatei que o papel higiênico não daria conta do serviço de me limpar. Tirei a camiseta e vi que as costas dela estavam completamente cobertas da bosta que meus calcanhares chutaram para cima conforme a diarreia cobria minhas pernas. Eu joguei a camiseta no lixo e olhei no espelho. Uma faixa escura e grossa apontava do topo do espelho até minha cueca, que jaziam no fundo da pia. Este foi o local final de descanso dela.

Nu e coberto pela minha própria merda, eu ri. Nesse ponto, se eu não risse teria que chorar. Na hora em que eu abria a porta do banheiro para o lobby, pensei: "Quem no planeta poderá estar numa noite pior do que a minha?"

Minha pergunta foi respondida na hora.

Vi uma trilha de merda, começando bem larga aos meus pés, diminuindo progressivamente até terminar nos sapatos brancos de ninguém menos que a pequena faxineira mexicana. Meus olhos encontraram os dela. Podíamos estar separados por várias barreiras religiosas, linguísticas, culturais e socioeconômicas, mas a expressão em seu rosto ultrapassava qualquer uma delas.

Tente realmente visualizar a cena: estou pelado, com merda espalhada pela bunda, pelas pernas, costas e pela cabeça, a vinte metros de uma faxineira mexicana, com uma trilha de bosta líquida apontando direto para mim. O que você faria? Eu não acho que exista alguma etiqueta estabelecida para esta situação.

Encolhi os ombros e falei: "Hmm... desculpe... digo, eu... hmm… *siento*. Boa noite, *buenos noche*… ou algo do tipo." E caminhei com calma em direção ao elevador. Da janela de vidro do elevador, pude ver claramente a mulher chorar. Enquanto isso, eu dizia pra mim mesmo: minhas pernas não espirraram merda, só distribuiram o excesso pela minha nuca e pelas orelhas. Mas a verdade é que elas espirraram merda por TODO O LUGAR. Os sofás, as paredes, tudo. Ooops. Bem, alguém tem que limpar a sujeira e, com certeza, não serei eu.

Quando cheguei ao quarto, SlingBlade já estava na cama. Ele rolou pro lado, olhou pra mim e começou a rir descontroladamente. Teve até que parar por causa de uma cãibra na barriga. Demorou uns cinco minutos antes de conseguir falar algo:

SlingBlade: "Onde foi parar sua calça?"

Tucker: "FODA-SE, SEU CUZÃO. Tudo isso é culpa sua. Sr. Merda de Rinoceronte. Se não fosse aquele aborto que você soltou na privada eu não estaria COBERTO DE BOSTA."

Ele não conseguia parar de rir para responder. Juntei o que sobrava da minha dignidade e entrei no chuveiro. Ele ainda ria quando saí e, entre risadinhas, falou: "Esta é uma prova clara de que Deus existe e que ele é justo!"

Terceiro dia: o Yellow Rose e a prisão

Acordei no dia seguinte com PWJ voltando lá pelas dez da manhã.

Contei a história do cagão no lobby, e depois que ele se recuperou dela, contou-nos da noite dele:

PWJ: "Valeu Tucker, seu porra."

Tucker: "Ei, não é culpa minha se você curte peixe-boi."

SlingBlade: "Ela cantou feito uma baleia quando você meteu?"

PWJ: "Vá se foder!"

132

Tucker: "Então, você comeu a gorda?"

PWJ: "Sim."

Tucker: "Mal posso esperar pelo dia em que a vaca-marinha aparecerá com os filhos gênios com cabeças gigantes dizendo que são seus."

SlingBlade: "ESPERA — Você comeu mesmo? E o anel de compromisso?"

PWJ: "Ela tinha um anel de compromisso?"

SlingBlade: "Que vagabunda."

Claro que isso nos fez rolar de rir. Aparentemente, a vaca-marinha falou pra SlingBlade (mas não para PWJ) que era noiva de um cara que estava fora da cidade no fim de semana. Parece que SlingBlade tinha razão pelo menos uma vez: a mulher era mesmo uma vagabunda traíra. PWJ continuou:

"Agora eu sei por que ela quis que eu a comesse no chão e não na cama, e por que não queria que as colegas de quarto soubessem que estava traindo o namorado."

SlingBlade: "Odeio mulheres."

PWJ: "Você devia estar lá de manhã quando ela me deixou aqui. Ela encostou na porta do hotel e falou: 'Obrigada. Foi um prazer conhecer você.' Eu falei: 'Sim, foi.' Saí e vim para cá. É, foi isso."

Tucker: "Quer dizer que você não levou a moça pra tomar café da manhã?"

PWJ: "Vá se foder."

SlingBlade: "Ele não tem como bancar. Está em ajuda financeira."

Fiz SlingBlade ligar para a portaria para pedir que viessem desentupir a privada.

Trinta minutos depois, a porta se abre e uma mulher que poderia passar por mãe do Eddie Murphy começa a gritar com a gente:

Faxineira: "Quem matou a privada?!"

SlingBlade: "Fui eu, foi mal. Vou escrever uma nota de desculpas para você depois."

Faxineira: "Tudo bem. Pelo menos isso não inundou a ponto de pingar no teto do andar de baixo."

Ela rápida e eficientemente começou o serviço, gritando de vez em quando algo inteligível: "PORCARIA DE MOLEQUE, o que que cê andou comendo? Você precisa de alguma rolha! Hehehe."

Passamos o resto do dia descansando, e depois encontramos com o resto do pessoal no apartamento de Mermaid. Fizemos um esquenta lá por algumas horas e voltamos para Austin. Com a diferença de que dessa vez fomos para a 4th Street, que tinha menos estudantes e uma galera mais velha. Começamos por um lugar chamado Lavaca Street, porque eles tinham hóquei de mesa e El Bingeroso é viciado nisso.

Dirty e eu jogamos contra El Bingeroso e Mermaid, passando as duas horas seguintes surrando-os como detentos de Guantánamo. Isso deixou El Bingeroso mordido. Ele tem orgulho de sua habilidade no hóquei de mesa e perder para mim estava além do que seu ego suportava.

Ele começou a beber... mas não era uma carraspana alegre. Parecia que ele tentava domar sua raiva com álcool. Sempre que nós ganhávamos um jogo ele bebia mais rápido. Depois de duas horas perdendo, ele estava espumando de raiva e incrivelmente bêbado. Sendo um bom amigo, fui um bom vencedor:

Tucker: "Pensei que você fosse bom nesse jogo. Você é um merda. Dirty e eu não estávamos nem nos esforçando mais. Ganhar de você é como zoar com gordo; é fácil demais. Bichona. Kristy esqueceu de te dar suas bolas antes de viajar?"

El Bing: "VÁ SE FODER, SEU CUZÃO, EU VOU ARREGAÇAR VOCÊ!"

Tucker: "Você não consegue nem me arregaçar em hóquei de mesa. Você tem deficiência? Por que não consegue jogar o *puck* reto? Eu sou um merda e ganho de você. Você é um lixo, não consegue nem beber mais do que eu."

El Bing: "O QUÊ? VOCÊ É O MAIOR FRANGO QUE EU JÁ VI. VOCÊ BEBE IGUAL A UMA CRIANÇA DE SETE ANOS!" E então El Bing fez a aposta que causaria um efeito borboleta em nossas vidas. "FILHO DA PUTA, EU VOU BEBER O TRIPLO. QUALQUER COISA! VOCÊ ESCOLHE, EU BEBO TRÊS DE CADA UM QUE VOCÊ TOMAR, PIRRALHO!"

Eu consegui... finalmente levei El Bingeroso até o limite. Quase de imediato, Mermaid apareceu com quatro copos de tequila. Sr. Tequila não combina com Tucker. De fato, sr. Tequila transforma Tucker Bebum Alegre em Tucker Quebra Tudo com Violência.

Tucker: "Prefiro comer o cu de um burro do que tomar um *shot* de tequila."

Mermaid (Snif, Snif): "Sinto cheiro de covarde."

Eu mando a tequila pra dentro e mal consigo evitar que ela saia de volta. Beber não é divertido? Esta é uma das poucas vezes que consigo lembrar que alguém conseguiu me manipular com sucesso em algo.

El Bingeroso tomou as três tequilas com relativa facilidade.

Mermaid apareceu cinco minutos depois com outros quatro copos. El Bingeroso e eu ficamos encarando um ao outro. Mesmo que estivéssemos segurando a onda, sabíamos que depois dessa tudo estaria acabado. Eu sabia que ia vomitar até explodir e ele sabia que ia entrar em psicose alcoólica e capotar. Mas foda-se, éramos dois caras com vinte e quatro anos... você realmente acha que a gente iria parar?

Bebi a minha dose primeiro porque entendi que tinha menos a perder, já que eu não era noivo nem gostava tanto assim de mim. El Bingeroso bebeu duas doses. Eu corri até a lixeira e deixei minhas tripas lá.

E claro, El Bingeroso liderou o resto do bar em zoações sem dó. Eu mereci, já que tinha vomitado depois de apenas duas doses de tequila (e das quinze cervejas que já estavam no estômago). Minha única alegria veio quando El Bingeroso tomou sua sexta e última dose. Foi como assistir aos melhores momentos da liga nacional, aqueles que mostram o instante do impacto em câmera lenta e você consegue ver o jogador passar de consciente para inconsciente, ou ver os ossos da perna do quarto-zagueiro furarem a meia dele. Eu podia ver El Bingeroso chegar ao limite. Seus olhos começaram a se mexer independentemente, como os de um camaleão. Seus joelhos dobraram e ele teve que se segurar na mesa. Seu destino estava selado. Ele logo se recuperou e ficou de pé, mas eu bebia com ele havia tempo suficiente para saber o que ia acontecer depois disso: ele ia acabar na cadeia.

SlingBlade vai até o bar pegar outra rodada de cerveja para nós. Enquanto ele estava lá, engatou uma conversa com uma mulher mais velha, que estava sozinha no bar com um poodle no colo:

Mulher: "Eu gostaria de ser jovem novamente, cheia de vida e energia como vocês."

SlingBlade: "Apenas estamos cheios de álcool e comida mexicana. Você pode fazer isso também."

Mulher: "Você é engraçado."

Ao mesmo tempo que ele conversava, dava cerveja para o cachorro sem ser notado. Quando ela descobriu, não ficou muito feliz.

Mulher: "O QUE VOCÊ ESTÁ FAZENDO?! Meu Deus, Pookie, você está bem?!"

SlingBlade: "Seu cachorro tem problema com bebida, você pode querer procurar ajuda. Leve-o para um AA canino ou algo do gênero."

Mulher: "POR QUE VOCÊ DEU CERVEJA PARA MEU CACHORRO?!"

SlingBlade: "Seu cachorro bebeu minha cerveja. Existe uma diferença."

A bartender entrou na conversa.

Bartender: "Você e seus amigos, acabou."

SlingBlade: "O QUÊ? Eu tenho setenta quilos de puro atletismo. Consigo metabolizar álcool sem problema. Me traz mais cerveja, mulher, e seja rápida."

Bartender: "Não me faça chamar a polícia."

Isso foi demais pra gente. Mermaid nos levou para outro bar, que ficava em um beco; antes que qualquer um de nós pudesse saber o que estava acontecendo, El Bingeroso já atirava lixeiras pro alto, esmurrando caçambas e chutando portas. Ele estava no Modo El Bingeroso de Destruição Total. Ele é o tipo de bêbado que faz você se perguntar por que o álcool é classificado como depressivo.

Estava mais do que claro que tínhamos que tirá-lo da rua. Enquanto pensávamos no que fazer, trombamos com um dos vários músicos que entupiam a 6th Street. O cara estava tocando *Friends in Low Places* no violão, e a única coisa que a gente viu foi El Bingeroso passar o braço ao redor dele e gritar com todo o ar dos pulmões:

El Bing: "POOOORQUE EU TENHO AMIGOS EM LUGAAARES RUINS, ONDE O UÍSQUE ENTORNA E A BREJA LEVA... MINHA TRISTEZA EMBORA, EU SEI... E TUCKER É GAY..."

O cara do violão para de tocar e tenta ajudar El Bingeroso:

Homem: "Cara, você precisa jogar essa cerveja fora, existem leis contra andar com bebida na rua aqui no Texas."

El Bing: "QUER SAIR DA MINHA FRENTE?"

Tucker: "EL BINGEROSO, PARE! Ele está tentando ajudar."

El Bing: "VOCÊ QUER BRIGAR TAMBÉM? Pode vir, manda ver, antes que eu arregace os seus dentes. VEM PRO PAU!"

Homem: "Você precisa tirar seu amigo de perto de mim."

Se eu ganhasse uma moeda cada vez que ouvisse isso sobre mim ou meus amigos, estaria dirigindo uma Bugatti.

Enquanto isso rolava, SlingBlade fazia amizade com um dos inúmeros cidadãos sem-teto de Austin. Um mendigo estava soltando uma dessas:

Mendigo: "Ei, cara, cê não tem um trocado?"

SlingBlade: "Hahahahaha. Ele fala igual a você, El Bingeroso! Aposto que ele fazia Direito, antes de dar merda. Venha aqui, El Bingeroso, dê uma olhada no seu futuro!"

Mendigo: "Cê não tem um trocado pra mim?"

SlingBlade: "Vou te falar o seguinte: te dou todo meu dinheiro se você me der essa cerveja do seu bolso."

Mendigo: "...mas... isso é tudo o que tenho. Eu moro na rua, meu."

SlingBlade: "ACEITA OU NADA DE GRANA."

Mendigo: "Ok, cara, ok. Aqui..."

SlingBlade: "Muito bom, mas eu não tenho dinheiro, valeu pela cerveja."

Mendigo: "Mas... mas... cara, essa breja é tudo o que eu tenho... eu moro na rua, valeu?"

SlingBlade: "E você não acha que suas técnicas horríveis de negociação não têm nada a ver com isso? Hein?"

Mendigo: "Não, cara, minha ex-mulher me chutou. Eu não tenho pra onde ir."

SlingBlade: "Acabou de falar as palavras mágicas... toma sua cerveja de volta."

Mendigo: "E rola um trocado?"

SlingBlade: "Não força, você tem sorte de não tomar uma na cara."

Decidimos ir até um clube de strip, o Yellow Rose. Eu sempre rio quando lembro do nosso processo de pensamento: El Bingeroso está bêbado e violento demais para ficar na rua, então vamos levá-lo para um lugar com mulheres peladas e leões de chácara raivosos! Parece ótimo! Vai dar tudo certo!

Estávamos em seis, então nos dividimos em dois táxis. No táxi 1 estávamos eu, Mermaid e Dirty. No táxi 2: PWJ, SlingBlade e El Bingeroso. Demorou só uns dez minutos até o Rose, e o táxi 1 chegou sem problemas. Nós três entramos, e o Mermaid virou e disse: "Estamos em Gomorra."

Se você sai bastante, sabe que não deve se esforçar demais para se divertir, você tem que ir aonde a noite te levar. Você faz isso várias vezes e de vez em quando topa com uma dessas situações absolutamente perfeitas, em que tudo parece se encaixar. Esse era o tipo de noite no Yellow Rose.

Era uma noite de domingo, então o lugar não estava cheio; mas por alguma razão havia várias mulheres trabalhando. Estávamos bem-vestidos, com dinheiro no bolso, e nós três tínhamos o talento. Então, antes que a gente percebesse, cinco ou seis garotas cercavam nossa mesa. Dirty avaliou a situação, olhou para mim, soltou seu sorriso torto e então iniciou uma manobra clássica dele: "Senhoras, sabem quem este homem é?" E apontou para mim. "Este é Tucker Max. Ele parece um cara humilde, mas na verdade é um dos criadores do Yahoo e o quarto maior acionista da empresa. É claro que não preciso lhes dizer o que é o Yahoo, não é?" Claro, duas delas pediram pra dizer o que era o Yahoo, mas as outras quatro sabiam, e uma delas falou que tinha ações da empresa.

Obviamente, nada poderia estar mais longe da verdade. Eu estava quebrado e não era dono nem do carro que dirigia. Mas Dirty foi para a PT Barnum School of Marketing e aprendeu muito bem a lição mais importante: quanto maior a mentira, maior a possibilidade de as pessoas acreditarem nela.

Fingi não ligar enquanto ele continuava a falar de mim. Todas as seis não estariam mais na nossa, mesmo que eu usasse anzol e linha. A melhor parte foi a dançarina que tinha ações do Yahoo. Ela parecia saber algo do mercado de ações e me testou, perguntando quem era o CEO. Eu trabalhei no Fenwick & West naquele verão e um dos maiores clientes era o Yahoo; então eu sabia um pouco sobre eles. O olhar dela quando falei "Você está brincando? Eu ajudei a contratar Tim Koogle" não tinha preço. Pensei que a mulher fosse me chupar lá mesmo, na mesa.

Mantendo o jogo, pedi umas garrafas para a mesa e, antes que eu percebesse, começaram a rolar *lap dances* de graça e várias pegações. Foi ótimo. Uma das strippers tinha feito pornô antes, então perguntei algo que sempre quis saber:

Tucker: "Eu tenho noção de como as estrelas pornô são selecionadas, mas se você fosse um cara e não tivesse um pau gigante nem esporrasse a cinco metros, como faria para entrar na indústria do pornô?"

Mermaid: "Networking, cara, networking."

Stripper: "Não sei, eu só transava com quem me falavam para transar. Pagavam bem."

Tucker: "Isso não é ótimo? Aposto que seus pais estão pulando de alegria, superorgulhosos de você."

Convencemos todas a voltar para o hotel com a gente, quando de repente Mermaid pergunta: "Onde caralho foi parar El Bingeroso?"

No embalo de explorar strippers, acabamos esquecendo completamente os outros caras. Eu vi quatro chamadas perdidas no celular, todas de PWJ. Por isso tinha algo vibrando no bolso.

Mermaid pegou meu celular e saiu para fazer algumas chamadas. Ele voltou cinco minutos depois com um olhar de completa frustração e raiva. "Caras, El Bingeroso foi preso. Precisamos tirá-lo de lá."

Deixamos as strippers — e o que poderia ter sido uma noite de êxtase carnal de fazer Calígula corar — e voltamos ao Embassy Suites. PWJ nos contou o que rolou no táxi número 2:

Assim que eles entraram no táxi, PWJ e SlingBlade viram que El Bingeroso estava com problemas. Ele passou do Estágio Bêbado Violento e estava rumando para o Estágio Bêbado Comatoso. Para mantê-lo acordado, eles começaram a fazer perguntas.

PWJ: "E aí, El Bingeroso, como foi que você conheceu Kristy (a noiva de El Bing)?"

El Bingeroso: "Na facu, em um bar. Eu trampava lá."

PWJ: "Ela frequentava alguma república?"

El Bingeroso: "É, meu, eu a conheci num bar."

PWJ: "Eu sei, você já me disse. O que você fez no primeiro encontro? Algo especial?"

El Bingeroso: "É, meu, eu a conheci num bar, conheci num bar."

Isso continuou até que ele, tipo, desmaiou no colo de SlingBlade.

Uns dois minutos depois, faltando apenas três quarteirões para o clube, El Bingeroso se levantou e disse: "Encosta o carro!"

Pensamos que ele fosse vomitar. O táxi encostou na hora no estacionamento de uma loja de conveniência. El Bingeroso saiu, tropeçou, baixou a calça até a canela e começou a mijar. No meio do estacionamento.

Ele ainda estava torto e PWJ não queria que ele mijasse na própria calça; então se colocou por trás dele, passou os braços ao redor do peito do bebão e ficou segurando enquanto El Bingeroso terminava de mijar.

Agora, tente imaginar a cena: Texas, meia-noite de um domingo, no meio de um estacionamento tem um cara com a calça baixada e outro cara atrás dele abraçado. O que você pensaria?

Eu também.

E foi exatamente o que o policial que passava por lá na hora pensou.

PWJ falou que tudo que ouviu foram os pneus cantando antes que ele olhasse para cima e visse um policial da cidade de Austin sair da viatura e gritar (com um sotaque típico do Texas): "QUE DIACHO CÊIS TÃO FAZENDO?"

SlingBlade tentou sair do táxi para explicar, mas o policial pegou a arma e gritou: "VOLTA PRO TÁXI!" SlingBlade voltou na hora, porque é isso que uma infância de aversão a riscos faz com um homem.

PWJ ficou na frente de EL Bingeroso e disse: "Policial, me desculpe, deixe-me explicar. Meu amigo ficou extremamente alcoolizado esta noite, e nós paramos o carro porque pensamos que ele vomitaria. Mas ele começou a urinar, então fiquei atrás dele para segurá-lo. Ele está muito alcoolizado, mas só precisa voltar para o hotel e dormir."

O polícia era um Policial Estereotipado Cabeça-dura de Austin. "Então você acha que pode mijar aqui, no meio da rua, no meio desse estacionamento? Tem um hospital logo ali. Nós nos esforçamos pra manter este local limpo, e você está mijando em todo canto."

PWJ é ótimo sob pressão, sendo filho de um militar dominador, permaneceu calmo. Depois de cinco minutos de uma explicação muito lúcida, razoável e submissa, ele tinha certeza de que estava tudo bem para o policial e que a situação fora controlada.

Parecia que ele ia deixar El Bingeroso ir. Então, uma outra viatura parou e outro policial chamou El Bingeroso num canto para conversar. PWJ falou que uns dois minutos depois viu El Bingeroso gesticular, enfiar o dedo na cara do policial e gritar algo como "Sr. Distintivo de Plástico". Então ele viu El Bingeroso ser jogado pra cima do capô da viatura, algemado e preso. Chutando as janelas conforme o carro se afastava. Foi aí que as ligações no celular começaram.

De volta ao quarto do hotel. Decidimos mandar PWJ e Mermaid para pagar a fiança de El Bingeroso e o resto de nós ia dormir. Já passava das três da matina. Acordei às oito da manhã e PWJ, Mermaid e El Bingeroso ainda não tinham voltado. Percebi que meu celular estava desligado. Quando liguei, havia três mensagens novas. Eu ouvi, comecei a rir e acordei todo o mundo para ouvir também. Aqui estão elas, transcritas do meu correio de voz:

- Mensagem 1 – 1:32: "Cuzão, tô na cadeia... hmm... eu tô... hm... na cadeia, cara. Eu estou na cadeia do condado de Austin. Hm... me liga, cara. Preciso que você venha me soltar. Eu tô na cadeia, cara. Não tô curtindo."
- Mensagem 2 – 2:44: "Ei, cara, meu. Eu tô na cadeia. É El Bingeroso. Você precisa vir me buscar. Hmm... PWJ me ligou... não tô curtindo, meu, vem me buscar."
- Mensagem 3 – 7:48: "Tucker, é El Bingeroso, cara. Estou na delegacia de polícia em Austin. E acabei de sair da cadeia. Não sei quem pagou a fiança, mas, tipo, preciso de carona. Espero que eu cruze com vocês e consiga uma carona. Senão, divirtam-se em Dallas."

Na hora em que El Bingeroso fez essa última chamada, PWJ e Mermaid esperavam por ele na escadaria do Tribunal do Condado de Austin. Ele foi solto algumas horas depois:

El Bingeroso: "PWJ, me responde uma coisa. O que eu fiz para acabar na cadeia?"

Eles levaram El Bingeroso para o hotel, ele estava um lixo. Parecia uma música de Johnny Cash. E tinha uma marca gigante no olho direito.

Mermaid: "El Bingeroso, o que tem no seu olho? O policial te bateu?"

El Bingeroso: "É provável."

Mermaid: "Por que ele te bateu?"

El Bingeroso: "Falei coisas horríveis sobre a avó dele em espanhol… aparentemente ele entendia."

Mermaid: "Mas como? Como isso aconteceu?"

El Bingeroso: "Eu estava em uma cela com uns mexicanos e, você sabe, eu estava puto. Estava organizando um motim com os malucos, quando, de repente, a porta se abriu e BAM! Não é legal acordar no chão, coberto de mijo e vômito."

Mermaid: "Você está bem?"

El Bingeroso: "É, acho que sim… Caras… sério, como eu fui parar na cadeia?"

Recontamos a noite inteira para ele. A memória dele parou lá pela sexta tequila. Depois que terminamos de narrar a história, El Bingeroso ficou quieto por um momento, então olhou para nós com a maior expressão de piedade que eu já tinha visto naquela cara.

"Cara, eu não sei beber."

Quarto dia: a viagem para casa

Esse não foi o fim dos problemas do El Bingeroso. Ele cometeu o erro catastrófico de ligar para a noiva dele lá da cadeia, acordando-a às três da manhã. E ligou para os pais dela também. Deixe-me reiterar: ELE LIGOU DA CADEIA PARA OS PAIS DELA. Ele estava em uma espiral de problemas com ela, mais uma condenação por desordem e bebedeira. Então tinha que ficar em Austin mais alguns dias.

Nós três decidimos voltar para Dallas, e então Durham. Acredito ter falado algo do tipo: "Nós podemos voltar para Dallas, não tem mais nada para fazermos em Austin. O que poderíamos fazer para superar essas últimas duas noites? Incendiar a cidade? Matar o governador?"

Durante a saída no Embassy Suites, a gerente saiu do escritório e veio falar comigo. "Sr. Max, foi o senhor que teve um... digamos... 'acidente' no lobby duas noites atrás?" Eu respondi que sim, tinha sido eu e que eu sentia muito, que não estava acostumado com os efeitos do álcool e que iria buscar ajuda assim que voltasse para Durham. Ela se manteve bem séria. "Devo informar que o senhor não é mais bem-vindo a este nem a nenhum outro Embassy Suites."

O quê?

"Senhor, temos um banco de dados nacional 'Não hospedar' em que seu nome foi adicionado. Depois deste incidente, preferimos que o senhor não se hospede em nenhum de nossos hotéis novamente."

Eu fui permanentemente banido de TODOS os Embassy Suites. Para sempre.

Bem... acho que às vezes as ações geram consequências.

Quando chegamos a Dallas, nós nos hospedamos no mesmo Radisson, e dormi até a hora do jantar, quando fomos para o Deep Ellum.

Adiantemos até a manhã seguinte. Eu passei a noite toda bebendo e comendo uma garota; depois, entrei no quarto do hotel às oito da manhã e vi vômito espalhado pelo chão. Pelo jeito, o sanduíche Reuben que SlingBlade pediu no bar não tinha sido uma boa ideia. Ele estava no modo Slingblade-precisa-de-hospital. O moleque tinha a resistência de uma vítima de lúpus, e depois de quatro noites de bebida e abusos corporais, o sistema imunológico do "garoto-da-bolha" desligou.

Ele se arrastou até o banco de trás do Saturn cor de berinjela dele, encolhendo-se em posição fetal, soltando gemidos de vez em quando. PWJ e eu dirigimos em direção a Durham. Estávamos em algum lugar do Arkansas quando SlingBlade se levantou e começou a chutar meu banco. Eu me assustei e girei na pista, mas antes que eu conseguisse retomar a direção, ouvi aquilo sair.

AAAABLUÉÉÉÉÉ!

SlingBlade abriu a porta, ficou com metade do corpo pra fora e começou a vomitar em seu próprio carro. Depois ele saiu e começou a vomitar de novo na grama.

Depois de uma sessão de vômito que deve ter durado uns cinco minutos, ele se arrastou de volta para o carro e fomos embora. Menos de um minuto depois, ele começou a estapear as pernas e gritar. O idiota havia pisado em um formigueiro quando estava vomitando e trouxe um monte de formigas consigo. Antes que pudéssemos fazer algo, todos nós estávamos sendo devorados por formigas. Tínhamos que parar na próxima saída.

SlingBlade acabou em algum posto de gasolina no meio do Arkansas, limpando vômito e formigas do carro... usando jornal, porque não tinha aspirador no posto.

Ele quase surtou. "Acho que esse é o pior dia da minha vida, e só estou acordado faz três horas. Eu me recuso a acreditar que isso esteja acontecendo."

O resto da viagem foi bem monótono. Enquanto PWJ e eu discutíamos todo tipo de semântica e filosofia, entre outros assuntos nerd, Sling-Blade dormia, gemia e chorava. Em algum lugar de Chattanooga, ele acordou, rabiscou algo em um papel, deu para nós e capotou de novo. O papel dizia:

"Por favor, me matem."

O epílogo

O Texas não era o mesmo desde outubro. Infelizmente, o Baby Dolls não existe mais. As leis de zoneamento de Dallas mudaram o clube e, apesar de ele existir ainda, não é mais o bastião da depravação que era.

Algumas semanas depois estávamos na 6th Street e o Cheers Shot Bar tinha sido incendiado pelos dr. Peppers Flamejantes. Mesmo sendo uma bebida boa, ela foi banida em Austin depois disso. Você ainda consegue em alguns bares, mas, oficialmente, são ilegais.

Até onde sei, ainda sou *persona non grata* em todos os Embassy Suites. Tinha esquecido disso até que eu tentei me hospedar dois anos depois em uma filial em Atlanta. Meu nome continuava no banco de dados e "Tucker Max" não podia se registrar como hóspede. Um pequeno preço a se pagar pela história que é provavelmente a mais engraçada da minha vida.

Para os quatro amigos da faculdade de Direito da Duke que foram nesta viagem, as coisas nunca mais seriam as mesmas.

Para El Bingeroso, esta viagem marcou o último final de semana tenho-bolas-bebo-e-arrebento que ele teve como (quase) solteiro. Depois de acordar na prisão em Austin coberto de mijo e vômito e um olho roxo enorme, ele tinha que pensar em si mesmo, entender que era noivo e apaixonado e que precisava parar de agir como Colin Farrell. Ele se casou com Kristy no verão seguinte. Ele ainda bebe, algumas vezes em excesso, mas o El Bingeroso que vimos aquela noite estava morto. Nosso amigo não foi o mesmo nem durante a despedida de solteiro dele, ocasião para a qual contratamos várias strippers e um anão.

A transformação de El Bingeroso começou na festa de Halloween do Direito na Duke. Antes que fosse para a viagem, ele convenceu Kristy a vestir uma fantasia de empregada francesa. Ele até comprou a fantasia um mês antes, de tanta empolgação. Kristy estava, previsivelmente. infeliz com as coisas que El Bing tinha aprontado em Austin, e o primeiro ato público de desculpas dele foi ir vestido com essa fantasia à festa. Ela usou um macacão laranja igual ao de um preso. Eles eram um ótimo casal... e ainda são.

Para SlingBlade e PWJ, quase nada mudou, porque eles nunca cresceram. SlingBlade ainda é um cara azedo, sozinho, avesso a riscos, e continua tendo problemas com mulheres. PWJ ainda é uma pessoa ruim, que não resiste a uma garota com seios grandes.

Para nossa diversão, o lance dele com a vaca-marinha não terminou aquela noite. Ela nunca revelou a PWJ seu nome nem seu endereço, mas sabia o nome dele, descobriu onde morava, e algumas semanas depois enviou uma carta de agradecimento, sem remetente, junto com um cheque com a parte dela do táxi que os levou da 6th Street até o apartamento dela. O cheque era de três dólares e sessenta e quatro centavos. Uma piada em papel.

Na esteira do estilo de vida zen chinês, das cinzas de El Bingeroso nasceu a fênix que vocês conhecem como Tucker Max. Eu fiz muita merda nessa vida, mas aquele foi o primeiro final de semana em que eu conscientemente carreguei um gravador comigo, e foi o primeiro final de semana em que percebi de fato como minha vida era insana e engraçada. Voltei para Durham com dez páginas de coisas que rolaram e pensei: "Isso daria um ótimo filme." Foi o bater de asas de borboleta na hora exata que criou o furacão Max. Eu não tinha percebido na época, mas depois daquele fim de semana, o arco da minha vida fora irremediavelmente redirecionado do Direito para a atividade de escritor.

Minha viagem para Key West

Ocorrido em julho de 2001
Escrito em fevereiro de 2005

Quando morei em Boca Raton, estava saindo com uma garota que tinha mais dinheiro do que podia gastar. O papai era um empreiteiro muito foda no sul da Flórida e amava sua garotinha; e Tucker amava os peitos falsos de sua garotinha, além do Amex negro dela. (Para os pobres: o cartão American Express Black Centurion era reservado a pessoas que gastavam mais de cento e cinquenta mil dólares por ano em outros cartões Amex).

Certa vez, eu disse a ela que nunca havia ido para Key West. No dia seguinte estávamos em um jatinho, indo para lá. Uma limusine nos pegou no aeroporto e nos deixou em um hotel muito bom na Duval Street. Tanto o jatinho quanto a limusine e o hotel tinham frigobar. Assim, quando nós nos acomodamos no quarto, lá pelas onze da noite, já estávamos bêbados. Eu posso me acostumar com isso.

Tinha muita grana a Garotinha do Papai, mas, infelizmente, não podia pagar por um cérebro. Ela estava com dezoito anos e largou a estadual da Flórida depois de dois meses por achá-la difícil demais. Na boa, isso não é um eufemismo para "chupei cem paus em um mês"; ela era mesmo burra demais para a estadual da Flórida. ESTÚPIDA DEMAIS PARA UMA UNIVERSIDADE DE MERDA! Se isso parece difícil de acreditar é porque vocês não conhecem nenhuma menina da Flórida. Depois de um ano lá, você para de se espantar com essas coisas.

A Garotinha do Papai queria ir para alguns bares, mas se esqueceu de trazer a sua identidade falsa ... ou ela nem se ligou de que PRECISAVA DE UMA IDENTIDADE FALSA PARA ENTRAR EM UM BAR.

Tucker: "Como você faz para entrar em um bar?"

145

Garotinha do Papai: "Não sei. Em Palm Beach eu simplesmente entro. Todo o mundo conhece meu pai. Ou nós bebemos no The Breakers ou em outro clube. Ninguém nunca me pediu identidade."

Tucker: "Já percebeu que não estamos mais em Palm Beach?"

Garotinha do Papai: "Mas eu pensei que TODO O MUNDO conhecesse meu pai!"

Tucker: (cara de cu)

Garotinha do Papai: "Isso é tão injusto!"

Tucker: "Que bom que você é rica, senão já estaria fazendo pornô."

Garotinha do Papai: "Quê? Eu te falei que não gosto de pornografia. É nojento."

Saí andando.

Voltamos para o hotel e decidimos pedir champanhe e morangos, e entrar na banheira. Clichê, eu sei, mas olha com quem eu estava. Você não faz chardonnay com merda.

Eu sei que a Cristal aparece na imprensa porque os rappers a descobriram, mas deixe-me dizer o seguinte: a Cristal é valorizada demais, e os rappers são estúpidos. Se você quiser traficar ou roubar um carro, pergunte a DMX, mas para bebidas vintage de edição limitada insanamente caras, eu iria pedir conselho em outro lugar. Obrigado.

Cometi o erro de perguntar o que a Garotinha do Papai queria:

Garotinha do Papai: "OooOoh... vamos pedir Cristal!!"

Tucker: "Qual é o seu programa favorito?"

Garotinha do Papai: "Não sei, acho que *TRL* ou *The Real World*."

Tucker: "Deixe que eu peça as coisas."

O hotel tinha uma carta muito boa. Pedi uma garrafa de 90 Bollinger Grande Année. Deve ter custado uns quatrocentos e cinquenta dólares. Não é todo dia que tenho acesso a uma linha de crédito ilimitada.

Entramos na banheira, que era muito boa. Metade escondida do resto da área da piscina por folhagens, água superquente com vários lugares para se sentar. Eu peguei um copo e coloquei champanhe pela metade, para ela se soltar; depois disso foi fácil. Top fora, calcinha fora... sexo a toda na banheira, aí vamos nós.

Terminamos e colocamos os robes. Quando caminhávamos para o lobby, eu olhei para o balcão que fica sobre a área das piscinas e vi um cara olhando para nós. Ele estava subindo a braguilha, respirando forte e suando. Ele falou:

"Valeu, me economizou 9 dólares."

A Garotinha do Papai olhou para cima. Mesmo sendo burra como uma porta, ela não era estúpida a ponto de não perceber o que acontecera. Começou a chorar — "MEU DEEEUSS!!! AAAAAAHHH!!!" — e correu para dentro do hotel.

Comecei a rir.

Tucker: "Sem problema. Isso acontece."

Não sei por que falei isso. Nunca bati uma vendo outras pessoas transarem. Bem, não pessoalmente. Claro que bato uminha vendo pornô... mas fala sério, estrelas pornô são objetos de gratificação sexual, não pessoas reais.

A Garotinha do Papai ficou tão abalada que tomou dois Valium para dormir, e nos fez sair às seis da manhã no dia seguinte, insistindo em dar o fora pela porta dos fundos.

Garotinha do Papai: "E SE ELE NOS VIR DE NOVO?!?!"

Tucker: "Não sei. Cobre ingresso dessa vez."

Quando voltamos para Palm Beach, a garota não me ligou por uns três dias. Eu telefonei para ela, que não estava feliz em ouvir minha voz.

Tucker: "Qual é o seu problema?"

Garotinha do Papai: "Bem, TUCKER, você me passou uma DOENÇA VENÉREA!"

Tucker: "O quê? Qual?"

Garotinha do Papai: "Uma infecção urinária! Não acredito nisso!"

Eu não conseguia parar de rir. Por uns dois minutos ela ficou gritando na minha orelha enquanto eu me rachava de gargalhar. Tentei fazer a garota entender que infecção urinária não era doença venérea, e que ela devia ter pego isso na banheira, e não de mim. Mas o conceito era muito difícil para entrar na cabeça dela. Ela desligou na minha cara. Quatro meses depois, recebi um correio de voz dela:

"Ei, Tucker... desculpa... eu acho que você não me passou uma doença venérea. Eu fiz sexo com meu namorado na banheira dos meus pais semana passada e a mesma coisa aconteceu... ele fez exame e não tem infecção urinária... então, acho que você estava certo. Terminei com ele, e agora ele não me telefona mais... o que você vai fazer no fim de semana?"

Uma garota vence Tucker em seu próprio jogo

**Ocorrido em outubro de 2001
Escrito em junho de 2004**

Conheci Rachel em uma festa de arrecadação de fundos para crianças amputadas. A festa foi organizada pela liga júnior, ou algum tipo de organização dedicada a encontrar maridos ricos para mulheres solteiras burras. Ela era uma das organizadoras; era muito bem-apessoada e parecia normal. O que significava muito na Flórida. Conversamos sobre o vinho, fingi ouvir, e ela adorou saber que sou de uma família proeminente da Flórida — uma frase que ainda me faz rolar de rir; então marcamos um encontro naquela semana.

No primeiro encontro, ela cimentou minha impressão inicial: não era burra, mas não era inteligente, não era interessante, mas não era repulsiva. A garota estava lá como um ser humano, e era tipo isso. Não parecia haver nada que me atraísse além da aparência dela. Apesar disso, e do fato de ela se recusar a me beijar, algo nela me manteve interessado o suficiente para propor um segundo encontro. Eu não consegui nem chegar perto, só ter uma noção, mas algo lá me fazia querer ver mais. Além disso, fazia uma semana que eu não transava e ela era minha melhor opção. Então concordei com um segundo encontro.

O segundo encontro começou tão monótono quanto o primeiro, até que eu percebi por que tinha um interesse subconsciente apesar da incapacidade de Rachel em manter uma conversa. Fiz uma piada completamente inofensiva sobre ter que pagar extra depois de bater em uma puta cubana durante a transa, e ela passou de polida e distante a interessada. A conversa mudou para sexo e parece que um interruptor tinha sido ligado; tudo nela pareceu se acender, ela engatou na conversa e acabou se tornando uma garota mais interessante. Em certo momento, ela sorriu como o gato da *Alice no País das Maravilhas*; seus olhos se estreitaram e ela me perguntou:

Rachel: "Tucker Max, você é um taradinho, não?"

Tucker: "Com quem você acha que está falando? Você é incapaz de imaginar algo que eu não tenha feito."

Eu não sabia na época, mas aquela conversa iria ter um lugar na galeria da fama do "Não podia ter dado mais errado" de Tucker Max.

Lembra quando falei que ela parecia normal? É... eu tive essa noção arrancada de mim quando chegamos à minha casa e ela pegou minhas mãos e colocou ao redor do pescoço, dizendo:

"Eu quero que você aperte quando me foder. Não tão forte, não me enforque e não deixe marcas. Mas assegure-se de me fazer sentir isso."

Foi meio esquisito no começo. Não o fato de estrangulá-la, já tive várias garotas que quis enforcar até a morte, mas o lance de coordenar isso com a penetração. Não é fácil meter com ambas as mãos no pescoço de uma garota, ainda mais quando você nunca fez isso. Você está tão acostumado a usar suas mãos em outras coisas — como equilíbrio, puxadas de cabelo, usar o controle remoto — que demora para achar o ritmo. Mas uma vez que me acostumei, foi divertido enforcar esta garota enquanto eu metia nela.

No encontro seguinte, minhas mãos foram parar no meu cinto, que foi parar no pescoço dela. Puxei enquanto a comia por trás. A melhor parte foi quando ela estava colocando o cinto no pescoço e me perguntou:

"Você tem uma camiseta ou toalha que eu possa usar? Eu preciso de algo macio entre o cinto e o meu pescoço, senão vai deixar marca."

Esta garota parecia ter saído de um epísodio de *Real Sex* da HBO (exceto pelo fato de que não era feia). Se fosse ligado a sexo, ela queria experimentar, e queria incluir dor e humilhação no pacote. Pelos três meses seguintes, passamos pela seguinte miríade de desvios sexuais:

Primeiro, asfixia erótica.

Depois dominação, xingamentos e sexo anal brutal.

Depois disso, começamos com nossos estupros fingidos.

E acabou desandando depois disso... lamber meu cu, algemar, utensílios domésticos, chicotes, correntes. Dor. Tortura. Tudo o que você puder imaginar, e ainda pior.

Hmmm... imagino se o pai dela não costumava dar umas surras quando ela se comportava mal...

No começo eu realmente curti. Batia nela durante o sexo, xingava de qualquer nome que eu quisesse, puxava o cabelo, atirava a mina por aí, enfiava meu pau em qualquer buraco que ele entrasse, com toda a força que eu conseguia e, basicamente, fazia qualquer coisa que quisesse do jeito que eu desejasse. Nada estava fora dos limites. Ela era meu papel em branco sexual, onde eu podia experimentar o que me desse vontade. Dor, tortura e humilhação não me excitam, mas eu nunca tinha feito nada do tipo antes, pelo menos não de modo tão radical. A novidade me excitava.

Mas toda noite alguma variação deste pensamento passava pela minha cabeça: "Eu estou mesmo fazendo isso? Eu enfiei uma cenoura no cu dela enquanto a comia de quatro?" Depois de três semanas disso, toda vez tentando ir além, eu já fazia coisas com essa garota que podiam me levar à prisão. Eu estava pensando em filmá-la consentindo com tudo isso, estilo Tupac, porque quando eu terminasse com ela não ia querer que o sangue na minha escumadeira fosse usado como evidência contra mim em algum processo de violência doméstica.

A verdadeira ironia é que, de certa maneira, essas coisas eram mais humilhantes para mim do que para ela. Eu me orgulhava de ser tão transgressor e ultrajante que as pessoas normais não conseguem lidar comigo, mas essa garota, sem perceber o que estava fazendo, virava a mesa contra mim. Ela estava me vencendo no meu próprio jogo. Não importava o que eu fizesse, ela queria mais. Se eu batesse nela, ela queria que lhe batesse na bunda até deixar em carne viva. Se eu batesse na bunda dela até que minhas digitais ficassem impressas nos glúteos, ela pedia para bater até sangrar. Se eu a chamasse de "safada", ela queria ser chamada de "vagabunda". Se eu a chamasse de "vagabunda", ela queria ser chamada de "puta". Eu sou, literalmente, um profissional em humilhar pessoas, mas essa garota estava esgotando meu repertório inteiro e voltando para pedir mais.

Ela era como Tyler Durden em *Clube da luta*, na cena em que ele deixa o Mafioso espancá-lo depois de pegá-los usando o porão do bar dele para lutas semanais. Tyler simplesmente se deixa arregaçar pelo cara. O Mafioso o acerta repetidas vezes, mandando soco depois de soco — mas Tyler levanta, todo sujo de sangue, e ri dele. Isso quebra todo o moral. Quando você dá tudo o que tem e em vez de revidar a pessoa pede mais, que porra dá pra fazer? Foi o MÁXIMO que você podia.

Mesmo que o apetite dessa garota por dor e degradação estivesse superando minha capacidade de agredir e humilhar, eu me recusei a deixá-la vencer. Não era mais pelo sexo nem pelo relacionamento (e nunca foi pelo relacionamento, porque se não fosse o sexo essa menina não teria nada). Não, para mim era ver quem ia jogar a toalha primeiro. Eu TINHA que fazê--la jogar. Tyler Durden não vai ter um clube da luta no MEU porão, caralho.

Comecei a sugerir sites de sadomasoquismo, a mandar e-mails para meus amigos pedindo sugestões e até mesmo a pedir consultoria de dominatrixes em busca de ideias. Eu estava quase sem ideias quando, uma noite, ela surgiu na cabeça.

Como todas as vezes em que aparecia, ela veio pronta para ser abusada. Eu a recebi na porta, puxei-a pelo cabelo para dentro (ela adorava isso) e comecei a forçar passagem dentro dela (outra coisa que ela curtia; acredite, este não é meu jeito normal de receber pessoas).

Quando eu estava rasgando a blusa dela, senti que precisava dar um barro. Eu já ia me desculpar para sair pro banheiro quando me veio a ideia. Algo que tinha que ser demais até para ela.

Eu a levei pela mão até o banheiro, baixei a calça, sentei na privada, apontei para meu pau e olhei para ela: "Comece a chupar."

Agora, isso TINHA que ser o limite. Não havia maneira de essa garota chupar meu pau enquanto eu cortava o rabo do macaco. De forma alguma. NENHUMA garota faria isso. NEM FODENDO.

O que ela fez? Disse "não"? Fugiu com nojo? Saiu do apartamento com raiva? *Nein, fraulein.*

Sem hesitar, ela caiu de boca. Bem quando eu pensava que tinha ganho a corrida até os limites dessa garota, vi que estava errado. De novo.

Quão absurdo isso é? Imagine-se nessa situação: sentado na privada de um banheiro residencial relativamente pequeno, empurrando fezes para fora do seu cu, com uma garota ajoelhada na sua frente, com as roupas do trabalho e os lábios ao redor do seu pau, passando por ele como se fosse em uma passarela? O que você faria?

Eu tentei forçar mais. Não ligava se uma veia estourasse em minha cabeça e morresse na privada como Elvis. Eu estava determinado a fazer a mulher pedir água. Pensei comigo: "Aposto que esta é a única vez na vida que eu desesperadamente pedi por um fluxo lancinante de diarreia."

O primeiro tolete (infelizmente, era sólido) caiu duro na água. Nenhuma reação.

Nada além de entusiasmo pelo meu pau.

O segundo tolete... nada. Foi como se ela estivesse fazendo um boquete normal. Eu meio que me inclinei no assento para que o odor chegasse com mais facilidade às narinas dela.

O terceiro tolete... ela começou a se embalar, punhetando com vontade e chupando a cabeça.

O quarto tolete... será que os joelhos dela não estão nem doendo? É um piso de ladrilhos. Eu fiz força e mais força e mais força, quase acabei com uma hemorroida, até que meu cólon desistiu. Completamente sem material fecal... e Rachel ainda mandando ver. Sem se importar com o cheiro, ou com meus grunhidos ou meus peidos, ela não parava. O nariz cheio de peido, a boca cheia de pau, ela nem fez uma pausa. Não sei como continuou a respirar. Eu quase sufoquei com o cheiro, e estava bem mais longe da merda do que ela.

Sentado em um assento desconfortavelmente quente, com a bunda suja, cheirando minha própria merda, minha bunda suada e caindo de sono, quase gozando porque ela era tão boa que podia me dar um orgasmo mesmo que eu estivesse em coma — eu desisti.

Agora você deve estar pensando: "Cara, tem milhares de coisas que você podia fazer que seriam piores que isso. Por que não cagou no meio de uma espanhola?" etc, etc. Esta é uma boa pergunta, mas até eu tenho limites. Não sou Chuck Berry e não vou entrar no mundo da defecação para ter gratificação sexual.

Eu sei que existem pessoas que se excitam cagando nas parceiras ou fazendo-as beber mijo. Desculpe, isso realmente não é pra mim.

Digo, eu tentava levá-la até os MEUS limites, não até os dela. Eu não queria ir além das coisas que eu estava confortável em fazer. O fato de ela ter me chupado COM VONTADE em uma privada enquanto eu cagava me pegou. Essa garota era demais para mim. Me arrepia pensar o que eu teria que fazer para ouvir um "não" dela. Eu poderia ter trazido um cachorro e pedir a ela que o chupasse. Mas... caralho — e se ela dissesse "sim"? O que eu faria? Ficaria ali, vendo-a chupar um dálmata, esperando minha vez? Comeria o cu dela enquanto ela brincava com o osso do Rex? Obrigado, mas não.

Realmente pensei que tivesse sido batido. Fiquei até um pouco deprê e comecei a dar uma volta pelo sul da Flórida, sem saber o que fazer. Mas num lampejo de inacreditável sorte de Tucker, acabei com ela totalmente por acidente, de uma forma que nunca teria imaginado. Três dias depois, ela chegou em mim durante um jantar e disse, em tom muito sóbrio e sério:

"Tucker, a gente precisa levar as coisas a sério ou não poderemos continuar nos vendo. É humilhante para mim sair com alguém que meus amigos saibam que está saindo com outras mulheres."

Eu nem mesmo sabia o que dizer. Juro que não sabia. Estava completamente estupefato com aquela sentença. Esta menina realmente pensava que poderíamos namorar de verdade? É uma piada? Pode parecer injusto, e eu posso ser um idiota, mas como eu teria algum respeito por uma garota que fizesse as coisas que ela fez? Especialmente COMIGO? No momento, eu só poderia dar uma resposta: "HAHHAHHHAAHHAHAH-HAHAHAHAHAHAHAH. Espera, espera... HAHAHAHAHAHAHHAHAHA..."

Ela ficou puta e saiu correndo do restaurante. Eu sei que deveria ter dito alguma coisa, tipo: "Você quer dizer que quando eu fiz dupla penetração com legumes, isso não foi humilhante, mas o que seus amigos pensam da gente é?", mas não consegui.

Embora, para ser honesto, eu a tenha feito "beijar a lona" primeiro, foi uma vitória rasa. Foi igual àquele boxeador coreano que "venceu" Roy Jones Jr. nas Olimpíadas de 1988. Sim, ganhei a medalha de ouro, mas todo o mundo sabe que na verdade eu não fui o vencedor.

Tucker tenta sexo anal; isso não foi nada engraçado

Ocorrido em julho de 1997
Escrito em junho de 2003

Passei o verão do intervalo entre o segundo e o terceiro anos da faculdade mamando na teta materna no sul da Flórida. Foi o ápice absoluto da minha fase "faço tudo para deitar". Recém-liberto de uma relação longa de quatro anos que começou no colegial, eu queria nada mais que fazer sexo com o máximo de garotas possível.

    A maioria das coisas que fiz naquele verão não são histórias que mereçam ser contadas; você pode dizer o mesmo: "Fiquei bêbado em tal lugar e comi aquela gostosa", contando isso tantas vezes que pode te deixar de saco cheio. Naquele verão eu experimentei todo tipo de situação de sexo que um cara de vinte anos pode imaginar: comer mulher na praia, ganhar chupeta de meninas desconhecidas nos banheiros na balada, dormir com duas ou três mulheres diferentes no mesmo dia, ficar bebaço a ponto de dormir durante uma foda, ser expulso de um clube por uma garota chupar meu pau na piscina, blá, blá, blá... Meu Deus. O que isso tem a ver com minha vida que já não consigo achar essas histórias extraordinárias?

    De qualquer forma, enquanto a maioria das minhas histórias daquele verão pode não ser extraordinária para mim, há uma exceção bem notável...

    Eu estava saindo com uma garota, "Jane". Ela era recém-chegada a South Beach; mudara havia cinco meses, vindo de Maine com um contrato de modelo nas mãos. Nós nos conhecemos através de um amigo em comum. Cinco semanas e muito sexo depois, ela achava que a gente estava namorando. Eu sabia bem o que estava acontecendo, mas resolvi não contrariá-la, porque ela era gostosa demais. A ex-namorada de quatro anos que eu mencionei era muito conservadora sexualmente. No escuro, ela agia como uma missionária; já era uma puta sorte conseguir dela uma chupeta no fim de semana, se rolassem algumas taças de vinho no jantar (era uma relação dos tempos do colégio, eu não conhecia nenhuma melhor). Depois de quatro anos disso, eu estava pronto para experimentar todas as coisas das quais sentia falta (quando eu não a traía, claro). Comer o rabo dela — o famoso "anal" — era um dos mistérios desconhecidos, e decidi que eu queria tentar. Jane era a parceira perfeita: gostosa pra burro e muito doce; e o melhor: muito ingênua e aberta a sugestões.

Ela relutava no começo; não entendia por que não podíamos continuar mantendo relações sexuais normais. Então, tive que empregar minhas forças persuasivas:

Jane: "Mas... eu nunca fiz isso."

Tucker: "Eu também não; isso pode se tornar o nosso segredo."

Jane: "Mas não sei se vou gostar."

Tucker: "Você não precisa se preocupar com gravidez."

Jane: "Mas... eu gosto de sexo convencional."

Tucker: "Todo o mundo está fazendo sexo anal. É o hit do momento."

Jane: "Mas... eu não sei... me parece estranho."

Tucker: "É o método preferido na Europa. Especialmente com as modelos de passarela. Você não quer seguir a carreira fashion na Europa?"

Depois de algumas semanas, ela finalmente consentiu. Mas só concordou que eu enfiasse meu pinto no buraquinho dela com uma condição:

"Ok, podemos experimentar sexo anal, mas eu quero que seja especial e romântico. Você me leva para um lugar legal, como The Forge ou Tantra, NENHUM dos restaurantes do seu pai, e tem que ser em um fim de semana, NÃO uma segunda-feira. E você tem que continuar me levando para sair nos fins de semana. Estou cansada de ser seu caso de segunda-feira."

Fiz reservas para a sexta seguinte no Tantra. Além de ser insanamente caro, o Tantra é famoso pelos jardins nos andares. É verdade, eles colocam novas plantas toda semana. Eles também anunciam sua comida como "cozinha afrodisíaca". Sim, naquele ponto da minha vida, achei que essas coisas funcionassem.

Graças aos contatos do meu pai, consegui uma mesa em um salão gramado. A garota estava muito impressionada... Fiz o pedido como se fosse a última ceia. Não me preocupei com os preços. Duas garrafas de cento e dez dólares cada de merlot, veal rack (costelas), stone crabs, o prato Tantra Love — foi luxuoso e decadente.

Eu tinha vinte e um anos, era burro e queria comer o rabo de Jane; nem mesmo uma quantia de quatrocentos dólares me tiraria do caminho.

No momento em que saímos do restaurante Tantra, a menina estava com olhinhos de cachorrinho vira-lata apaixonado que teriam feito o Pluto parecer um modelo da Calvin Klein. Ela não poderia estar mais apaixonada. No caminho inteiro da volta ela ficou massageando minha virilha, dizendo o quanto queria trepar loucamente, o quanto eu a deixei excitada etc., etc., etc. Voltamos para minha casa e as roupas já estavam no chão assim que abrimos a porta. Caímos na cama e começamos a transar.

Começamos com sexo vaginal, como sempre.

Agora, o que Jane não sabia, e que eu ainda não te contei, foi que eu tinha uma surpresa esperando por ela. (Outra coisa: antes que eu te conte a surpresa, vou deixar as coisas bem claras: sou um cara do mal.)

Aos vinte e um, eu era, possivelmente, a pior pessoa existente neste mundo. Eu não tinha nenhuma consideração pelos sentimentos dos outros; era narcisista e autossuficiente ao ponto da ilusão psicótica, e via outras pessoas apenas como meio para a minha felicidade, e não como humanos merecedores de respeito e consideração. Não existem desculpas para o que fiz; era errado e me arrependo. Por mais que me orgulhe do comportamento bizarro que tenho, às vezes acho que passo dos limites, e esta foi uma dessas situações... mas, é claro, ainda vou escrever sobre isso.

Esta ia ser a minha primeira aventura pela floresta anal, e eu queria que essa viagem tivesse uma lembrança, uma recordação que eu pudesse carregar comigo para o resto da vida... então, decidi filmar tudo.

Planejei com antecedência, mas tinha medo de que ela negasse; assim, em vez de ser maduro e discutir o caso com Jane, eu simplesmente tomei a decisão executiva de ter tudo filmado... sem contar a ela. Isso já seria muito ruim. Mas, ao invés de instalar uma câmera escondida, fiz um amigo meu se esconder no closet e filmar.

É sério, eu sei que vou queimar no inferno. Neste ponto, só espero que minha vida sirva de aviso para os outros.

Deixei a porta destrancada e planejamos que ele apareceria por volta da meia-noite, quando meu carro entrasse no estacionamento ele correria para dentro do closet com a câmera pronta.

A parte de cima do closet era em estilo francês, era fácil tirar as folhas e entrar para uma supertomada de câmera, mesmo com a porta fechada.

Na hora em que eu e Jane nos deitamos, eu estava tão bêbado que tinha esquecido que havia um cara filmando, e, é claro, ela nem sonhava que ele estivesse lá.

Depois de alguns minutos de sexo normal, ela parou e disse, toda séria, na sua melhor voz sedutora de novela: "Estou pronta."

Eu rapidamente a virei de bruços e peguei o frasco de KY que estava no criado-mudo.

Uma semana antes, logo que Jane topou sexo anal, percebi que eu não tinha ideia de como fazer a coisa. Como exatamente você come o cu de uma mulher?

Sorte que eu tinha os melhores recursos de informação do mundo sobre sexo anal a minha disposição: o garçom gay. Consultei vários garçons gays que trabalhavam no restaurante do meu pai sobre as mecânicas do sexo anal e todos recomendaram KY como o lubrificante favorito.

Para minha surpresa, aprendi que cuspir no pau não é o suficiente para comer o toba. Culpa dos filmes pornôs, que mentem para caralho.

Outro conselho que lembro do Calvin: "Não se esqueça de usar o suficiente, porque se é a primeira vez dela, ela vai estar bem apertadinha e pode machucar. Use o bastante para que ela se solte e vá devagar, até que ela se acostume. Depois disso, é só alegria."

Bem, uma vez que um pouco é bom, mais é melhor, certo? Quando você tem vinte e um anos, isso parece lógico. Tirei a tampinha, coloquei a bisnaga no cu dela e apertei. Quase esvaziei o negócio, que em geral dura uns seis meses. Então, claro, exagerei. Mas Tucker Max não estava satisfeito. Não mesmo: depois de depositar na garota uma quantidade de óleo capaz de mover um carro de corrida de Fórmula Um, coloquei o resto no meu pau e nas bolas, realmente querendo lubrificar tudo, porque eu não queria que ela tivesse uma experiência desagradável.

Vamos considerar meu processo de pensamento: eu ia comer o cu dela e filmar sem o seu consentimento; apesar disso, eu ainda estava preocupado com o conforto dela. Às vezes, as contradições em minha personalidade surpreendem a mim mesmo.

Como previsto, deslizei com facilidade. Ela estava um pouco tensa no começo, mas com toda a "manteiga" que eu tinha colocado, ela logo se soltou e deixou rolar. Não tão bom quanto sexo vaginal, um pouco viscoso, tipo apertado, mas ainda assim muito legal. Eu enfiava como se o apocalipse fosse iminente, bombava com impunidade. Depois de alguns minutos eu estava pronto pra gozar. Minha urgência se expressava no ritmo, e comecei a meter com força. Quando a excitação chegou a seu apogeu, eu fui muito rápido e meu pau saiu do buraco dela. Entrei em desespero para colocar o pau de volta e terminar dentro dela; mas antes que eu conseguisse colocá-lo de volta no cu dela, ouvi um barulho tipo "psssst", e algo morno molhou minha virilha.

Estava escuro no quarto (eu não esperto ou sóbrio o suficiente para deixar as luzes ligadas para a câmera); então, depois eu olhei para baixo e levei alguns segundo para perceber que meu pinto, minhas bolas e toda a região da virilha estavam cobertos com um líquido preto e viscoso. Parei o movimento e fiquei olhando para minha virilha estranhamente pintada por uns bons cinco segundos, completamente confuso, até perceber o que aconteceu: "Você... você acabou de... cagar no meu pau?"

Coloquei a mão para apalpar aquele líquido, ainda sem querer acreditar que a garota tinha acabado de lançar jatos de diarreia explosiva no meu pênis. Então, sem aviso, o cheiro me pegou.

Tenho um nariz muito sensível, e nunca tinha sentido tanta repulsa na vida. Foi fatal a combinação do sintético do KY com o ranço de fedor de origens diretamente fecais combinadas para virar meu estômago, completamente cheio de frutos do mar, vinho e novilho.

Eu tentei segurar. Fiz de tudo para segurar, mas existem certas reações físicas que estão além de nosso controle. Antes de saber o que se passava, saiu:

"BBBBBBLLLLLLLLLLLLLAAAAAAAAAAAAAAAAAHHHHHHHHH"

Vomitei tudo em cima da bunda dela. Na divisa. No cu dela. Nas costas. Em todos os lugares.

A garota olhou para trás e disse: "Tucker, o que você está fazendo?" Ela me viu vomitando nela e gritou: "Oh, meu Deus!", e imediatamente se juntou a mim:

"BBBBBBLLLLLLLLLLLLLAAAAAAAAAAAAAAAAAHHHHHHHHH"

Vê-la vomitando na minha cama me fez vomitar ainda mais. Ela vomitando na minha cama, eu vomitando na bunda dela, o passo seguinte era inevitável.

Ouvi um barulho alto — CRASH! —, e vi meu amigo atravessar as portas do closet enquanto a câmera e ele próprio desabavam para fora do armário, caindo no chão bem pertinho da gente:

"BBBBBBLLLLLLLLLLLLLAAAAAAAAAAAAAAAAAHHHHHHHHH"

A memória de dois segundos de nós três vomitando de uma vez permanece dentro da minha cabeça.

Nunca nem ouvi falar de algo parecido com essa sinfonia de vômitos.

Acho que o momento do auge foi quando abri os olhos junto com os de Jane e vi sua expressão logo mudar de choque e surpresa para pura raiva.

Nos intervalos dos jatos, ela disse:

"OH MEU DEUS — BBBLLLLAAAAHHHH — VOCÊ FILMOU ISSO, SEU FILHO DA PUTA —BBBLLLLAAAAHHHH — COMO VOCÊ PÔDE — BBBLLLLAAAAHHHH — ACHEI QUE VOCÊ ME AMASSE — BBBLLLLMAAH-HHH — OH MEU DEUS — BBBLLLLAAAAHHHH — DEIXEI VOCÊ COMER O MEU CU — BBBLLLLAAAAHHHH."

Ela tentou se levantar, escorregou na poça imensa da mistura de KY e outras coisas na cama, e caiu em cima do meu vômito e do dela, cobrindo o corpo e o cabelo de muito vômito, merda e lubrificante anal. Ela se debateu na cama por um segundo, pegou o lençol, se enrolou nele e saiu correndo para fora de casa. Ainda pelado e com ânsia de vômito, meu pau coberto de merda e lubrificante, eu a segui até a porta.

A última lembrança que tenho da garota é a imagem que testemunhei em um sprint digno dos cem metros rasos, com merda, vômito e vaselina manchando o lençol colado no corpo dela, correndo do meu apartamento.

Pós-escrito

A câmera que a gente usou era uma daquelas frágeis e antigas que gravavam fitas VHS; quando meu amigo caiu do closet, a filmadora e a fita quebraram. Nem nos ocorreu que a fita grava as imagens de forma magnética e que poderíamos pegá-la e pedir para alguém consertar em vez de jogarmos fora.

Eu sei que agora isso tudo parece estúpido e, acredite, eu me culpo todos os dias por isso, mas você deveria ver o estado do apartamento depois de tudo — a fita não era de alta prioridade. O KY, a merda e o vômito cobriram TUDO.

Eu tive que alugar um daqueles limpadores a vapor, comprar um colchão novo e ainda PERDI meu depósito. Era impossível tirar aquele cheiro dali. O mês seguinte foi como morar em um esgoto. Toda mulher que eu levava ao meu apartamento se recusava a dormir ali comigo por causa do cheiro.

O que eu nunca descobri, e que ainda quero saber, é como a garota conseguiu chegar à casa dela. Nunca mais ouvi falar de Jane. O amigo em comum que apresentou a gente ligou para ela, mas não obteve retorno. Nunca mais ouvi nada a respeito dela; Jane deixou as roupas e a identidade em minha casa (a garota estava usando um vestido apertadinho e não levava bolsa nem nenhum dinheiro consigo).

Você consegue imaginar essa cena? O que ela fez? Pulou para dentro de um táxi? Pediu carona a um carro que passava? Subiu num ônibus? Ela morava a pelo menos vinte quilômetros dali, seria impossível ir andando para casa. Isso me deixa perplexo até os dias de hoje. Espero que Jane leia isto. Talvez assim eu descubra como é que ela chegou em casa.

Só vai doer um pouquinho

**Ocorrido em julho de 1998
Escrito em março de 2005**

Olha, eu sei quão ruins estas histórias todas são. Sei qual será o preço por meu comportamento infantil: o destino fará com que eu tenha cinco filhas e todas elas serão vagabundas convictas, que vão dormir com caras iguais a mim, além de jogar isso na minha cara. Sei também que de forma cósmica, no pós-vida, eu mereço sofrer toda sorte de punições horrendas; mas neste ínterim corpóreo, uma mulher me deu um pouquinho de meu próprio remédio. Eu geralmente gosto de frisar que sou "o cara", mas seria intelectualmente desonesto deixar esta história de lado, porque ela é de fato engraçada — exceto para mim.

Conheci "Stephanie" em South Beach. Ela tinha dezenove anos na época e era gostosíssima. Estava ainda na faculdade, mas passava o verão em Miami, trabalhando como modelo. Stephanie tinha o tipo de corpo que a gente vê nas capas das revistas; a diferença é que ela é gostosa na vida real, de verdade, e não fabricada.

Não à-toa, ela vomitou muito para ficar com aquele corpo, mas considerando que não fui eu quem pagou pela comida, sem problemas.

Como a maioria das gostosas, ela era incrivelmente insegura. Usava muita maquiagem e nada de roupa, o que é sempre um sinal de desespero na mulherada. Mas ela passou dos limites da insegurança natural da mulher que vê a calça como causadora das gordurinhas a mais, o que é compreensível. Ela foi mais longe, tipo "sou muito feia e sem valor, me odeio, por favor, me coma para que eu me sinta perto de alguém". Como resultado de sua grave e inesgotável insegurança, ela era um tanto promíscua. Um namoro com ela podia ser comparado à experiência de sentar

161

numa privada quentinha: você não vê a pessoa sair do banheiro, mas sabe que alguém acabou de passar por ali minutos antes de você chegar.

Eu tinha vinte e dois anos, e na época este tipo de garota supergostosa e superinsegura estava bem ao meu controle. Este era meu lema nesta fase da minha vida; eu tinha que encontrá-las e sentir a insegurança delas, dar conta disso, brincar com isso, antes de saber se a garota estava apaixonada por mim. Eu rapidamente a deixaria, e então haveria algum tipo de incidente. Eu costumava fazer isso praticamente com toda garota que encontrava. Meus amigos costumavam brincar dizendo que minhas conversas com essas meninas eram assim:

Garota: "Oi."

Tucker: "Oi."

Garota: "Estou solitária."

Tucker: "Eu também."

Garota: "Eu amo você."

Tucker: "Te amo também."

Eu honestamente NÃO estava tentando foder essas mulheres nem magoá-las; eu era simplesmente muito jovem para entender o que fazia, idiota demais para descobrir, e muito fodido para parar. Desde então, tenho aprendido o quanto isso era ruim, e agora me dói explicar às mulheres o que eu quero e o que espero delas antes que façamos qualquer coisa — o que não é apenas a coisa certa a fazer: isso evita que tipos de problemas como esse ocorram mais tarde.

Então, voltemos à história: transamos, saímos, transamos um pouco mais, eu fiz o papel do "bom mocinho com propósito" e a deixei totalmente apaixonada por mim. Ela disse que me amava e eu, provavelmente, disse a ela a mesma coisa... mas então eu desanimei, parei de ligar e deixei rolar. Amanhã é outro dia, certo? Stephanie não estava pronta para sair da nossa relação com tanta facilidade. Ela ligava, ligava e ligava. Eu ignorava, ignorava e ignorava. Até que um dia, a garota decidiu que precisava jogar toda a sua raiva em cima de mim pessoalmente. Eu estava bebendo em um bar com alguns amigos quando ela e sua amiga feia chegaram (toda mulher gostosa tem pelo menos uma amiga feia). E as duas chegaram chegando.

Amiga Feia: "Por que você não retornou a ligação dela?"

Tucker: "Por que você não perdeu peso? Pela mesma razão."

Stephanie: "ELA NÃO É GORDA!"

Tucker: "Não é o que você fala pelas costas dela."

A amiga dela não era realmente gorda — apenas fora dos padrões ridículos de modelos de South Beach —, mas o ponto era minar o suporte moral de Stephanie; a preocupação não era o fato em si.

Amiga Feia: "Você me chamou de gorda?"

Stephanie: "NÃO! TUCKER, SEU IDIOTA! POR QUE VOCÊ NÃO ME LIGOU DE VOLTA?"

Tucker: "Eu não estava a fim. Desencana e sai fora."

Stephanie: "VÁ SE FODER! NÃO TÔ LIGANDO MESMO, VOCÊ TEM UM PINTO PEQUENO, É RUIM DE CAMA E GOZA RÁPIDO."

Oh, Steph... eu queria tanto que você não tivesse feito isso. Não é à-toa, eu fui mesmo um covarde idiota que deveria ter retornado a sua ligação, mas você acabou de me xingar na frente dos outros... agora eu tenho que destruir você.

Tucker: "Bem, se esse é o caso, então por que você me procurou tanto para gritar feito uma lunática por ter sido ignorada? Você não deveria estar feliz por me perder em vez de ficar em uma situação embaraçosa em público assim?"

Stephanie: "NÃO É UMA SITUAÇÃO EMBARAÇOSA PARA MIM."

Tucker: "Então, por que todos estão rindo de você? Quer saber por que eu não te liguei? Tudo bem: você é insana e vagabunda. Quando você fechar a portinha de homens que chama de vagina, volte aqui e vamos ver o quanto você melhorou na cama."

Stephanie: "VÁ SE FODER!"

Tucker: "Desculpe se você se odeia e ninguém te ama, mas está na hora de terminarmos este show bizarro. Pega o trenzinho da montanha dos horrores e vai dar um rolê — estamos tentando encontrar uma mulher que seja namorável de verdade."

Ela ficou estupefata e sem palavras. Naquele momento, se ela cagasse um dicionário você não conseguiria entender uma palavra dela. Steph se virou para ir embora; se eu fosse uma boa pessoa eu a deixaria ir, mas eu não sou.

Tucker: "Não foi da forma que você pensava, certo? Talvez um cara por aí queira uma boceta esta noite! Insegurança feminina: é o presente que sempre dá certo."

Toda a galera estava junta cascando o bico, até o pessoal que trabalha no bar. Eu tenho absoluta certeza de que na hora em que a porta fechou, Stephanie se debulhou em lágrimas. Ganhe a plateia e você sempre ganhará a discussão.

163

Tucker: 10.

Stephanie: 0.

Pensei que com isso estaria tudo acabado, mas dois dias depois tinha a seguinte mensagem na minha caixa postal:

"Tucker, é Stephanie. Acabei de fazer o teste e tenho clamídia. Você precisa fazer o teste... idiota."

Eu era um idiota quando jovem, mas não tonto o bastante para acreditar cegamente no que uma mulher num ataque de nervos me dizia. Ela não me daria o nome de seu médico, então pedi uma cópia dos resultados do teste. Stephanie me mandou por correio alguns dias depois, e... bem, lá estava. Resultado do teste positivo para clamídia. Nossa, acho que tenho que fazer o teste mesmo, merda.

Tive que ir a uma das muitas clínicas públicas na Flórida, por não querer que meu pai, que tinha o seguro vinculado ao meu, soubesse que eu poderia ter clamídia. Depois de me acotovelar com os viciados e as prostitutas no corredor, digo à enfermeira que preciso de um teste de clamídia. Você sabe como eles fazem o exame de clamídia? Bom, antes de ir lá, eu não sabia.

Na sala de exames, a enfermeira pede para eu baixar a calça, pega uma longa e fina haste de metal e coloca um algodão na ponta.

Nem fodendo... ela não pode estar achando que... quero dizer, isso não pode entrar... não vai caber. Além do mais, isso seria desumanamente doloroso. Bem, o que essa mulher vai fazer com esse negócio?

Enfermeira: "Ok, vou enfiar isso na sua uretra, e então..."

Tucker: "NANANINANÃO! NÃO ROLA! NÃO VAI ACONTECER! De maneira alguma você vai enfiar esse negócio de metal no buraco do meu pau. Sem chance!"

Enfermeira: "É assim que a gente faz o teste para clamídia."

Tucker: "Deve existir outra maneira. DEVE EXISTIR OUTRA MANEIRA."

Enfermeira: "Não para fazer o exame de clamídia. Não tem outra maneira."

Eu discuti com ela por uns trinta minutos, até que ela finalmente desistiu e chamou um médico. Discuti com ele por uns vinte minutos, até que ele ameaçou me pôr para fora ou chamar a polícia se eu não fizesse o teste. Quem conhece métodos medievais sabe do que eu estou falando.

Esperei por uma semana, inventando as piores merdas de desculpas para recusar sexo ("Você não pode vir hoje à noite porque prometi para minha vó que eu assistiria à novela com ela"), até que os resultados chegassem; e para meu alívio foram negativos.

Meu primeiro pensamento, sendo um menino ingênuo de vinte e dois anos, era o de que Stephanie deveria ter contraído em algum outro lugar e que eu tive sorte.

Um mês depois, eu vi a melhor amiga dela em um bar (não a feia, uma bonita). Ela me viu e começou a rir e acenar. No começo, eu achei que ela estivesse me paquerando, o que me fez rir. As mulheres estão sempre fodendo suas amigas. Então, fui até lá e comecei a puxar conversa, mas ela e todas as suas amigas continuaram a rir de mim e a tirar sarro:

Tucker: "Que merda é tão engraçada? Estou com uma melancia no pescoço?"

Garota: "HAHAHAHAHHAHAHAHHAHAHAHH — não posso te contar, você vai ficar bravo!"

Tucker: "Conta pra mim, porra!"

Garota: "Bem, a amiga de Stephanie é enfermeira, e ela pegou o teste positivo de alguém, passou branquinho no nome, colocou o nome dela lá, xerocou e mandou para você! Hahahahhahahahahahaha!"

Tucker: "O quê? Ela nunca teve clamídia? Então eu não poderia ter clamídia?"

Garota: "Não! Hahahahaahhahahhahahaha! Não é engraçado?"

Tucker: "Eu fiz a porra daquele teste pra nada???"

Garota: "Hahahahahahahahahahahahaha!"

Tucker: 10.

Stephanie: 500.

Vencedora: Stephanie.

Isso marcou a última vez na vida em que subestimei os recursos e a motivação de uma mulher que ignorei. É claro, se eu fosse mais esperto, pararia de fazer isso com as mulheres; pelo contrário, teria sido honesto tanto comigo quanto com elas sobre quem eu era e o que eu queria. Mas isso não aconteceu por mais alguns anos.

O fim de semana na Universidade do Tennessee

Ocorrido em setembro de 2002
Escrito em outubro de 2002

Era uma típica quinta-feira em minha vida, ao meio-dia. Eu estava na lavanderia, lavando meus trapos sujos, quando meu celular tocou. Era o meu PRIMO, O PRIMO, que foi para a Universidade do Tennessee.

"E aí, Tucker... Eu consegui ingressos para o jogo do UT—Miami pra esse fim de semana. E é um retorno pra casa. Você tem que vir. Vai ser demais."

Eu não precisava de mais nada. Verifiquei os últimos voos pra Knoxville: mil e quarenta e sete dólares. Pensando bem, eu iria dirigindo. Dirigir não era o problema, até eu chegar a cem quilômetros da divisa entre Tennessee e Kentucky. Parei em um boteco e peguei algumas cervejas para a última hora de viagem. Queria chegar preparado.

Eu já tinha ouvido falar em "terras secas", mas para mim isso era apenas um conceito abstrato. Pensei nelas como sendo um anacronismo idiota de uma proibição muito antiga, como algo que tivesse sido achado nas páginas do *National Geographic*. Eu estava errado. Evidentemente, todo distrito no 1-75 de Richmond, até a divisa com o Tennessee é seco. ISSO ME DEIXOU PUTO! Quase briguei com a atendente do boteco quando ela me falou que eu ainda tinha sessenta quilômetros até um local onde pudesse comprar bebida.

"COMO EU POSSO CHEGAR BÊBADO SE VOCÊ NÃO VENDE BEBIDA? QUE ABSURDO É ESSE???"

Parei depois da divisa do Tennessee, excitado com a placa que dizia: "Primeiro local pra comprar cerveja." Mas no posto de gasolina não parecia ter nenhuma gota de álcool pra ser vendida. Perguntei:

Tucker: "Você não vende álcool aqui?"

Atendente: "Não, nós estamos muito perto de uma igreja."

Tucker: "O quê? Jesus não bebia vinho?"

Atendente: "É, bem, aqui a gente vai mais um quilômetro pra frente pra chegar ao bar."

Guiado por meu desejo, "fui mais um quilômetro pra frente pra chegar ao bar", e achei, literalmente, um bar com *drive thru* de bebida. Mas pelo jeito não era o suficiente. Eles tinham rojões à venda, logo ali ao lado da cerveja, em uma loja de bebidas alcoólicas. Eu parei ali e deixei todos fazerem suas piadas de boteco.

Cheguei ao apartamento do meu PRIMO, que parecia o apartamento de universitários que se mostra na TV: latas de cervejas empilhadas até o teto, pelos pubianos por toda a pia e cuecas sujas jogadas por todos os cantos, inclusive na lâmpada. Fui até a geladeira dele pegar umas cervejas, e o que ele tem? Latas de Country Club Malt Liquor. Às vezes, eu realmente acho que Deus me odeia.

Depois de tolerar algumas latas da cerveja aguada do gueto, ele lembrou de um bar que todos em Knoxville chamam de "The Strip". Típica cidade colegial, com um típico bar colegial. Nós fomos e começamos a curtir a noite. Nem dez minutos depois, três moças caminharam em nossa direção: duas eram gostosas, uma era beeem gorda. Meu PRIMO falou que uma delas o havia feito suar por meses. Qual delas? "A gorda."

Eu imediatamente mostrei meu PRIMO para a "Fofinha". Ela me empurrou, meio disfarçadamente, pulou nele e deu um abraço. Ele me deu uma olhada: "Vá se foder, tomara que você morra agonizando nesse momento."

No resto da noite, vimos dois dramas acontecerem ao mesmo tempo: enquanto meu PRIMO tentava se cuidar com os óbvios avanços dolorosos da Fofinha, do meu lado as duas gostosas duelavam pra descobrir quem iria transar comigo. Eu não sabia que era tão charmoso assim. A primeira lei da carência estava em ação; duas delas, mais eu, igual ao meu desejo crescente. Era demais. Cada uma delas era uma cadela para a outra, cada uma queria monopolizar minha atenção e tirar a outra do páreo. Era como um episódio do *Eliminado*. Aparentemente, eu não tinha muito a dizer, mas estava torcendo pra baixinha; ela tinha um rostinho mais bonito e parecia inteligente.

Meu PRIMO viu o que acontecia, percebeu que eu torcia pra baixinha, viu que eu estava bêbado e começou a colocar fogo:

PRIMO: "Ei, Tucker, você sabe que ela é francesa, né?"

Tucker: "Ah, não, você é francesa?"

Baixinha: "Meus pais são, mas eu nasci aqui. Eu quero me mudar pra França depois que terminar a faculdade."

Tucker: "Sua macaca fedorenta. Eu achei que alguém estava fedendo por aqui. Então, quer dizer que se eu falar alemão posso agir de modo grosseiro que tudo bem?? Aqueles cabelos sebosos e fedorentos não eram nem um pouco atraentes. Espero que todos eles morram, inclusive você."

Desisti dela: eu vou pra casa com a alta. Nós quatro fomos para o apartamento dela, e, enquanto íamos para lá, ela pediu que ficássemos quietos, pois sua colega de quarto estava dormindo e era bipolar, iria pirar. Dizer isso pra mim, especialmente quando estou bêbado, é me pedir pra virar um pitbull maluco em uma escola de Montessori.

"Dê a mim e ao PRIMO dez minutos com ela e já pensei no que dizer: EI, DOIDA! VEM AQUI. EU QUERIA APONTAR TODOS OS SEUS DEFEITOS. APOSTO QUE SEU PAI NÃO TE AMA, NÃO É?" A garota alta e eu fomos para o quarto, deixando meu PRIMO no sofá da sala pra ser devorado pela Fofinha. Durante as preliminares, a garota alta me pediu uma coisa:

Alta: "Massageie o meu antebraço. Está dolorido."

Tucker: "Tudo bem, só faço isso porque é uma atividade pós-coito."

Alta: "O quê? Eu não falo espanhol."

Ainda bem que eu estava bêbado.

Essa garota tinha problemas no nariz, e falou que tinha de usar alargador para tirar sujeira dele, pois uma cirurgia deixou as cavidades nasais muito fechadas e ela não conseguia enfiar seu dedo nelas. Ela ficou brava quando eu testei isso enfiando meus dedos no seu nariz. Por Deus, ela estava certa. Eu não consegui enfiar o dedo mindinho lá.

Dez minutos depois, ela me falou que sua infância foi tão pobre que às vezes sua mãe e ela tinham apenas batatas e sanduíches de pasta de amendoim pra comer. Minha resposta: "Eu acho que strip dá uma boa grana, não dá?" Ela ficou nervosa. Mas espera aí... se ela não pode aceitar uma piada, foda-se.

Sexta-feira

Acordei na manhã seguinte e achei meu PRIMO, pelado, coberto com uns trapos, dormindo no chão, ao lado do sofá. Por que no chão? Porque Fofinha era tão grande que eles não podiam deitar juntos. Eu estava chorando de rir com a cena. Claro que nós as deixamos contando as mentiras de sempre de que iríamos ligar depois. Assim que saímos, meu PRIMO jogou o número fora.

PRIMO: "Eu não acredito que você fez isso comigo. Foi terrível. Ela me falou que eu fui a segunda pessoa a transar com ela. Honestamente, não tenho dúvidas, pois quem iria querer transar com ela? Só mesmo um cara cujo PRIMO sacaneia e apronta uma armadilha."

Tucker (quase sem conseguir falar por causa das risadas): "A cara dela era sexy."

PRIMO: "Ah, sim, babaca, ela seria mais quente que o inferno se não fosse gorda daquele jeito. Morra, desgraçado."

Tucker: "Bom, ela tinha peitos grandes."

PRIMO: "Claro, essa era a melhor parte. Ela achava que era gostosa por causa das tetas grandes, mas você não as notava porque elas estavam descansando em cima da barriga. Eram como sacos de aveia."

Eu, sinceramente, queria que os pais dela lessem essa história.

O PRIMO estava atualmente terminando os estudos na Universidade do Tennessee pois ele havia sido expulso da Marinha Mercante. Por quê? Ele estava em restrição e saiu do campus pra comprar um sanduíche. Nos quatro anos que passou lá, ele se meteu em tanta encrenca que isso bastou para o expulsarem — TRÊS DIAS ANTES DA FORMATURA. Claro, ele me contou isso. O PRIMO e eu voltamos para o apartamento dele e tomamos um banho. A gente se lavou como se tivesse sido vítima de estupro. Ele tinha aula de inglês naquele dia e eu decidi acompanhá-lo para ver como era. Fui para a escola pública em Kentucky, e digo isso com conhecimento de causa: aquela aula era possivelmente a maior farsa da educação que eu já tinha visto. Escutei que uma prostituta de catorze anos, Thai, falava coisas mais sensatas do que a mulher que era supostamente a "professora". Demorei para acreditar que se tratava de uma aula. Eu queria muito remontar a conversa, mas isso seria como contar as estrelas do céu. Aquela "escola" era uma piada. Eu aprenderia mais assistindo a uma Olimpíada de Soletração.

Depois da aula, meu PRIMO me mostrou o campus. Tinha mulher bonita pra todo canto. Querendo testar o joguinho do meu PRIMO, eu o desafiei a convidar qualquer garota que passasse pra Festa Lacrosse a que iríamos à noite. Claro, ele se jogou pra uma garota linda, que olhou pra ele com tanto nojo e desprezo que eu quase rolei de rir. Ela o olhou como se ele fosse um mendigo pedindo trocado. Claro, eu não ajudei muito. Fui por trás dele e falei: "Ele está te convidando pra Festa Lacrosse? Ela não existe. Se aparecer nesse endereço, esse cara vai te jogar na pista, te bater e te estuprar." Meu PRIMO não estava desapontado. Ele comentou que a festa estaria cheia de fãs de jogadores de lacrosse*. Ele as chama de "lacrostitutas".

O melhor momento do tour no campus foi quando nós fomos até o velhinho com o megafone na esquina, pregando a Bíblia, Jesus e tudo o mais. Ele tinha problemas mentais, mas era engraçadíssimo. Gostei dele. Ele castigava e maltratava qualquer gostosa que passasse por ali. Eu logo parei perto dele para provocá-lo.

Alguns exemplos:

Tucker: "O que você acha daquela garota?"

Velho: "Vai queimar no fogo do inferno por sua heresia. O Senhor não permite esse tipo de roupas."

Tucker: "Ei, cara, e aquela? Olha que saia, que tentação."

Velho: "HARLOT! JEZEBEL! Ela é pecadora!"

Tucker: "Meu Deus, olha aquela loira. Eu venderia minha alma por ela."

Velho: "NÃO CAIA NA TENTAÇÃO! Ela é uma prostituta, se valendo da sedução, buscando seguidores para Satã!"

Tucker: "Ela nasceu de uma costela, não foi?"

Velho: "MAIS QUE UMA COSTELA! ELA HERDOU NOSSAS VIRTUDES! VERGONHA!!!"

Juro por minha grana, não há nada melhor do que encher o saco de idiotas. Eu poderia ficar ali tirando sarro dele o dia inteiro, mas havia álcool pra ser consumido e mulheres para serem acariciadas; então, estava pronto pra a festa.

Meu PRIMO é um tipo de assistente do treinador de lacrosse na universidade. Ele jogaria pela universidade, mas usou sua qualificação

---

* Esporte de equipe, criado nos EUA e praticado, principalmente, na costa leste dos EUA e Canadá. (N. T.)

durante os quatro anos antes de ser expulso da academia. Ele é como um cotreinador e resolve os problemas do time; assim, fomos para a festa na casa de lacrosse. Num momento da noite, eu procurava por histórias, e aqueles três caras que eu encontrei tinham algumas:

O primeiro cara me disse: "Eu não bebo mais no chuveiro, porque na última vez em que fiz isso acordei sem cabelo". Aparentemente, ele desmaiou no chuveiro, bateu a cabeça na parede e teve uma concussão. Os seus colegas de quarto, em vez de socorrê-lo, rasparam sua cabeça e jogaram o cabelo em cima dele.

O segundo me falou de uma vez em que ficou tão bêbado com vodca e Red Bull que quando acordou a mãe dele mostrou a notificação que ele havia recebido da polícia na noite anterior. Ele NÃO LEMBRAVA disso, mas, de acordo com a notificação, ele tinha entrado numa casa com um carro, lutara com os policiais na cena do acidente, cuspira em vários policiais na delegacia e fizera um teste que acusou 0,25% de álcool no sangue.

Já o terceiro cara (que era o PRIMO) me contou uma história de quando estava na Europa e transou com uma sueca. Ela estava pagando um boquete quando ele tirou a calça e falou "Tudo bem, a gente tem que transar", e ela respondeu "Não sei, não posso abortar de novo". Ela falou isso numa velocidade que o fez brochar. Todos nós concordamos.

Algum momento depois, bêbado, eu liguei para um amigo, a conversa foi mais ou menos assim:

Tucker: "E aí, cara, de boa?"

Amigo: "Tucker, o que você está falando?"

Tucker: "Eu estou sendo claro?"

Amigo: "Você o quê?"

Tucker: "ÉÉÉÉ, todo o mundo é engraçado."

Eu estava na cozinha, tentando pegar uma garota, e não ia nada bem. Então, num momento típico de Tucker, eu balancei a cerca:

Tucker: "Por que você não senta aqui no meu colo?"

RUIVA: "Por quê?"

Tucker: "Porque aí sua genital vai ficar perto do meu saco."

Não funcionou.

O povo começou a treinar equilíbrio, o qual definiria talvez a viagem. Essa garota, que era feia e puta (assim, não tinha os simples direitos humanos), começou a fazer o exercício. Não me pergunte por que fiz isso, eu não faço ideia: quando ela estava de cabeça pra baixo, pernas apertadas, eu dei um soco na vagina dela. Isso a fez cuspir a cerveja que tentava beber; ela caiu de costas e duas pessoas a seguraram, todos eles rolando na lama.

Eu corri, rindo tão histericamente que quase não conseguia respirar. Graças à confusão causada pelo álcool, ninguém percebeu quem fez aquilo. Eu finalizei saindo da festa com uma garota que era caloura (lembre-se, era uma festa de boas-vindas). Vamos chamá-la de "Melissa". O único problema é que ela não morava em Knoxville e eu não conseguia achar meu PRIMO nem o apartamento dele; então, tivemos que ir para a casa dos amigos dela, onde ela passava o fim de semana. Sem problemas, a não ser que dormiríamos no sofá. Fodi com estilo.

Sábado

Na manhã seguinte, Melissa e eu começamos a pegar as coisas que deixamos pelo caminho na noite anterior. Por enquanto, ela não lembrava meu nome. Isso porque ela era professora de educação especial, e me contou algumas histórias engraçadas dos seus alunos. Algumas vezes, quando está frustrada com eles, ela começa a andar no meio dos esquisitos e fala: "Eu não sou mais a srta. Cochran. SOU UMA MÚMIA!" Então, todos, com medo, correm por todos os lados, gritando. A escola dela fica perto de uma base da Marinha, e sempre que um helicóptero passa por cima, ela grita para as crianças: "Acenem. Acenem para os homens que morrem por nosso país", e todos correm para a janela e acenam para o helicóptero.

Ela dá aula para crianças de segunda a quarta série e sempre os faz soletrar. Algumas vezes, ela usa palavras simples e tem de ser criativa para poder explicar a gramática para eles entenderem que têm de soletrar; mesmo assim, nem sempre funciona. Um exemplo:

Melissa: "Ei... Você é minha amiga... ei."

Criança: "Sim, srta. Cochran, eu sou."

Melissa: "Não, eu quero que soletre 'ei'."

Ela disse que a parte mais complicada do trabalho é a variedade e a violência emocional das crianças. Muitas delas têm problemas de comportamento, e algumas vezes elas simplesmente perdem o controle. Ela teve que aprender muitas formas de contê-las sem machucá-las. Uma das melhores maneiras de controlá-las é com açúcar. Experiência dela: "Retardados fazem de tudo por um doce."

Algumas outras conversas:

Tucker: "Você os chama de retardados?"

Melissa: "Não devemos fazer isso."

Tucker: "Então, é um "sim"?"

Melissa: "É, mas não na cara deles."

Tucker: "Alguma vez você os confundiu, dizendo que Deus os odeia por serem retardados?"

Melissa: "NÃO!"

Tucker: "Você já colocou alguma placa nas costas deles com os dizeres 'ME CHUTE, SOU RETARDADO'?"

Melissa: "NÃO! TUCKER!"

Tucker: "Ou os fez colocar chapéu de burro e escrever 'retardado'?"

Melissa: "Não, seu malvado! O que você faria se tivesse um filho retardado?"

Tucker: "Esmagaria a cabeça dele com uma rocha, então faria outro filho."

Melissa: "Meu Deus!"

Ela adorou. Achou hilário. Nós ainda falávamos sobre retardados quando a colega dela acordou e começou a limpar o apartamento e conversar com Melissa. Então, ela de repente se virou para mim e disse: "Desculpe, quem é você?" Melissa logo falou: "Ah, esse é Tucker. Ele estava bêbado demais para achar o seu apartamento ontem à noite, então viemos pra cá." Essa explicação foi o suficiente para a garota. Depois, na conversa delas, algo foi dito, não diretamente para mim, mas eu comentei. Melissa virou pra mim e falou: "SHHHH. Você não pode falar, você é visita." Peguei o número do celular de Melissa e, eventualmente, voltei pro apartamento do meu PRIMO. Eu troquei de roupa e saímos para a pré-festa na casa de lacrosse. No caminho da festa, meu PRIMO e eu paramos numa loja de bebidas para pegar algumas coisas. Eu entrei, enquanto meu PRIMO me esperava no carro, conversando com alguém ao telefone. Depois ele me descreveria a próxima cena.

"Eu sabia que teríamos problemas, quando vi Tucker saindo da loja rindo com uma garota de doze anos." Eu negociei Everclear, que é puro álcool. A garrafa tinha três advertências: "Perigo: altamente inflamável", "Cuidado, consumo exagerado pode ser prejudicial à saúde!", "Não beba se não for acostumado com bebidas!". Pareceu uma aposta, pra mim.

Eu comprei um litro de Everclear, uma garrafa de Gatorade e uma lata de RedBull, e abasteci meu Camel. Eu vim preparado. Chegamos à festa, e eu comecei a misturar tudo: Everclear, RedBull e Gatorade — batizei isso de "Mistura Mortal de Tucker". Parecia um romance do gueto. Estava demais. A casa fica em uma esquina movimentada do campus e tem uma grande varanda, onde eu, meu PRIMO, um monte de jogadores de lacrosse e algumas lacrostitutas estávamos parados. Único problema: Everclear não me deixou bêbado. Me deixou meio lunático. Teve o mesmo efeito de martelar um prego no meu olho. Perdi o pequeno tato social que eu tinha e gritava com todos. Começando com umas dez pessoas de testemunha. Eu tirava sarro de todos que passavam pela varanda. Estava demasiado bêbado e lunático para lembrar tudo o que disse, mas aí vai um exemplo:

- Para um cara feio: "Cacete, parece que Deus sacaneou com você. Não se preocupe, você vai achar uma garota feia para te amar também."
- Para uma gostosa: "Você tem tetas deliciosas, elas ainda vão te dar um marido. Isso se você não estragá-las."
- Para um cara com uma jaqueta camuflada laranja, preta e branca (cores da Universidade do Tennessee): "MEU DEUS, UM CEGO QUE TE ODEIA FEZ SUA ROUPA?! OLHE PARA VOCÊ! OLHE PARA O QUE VOCÊ ESTÁ VESTINDO! VOCÊ DEFINE O SENTIDO DA PALAVRA 'PERDEDOR'. OLHE PARA SUA VIDA!!!"
- Para um negro gordão com cabelo rasta: "EI, EI, EI... O ALBERT GORDO TRANSOU COM LUDACRIS E TIVERAM UM FILHO!!!"
- Para uma garota branca gorda com calça camuflada: "OLHEM, É O COMANDO PILLSBURY! TUDO O QUE VOCÊ PUDER COMER? É UMA PIADA DELES! Hmmm, bife ou frango, bife ou frango? POR QUE NÃO OS DOIS? DIGA ADEUS A TODAS AS SOBRAS."
- Para uma mulher com o pior e o mais desarrumado cabelo que eu já vi: "MEU DEUS! Quem fez isso com seu cabelo? Foi um túnel de vento? Uma bomba? O 'Eu odeio meu salão'? Ei, vovó, é o look de uma heroína chique de uns anos atrás. Você percebeu que está em público?"
- Para um cara com um mullet [corte de cabelo curto na frente, em cima e nos lados e comprido atrás]: "AEEEEEEEEEEEEE, meu primeiro mullet no Tennessee. ME PINTA DE VERMELHO E ME PREGA NA PAREDE. EI, CARA, VAMOS BEBER ALGUMA COISA E BOTAR FOGO EM TUDO. VAMO AE PARCEIRO!"

Eu acho que isso durou umas duas horas. Uma garota teve que entrar duas vezes para retocar a maquiagem, que escorria pelo rosto dela por causa das lágrimas de tanta risada. No auge do jogo, umas quarenta pessoas na varanda me viam zoar com todos que passavam por ali. Eu estava convencido de que ninguém tentou me bater, pois havia muitos grandões assistindo e se divertindo comigo.

Deixe-me dizer uma coisa: não há nada melhor que futebol universitário num sábado no Sul. O tempo está quente, a bebida, fantástica, o churrasco, suntuoso, tem muitas garotas gostosas de vestido, e tudo isso com cerca de três horas de brutalidade, competição de gladiadores modernos para a sua diversão. Depois do jogo, você vai pra casa, faz sexo e vai embora. Quer coisa melhor?

Fomos para o jogo, e nossos assentos eram vinte fileiras acima da marca de quarenta jardas.

Demais. O único problema: é UT e Miami. Quero dizer, honestamente, pra quem você vai torcer, pros estupradores ou pros assassinos? Eu odeio os dois times. Pensei: vou torcer pra mim mesmo, pra que eu ache uma garota legal. Ganhei uma coca-cola da garota que trabalhava na catraca ao dizer que ela parecia Halle Berry. Um cara tentou me chutar quando eu olhei pra namorada dele, e eu disse: "Sua garota acabou de sair com um bando de negões."

Essa garota, depois de beber muito da minha CamelBak, falou que não fazia parte da irmandade. Por quê? Porque havia sido expulsa por deixar camisinhas sujas fora do quarto. Ela ficou brava quando eu perguntei por que ela não evitava problemas e tatuava "Eu sou uma puta" na testa.

Meu PRIMO idiota passou todo o pré-jogo e o jogo tentando transar oferecendo minha CamelBak para todas as garotas presentes. Eu achei que não haveria problema, desde que o álcool matasse os germes e as bactérias. É, bem, aparentemente, não esses germes. Antes do intervalo, eu já carregava uma pancada de bactérias, vírus e germes de todas as vacas da UT. Quando fui embora, eu estava tão doente que minha tiroide estava atacada.

Meu PRIMO, um amigo e eu achamos meu carro, que estava parado de um lado da rua, completamente bloqueado. O carro atrás do nosso literalmente nos empurrou com o para-choque. Ainda sentindo os efeitos da Mistura Mortal de Tucker, entrei no meu carro e comecei a bater no carro de trás e empurrar o da frente, alternadamente. Isso não me preocupava, pois eu tinha conseguido o carro de graça. Depois de bater no carro atrás do meu umas cinco ou seis vezes, algumas garotas saíram de uma casa do outro lado da rua e começaram a gritar comigo da varanda:

"EI, ESSE É MEU CARRO!!!"

"BOM, POR QUE RAIOS VOCÊ ESTACIONOU TÃO PERTO DO MEU?"

"NÃO O AMASSE!!!"

"Tudo bem, então vem tirar o carro, eu espero."

Um pedido justo, eu achei.

Ao contrário, a garota parou ali por apenas cinco segundos, tirando sarro de mim; e então ela levantou uma placa onde se lia: "NÃO TÃO RÁPI-DO, AMIGO!" Eu odeio Lee Corso, então voltei e bati mais algumas vezes no carro dela, só de pirraça, e fui embora.

Eu estava em casa por volta das seis, e lá pelas oito, eu estava morto. Sábado à noite em Knoxville, e eu não entendia. Maldita justiça poética.

Eu fiz as malas? Não! Liguei pra Melissa e ela veio ao apartamento do meu PRIMO; ficamos um bom tempo nos divertindo juntos, comendo pizza e transando demais. Ela ficou lá a noite inteira comigo. Eu tenho que admitir: essa garota é demais. Eu estava um bagaço, nariz escorrendo, tossindo como um tuberculoso, peidando como Jim Belushi, fazendo comentários rudes. Ela achava legal. Eu acho que trabalhar com retardados é a receita perfeita pra se dar bem comigo.

Culpa Urinária

Ocorrido em julho de 2003
Escrito em julho de 2003

Quando eu estava de visita a Austin, conheci uns caras gente boa na Universidade do Texas. Eles eram muito legais (leia-se: eles me idolatravam), e em um fim de semana eu aceitei um convite para a festa que eles estavam dando.

Deixa eu explicar uma coisa para todos que não foram à faculdade: o lugar mais fácil para ir para a cama com alguém no planeta Terra (sem pagar) é no campus de faculdade norte-americana. E o lugar mais fácil de um campus de faculdade para se ir para a cama é uma festa da fraternidade. Não é necessário NENHUM joguinho para transar numa festa dessas. Em geral, não é necessário joguinho para comer as garotas entre dezoito e vinte e um anos, mas nas festas de fraternidade isso acaba sendo ridículo. É tipo uma liquidação de loja de fudelância onde existe um corredor de bocetas; TUDO PRECISA SER VENDIDO! NÃO ACEITAMOS DEVOLUÇÕES!

Uma garota em particular fez tudo isso ser verdade. Lá para o final da noite, fui ao banheiro para dar uma mijada e vi uma garota com quem eu já tinha conversado mais cedo. Eu a chamei e expliquei meu problema: "Estou bêbado e não consigo tirar a calça; preciso tirá-la senão vou acabar mijando nela."

Eu realmente esperava que ela fosse olhar para mim como se tivesse pedido que ela chutasse um gatinho. Quero dizer — quem cairia nesse xaveco?

Uma menina bêbada em uma festa de fraternidade, é claro.

Ela gargalhou, lembrou do meu nome da conversa anterior, disse que eu era fofinho e tirou minha calça. Bem... caraca, tá na hora de forçar o esquema. Depois de tudo, a única maneira de ver quão longe ela pode ir é perguntar: "Você poderia segurar o negócio pra mim? Vou mijar nas minhas mãos se eu tentar fazer isso."

Rindo de novo, ela me levou para dentro do banheiro, mas se recusou a segurar meu bilau enquanto eu fazia xixi; ficou atrás de mim, segurando minha bacia, e disse: "Vou ficar aqui e servir de guia para você."

Tucker, sendo Tucker, eu decido testar as habilidades de guia da moça. Mijei na parede à direita do mictório. Ela riu e disse "Vá para a esquerda". Fui totalmente para a esquerda e mijei na parede do lado esquerdo do mictório. Ela riu e tipo me ajeitou na direção correta do alvo, fazendo com que eu mijasse certinho no mictório. Enquanto isso, ela dava uma olhada no meu pacote o tempo todo; acho que esse era nosso joguinho.

Ela então fechou meu zíper. Foi cuidadosa o suficiente para se assegurar de não pegar meu menino com o zíper. Depois tomamos outra cerveja. Para ser honesto, não me lembro do que eu disse a ela nos dez minutos seguintes, mas sei que acabou assim: "Vamos sair daqui", e ela me seguiu até em casa. Eu estava a apenas um quarteirão de onde foi a festa, então deu tudo certo, uma vez que minhas habilidades na direção eram semelhantes a de uma pessoa com surtos de narcolepsia.

Já na casa, as roupas saem de nossos corpos e a fudelância começa. Estou completamente pregado, bêbado e USANDO camisinha... sim, Tucker não vai gozar hoje. Eu até fiquei de pau duro, mas nem a atriz pornô Jenna Jameson em um de seus melhores filmes conseguiria energia e habilidade suficientes para tal façanha.

Comecei a ir mais devagar, porque eu não ia gozar e estava cansado e bêbado; mas ela estava empolgada e me pediu para continuar. O quê? Legal. Vou continuar pelos próximos cinco minutos, ficar entediado e parar... e, NOVAMENTE, ela me pede para continuar por estar quase chegando lá.

Bem, obrigado, sua vaca — NÃO ESTOU NEM PERTO DISSO.

Começo a bombar de novo, mas a situação se torna intolerável rapidamente: não consigo sentir nada, o látex está quente e me irritando, e estou tão bêbado que quero vomitar. Sem nenhuma opção, faço algo que nunca tinha feito antes (e, honestamente, não achei que isso acontecesse de verdade):

Brochei.

Juro por tudo o que há de mais sagrado (isto é, bares, mulheres gostosas e dinheiro ganho sem suor), eu bombei no duro por dez segundos e então implodi. Ela soltou um forte suspiro e disse que desejava que eu tivesse continuado porque ela estava quase lá. Comecei a rir. "Sim, bem, meu pinto tem vontade própria." Nós dois desmaiamos; eu, rindo para mim mesmo do quão furtivo sou.

Na manhã seguinte, acordei completamente coberto por urina. Sabia que era urina porque FEDIA. Sabia que era minha porque meu lado da cama estava encharcado e a garota estava no outro lado da cama, levemente molhada do seu lado; mas a virilha dela estava seca.

(A ironia nesta história é revoltante. Menos de dois meses antes, uma menina havia mijado na minha cama e eu tirei sarro dela de forma cruel. Sim, os deuses do álcool obviamente têm senso de humor — e sim, eles estão usando isso para tirar uma com a minha cara.)

Minha cama toda molhada. Mijo por toda a parte. O que fazer? Aceitar o fato de que eu era um incontinente urinário que mija na cama?

Não. Decidi enfrentar os deuses, negando-lhes o prazer de se divertir à minha custa e mudando a profecia de infortúnios. Tucker Max não se curva ao destino.

Levantei-me e troquei minhas roupas, jogando minha camiseta toda mijada na máquina de lavar. Delicadamente rolei a menina para o outro lado da cama, o lado encharcado de mijo e, com cuidado, coloquei um pouco de água morna na virilha dela. Quando eu fiz isso, ela começou a acordar, então eu a sacudi para confundi-la e comecei a gritar:

"Acorda. ACORDA!"

Ela acordou lentamente e olhou em volta. Ainda estava obviamente bêbada. Antes mesmo que a garota processasse qualquer pensamento sobre o que estaria acontecendo, pedi a ela que olhasse para baixo. Ela viu uma grande mancha alaranjada e sentiu sua camiseta molhada (nós dois usávamos camiseta, estávamos muito bêbados e com muito tesão para nos despir antes de foder).

Eu a ajudei, caso ela ainda estivesse confusa:

Tucker: "Caralho, você mijou na minha cama. Você MIJOU na minha cama."

Garota: "O quê?" Ela esticou o braço e apalpou o lençol. "Ah, meu Deus!"

Tucker: "Por que você faria isso? Você não conseguiu achar o banheiro?"

179

Garota: "Não... Eu... isto nunca... Ah, meu Deus!"

Tucker: "Deus não vai limpar esse mijo todo."

Garota: "Mil desculpas, eu nunca... não acredito que estava tão bêbada. Estou com tanta vergonha."

Tucker: "Sem dúvida. Eu também ficaria com muita vergonha se mijasse na cama de alguém."

Levantei-me e fui ao banheiro por não conseguir mais conter o riso. Voltei para o quarto, e lá estava ela de pé, estupefata, com o olhar fixo sobre a cama, quase em prantos. Ela se virou para mim e disse:

"Não acredito que bebi tanto ontem à noite... Ainda quero fazer xixi agora! Como posso urinar tudo aquilo dormindo e ainda precisar fazer xixi de manhã cedo????"

Eu quase ri de novo. Tive que sair do quarto, fingindo estar puto da vida, mas quase mordendo a mão com tanta vontade de gargalhar. Entrei no chuveiro e gargalhei por uns dez minutos no banho.

Quando saí, ela já tinha tirado os lençóis e os colocado na máquina de lavar, em cima das minhas roupas mijadas, que ela nem percebeu. A garota se desculpou umas cem vezes, fez um cheque para que eu comprasse um colchão novo e saiu o mais rápido que pôde. Como previsto, ela não deixou nenhum número para que eu ligasse.

Eu quase emoldurei o cheque. Não depositei porque até mesmo eu tenho limites quando se trata de explorar alguém. Tirei toda a dignidade da mina, não precisava do dinheiro dela também.

Tucker vai a um jogo de hóquei

Ocorrido em outubro de 2002
Escrito em novembro de 2002

Algumas vezes eu preciso de uma noite de folga, e, depois de uma quinta-feira e uma sexta-feira intensas, decidi relaxar no sábado, saindo com um amigo meu do colegial que apareceu na cidade naquela noite, "Mark".

Ele apareceu na minha casa por volta das quatro da tarde, com um pacote de Old Style, as quais quisemos consumir rapidamente. Enquanto eu tentava roubar algumas cervejas dos meus vizinhos, passou um comercial de um jogo juvenil de hóquei com times da região que aconteceria dentro de duas horas. Mark quis ir assistir ao jogo. Ele achava que era a melhor ideia do momento. Eu discordei. Queria uma noite relaxante.

De alguma forma, depois de quinze cervejas, ele me convenceu de que ir para um jogo de hóquei seria relaxante. Mas ele não queria ir apenas para o jogo de hóquei, ele queria trazer a CamelBak, depois de ler sobre a história da Universidade do Tennessee. Eu parei e comecei a considerar minhas opções. Eu posso:

Recusar ir a qualquer lugar, conhecendo a mim mesmo o suficiente para saber que essa noite normal poderia se transformar num terrível acidente de trem.

Concordar em ir para o jogo de hóquei, mas recusar trazer o CamelBak, porque obviamente iria resultar no meu falecimento prematuro.

Dizer "foda-se", descartar todas as precauções e a temperança do vento, ir para o jogo com o CamelBak cheio da Mistura Mortal de Tucker, e encarar todas as consequências das minhas ações.

Você já leu minhas outras histórias; o que acha que eu fiz?

Abasteci o CamelBak com a Mistura Mortal de Tucker, mas dessa vez, em lugar de Everclear, usei a verdadeira cachaça de Kentucky. Minha mãe mora em Kentucky e um de seus vizinhos fabrica essa bebida no celeiro.

Sério.

Nós chegamos àquela arena lotada. Não tínhamos ingresso e a única alternativa era achar o mais largado, sujo, pobre viciado em crack em Chicago. Ele está vendendo dois ingressos. Parece que os conseguiu com uma refeição do McDonald's. Isso não me impediu de negociar com ele. Eu sou um negociador profissional, especialmente quando bêbado.

Tucker: "Quanto pelos ingressos?"

Viciado: "Quarenta cada."

Tucker: "Tá maluco? Quer que a gente bata uma punheta pra você também? Tá brincando comigo? Eu dou vinte, por tudo."

Viciado: "Qualé, cara... Esses lugares são da hora, mano."

Tucker: "Você sabe, ser cambista é ilegal."

Viciado: "Nem vem com essa merda, tá ligado? Essa é a oitava briga, cara..."

Tucker: "Quarenta é demais. Depois de tudo, você vai gastar com crack, mesmo."

Viciado: "Cara, vá se foder."

Nós compramos os ingressos por quarenta dólares, achamos nossos lugares pouco antes de o jogo começar, e, para meu desprazer, havia mais ou menos dez mulheres na arena. Não que estivéssemos ali para pegar mulheres, mas ainda tínhamos aquela esperança. Eu gritei para Mark: "Meu Deus, que é isso? Jogo de hóquei gay?" Dois idiotas a nossa esquerda olharam espantados pra mim, enquanto os velhos do lado direito riam. Fodam-se os caras da esquerda. Começamos a conversar com os velhos, falando de mulheres. Um deles contou uma história pra gente: "É, eu estava com aquelas duas gracinhas numa outra noite. Lindas. A noite ia muito bem até elas usarem todos os tipos de palavras horríveis. Palavras horríveis, horríveis: 'não para', 'para', 'não'."

Horrível, palavras horríveis. Esses velhos estavam nos tirando. Claro, nós fomos logo trazendo a Mistura Mortal de Tucker; a dança do Teletubbie nos deixaria em lágrimas. Eu posso ver diversão a milhas de distância; então, comecei a conversar com um metrossexual pobre que estava à minha esquerda. Não demorou para que eu quisesse dar um soco na cara dele. Ele era um daqueles pseudointelectuais idiotas: chifrudo de óculos, bebe Pinot Grigio nos bares, compra livros de poesia mas nunca os lê, evita comer carne vermelha, compra na Kiehls, encena atos de indignação de Howard Stern, gosta de soltar nomes como "Foucault" e "Sartre" em conversas normais. Todos conhecemos um tipo assim. Eu ri sozinho, porque ele parecia exatamente com Chachi de *Happy Days*. Ele pensou que era melhor que eu porque eu estava bêbado e agia como um idiota, enquanto ele permanecia sóbrio e educado. Sim, eu tenho algo pra ele.

De modo condescendente, ele me perguntou o que eu faço e eu lhe disse que era escritor. Então a diversão começou:

Velhinho: "Hmm, eu era escritor, até começar a estudar Direito", cravou logo no começo.

Tucker: "Verdade? Eu nunca adivinharia. Onde você estudou?"

Velhinho: "Universidade do Texas."

Tucker: "É, nem todos podem ir para uma boa escola. Mas o que você escrevia?"

Velhinho: "Na maior parte artigos freelances para revistas e jornais."

Tucker: "Então você é um colaborador externo?"

Velhinho: "Hum, não. Minha última publicação foi na *Utne Reader*."

ESSE CARA TÁ FALANDO SÉRIO?

Tucker: "Eu acredito que esteja muito orgulhoso." Eu ri, mas ele simplesmente me ignorou. "Então, mas o que você faz agora?"

Velhinho: "Uh, eu sou advogado. Por isso estudei Direito."

Tucker: "Parabéns. Então, Chachi, de onde você é?"

Velhinho: "Eu sou do Texas."

Tucker: "Aposto que é muito popular por lá."

Ele não me respondeu. Mark e eu pedimos mais algumas cervejas. O jogo estava chato, então eu continuei sacaneando Chachi. Sua irritação crescia visivelmente, mas ele era do tipo que só entrava com petições, então eu não estava preocupado com nenhum tipo de violência. Continuei:

Eu: "Já estive no Texas. Gostei. Mas escutei algumas coisas estranhas sobre a lei de lá. Você é advogado: é verdade que a gente pode levar bebidas no carro, desde que tenha uma a menos do que a quantidade de pessoas no veículo?"

Ele: "Humm, não tenho certeza. Não estudamos essa parte, acredito."

Eu: "Você já bebeu alguma vez?"

Ele: "Claro."

183

Eu: "E nunca dirigiu após isso?"

Ele: "Não."

Eu: "Você não acredita naquela propaganda das Mães Contra Bebida ao Volante, não é?" Ele me ignorou, então continuei: "É verdade que no Texas você pode atirar num cara se o encontra dormindo com sua esposa?"

Ele: "Isso é mentira. É um mito."

Eu: "Sei não, Chachi. Acho que é verdade. E se você chegasse em casa e visse um cara na porta da sua casa e sua esposa nua lá dentro... Você poderia atirar nele, então?"

Ele: "Não!"

Eu: "E na sua mulher, você pode atirar nela?" Ele não respondeu. "E se tivesse um cara, pelado, no seu jardim, olhando para você e te tirando? Aposto que você poderia atirar nele."

Ele: "Não, não poderia."

Eu: "E se um cara estivesse na porta da sua casa, dançando engraçado, como um hippie, e sua esposa o achasse atraente? Você poderia atirar nos dois? O que a legítima defesa diz no Texas: 'Ele teve que matar'?"

Ele: "O quê? Tá falando sério?"

Eu: "Eu só estou tentando entender a lei aqui, cara. Você nunca sabe quando precisará usá-la."

Ele e o amigo se levantaram e foram embora, mas ele deixou a cerveja no copo. Assim que ele virou as costas, eu virei metade do copo dele no meu e fui ao banheiro. Quando cheguei lá, vi Chachi parado no mictório, então cantei: "AS ESTRELAS DA NOITE (CLAP) (CLAP) (CLAP) (CLAP) DO CORAÇÃO DO TEXAS!"

Ele me encarou, não achava graça. Fiz uma arma com a mão, apontei pra ele e fiz "POW". Ele não parecia me achar nada divertido. Foda-se se ele não faz piada.

O segundo tempo estava pra começar, Chachi não voltou para a cadeira dele; então, bebi a cerveja do sujeito. Ele não iria precisar mesmo. Mark estava ocupado, sugando o CamelBak, e aparentava estar pronto pra entrar em coma. E aconteceu aquele momento que sempre esperei que acontecesse quando eu bebesse: justamente antes do segundo intervalo, algum cara perguntou pra nossa ala se alguém queria descer no gelo e atirar discos de hóquei no mascote.

"EU, EU, EU! EU QUERO FAZER ISSO! EU, EU, EU!"

O cara olhou pra mim hesitando, mas como ninguém na nossa ala quis desafiar meu entusiasmo alcoólico, fui o escolhido. Desci atrás da área de penalidade. Os outros participantes eram uma garota magrela que aparentava ter feito aquelas dietas milagrosas de quarenta e oito horas, e um cara gordo que parecia o dono da loja de revistas de *Os Simpsons*. Perguntei a ele se ele tinha uma loja. Eu acho que ele já havia ouvido essa piada algumas vezes, pois olhou bravo pra mim. Sem saber ao certo como reagir diante de sua reação raivosa, eu falei: "Pior. Reação. Jamais." Isso não ajudou.

O instrutor explicou as regras pra gente: nós pegaríamos um bastão de hóquei e um disco, e seria permitido atirar um no mascote, essa coisa grande, feia e com cara de cachorro. Qualquer um que acertasse ganharia ingressos para o próximo jogo. Eu pensei. "Não quero ir ao próximo jogo. Esse lugar é idiota."

Instrutor (olhou pra mim por um minuto): "Você não pode entrar com sua cerveja no gelo."

Já no gelo, acenei para a multidão, e comecei a avançar em direção ao mascote. Um pouco antes de arremessar o disco, um cara me derrubou. Joguei meu bastão no mascote para confundi-lo, chutei o disco no gol, derrubei o mascote na rede, puxei a camisa dele e cobri sua cabeça, e comecei a chutar sua costela. Erga a mão se, alguma vez, você já escutou um mascote de um time profissional gritando: "Mas que merda você tá fazendo, cuzão?!"

Eu não sei se já tinha rido tanto quanto eu ri, quando essa grande coisa marrom perdeu a cabeça e me amaldiçoou com algumas palavras. Eu chorava de rir com aquela cena, e apenas consegui chutá-lo mais ainda. Claro, minha risada o deixava cada vez mais nervoso, e é claro que eu perdi a vantagem. Ele rolou por cima de mim e ficou por cima. Ele engrossou a briga e começou a me bater. Tudo enquanto eu ria histericamente. A multidão pirou. Honestamente, imagine essa cena!

O time inteiro e o locutor ficaram parados a uns três metros da gente, completamente desnorteados. O locutor não tinha ideia do que fazer ou falar, até que o mascote ficou por cima; então, ele finalmente interveio e tirou o mascote de cima de mim. Demorou uns minutos para segurar o mascote, que perdeu a camisa e queria continuar brigando comigo, ainda mais quando eu me levantei e acenei para a multidão, e fui ovacionado.

Fui expulso do gelo, para ser ainda mais saudado pelo público, quando um cara começou a falar alguns termos jurídicos como "violação" e "bateria". Eu parei, encarando-o enquanto compunha meu pensamento, e disse:

Tucker: "Desculpe, mas eu mantenho minha decisão. Sou o novo membro da elite dos que já brigaram com um mascote profissional. O senhor não é membro desse clube."

Ele me encarou, em total silêncio, pelo que pareceu uns quatro ou cinco minutos, virou-se e foi embora. Eu fui expulso dali e avisado para nunca mais voltar.

Tive que esperar no carro por uma hora e meia, até que o idiota do Mark saísse cambaleando. Quando lhe perguntei por que havia demorado tanto, e por que ele não saiu quando fui expulso, ele me olhou e disse: "Você foi expulso? O que você fez?"

Ela não vai aceitar "não" como resposta

Ocorrido em dezembro de 2002
Escrito em março de 2005

Isso sempre acontece comigo. É o que me deixa puto.

Se eu perco tempo e espero demais para chegar num grupo de mulheres, invariavelmente, a mais feia é que me "chama" dentro do grupo. Não sei por quê. Uma menina que conheço me disse que isso acontece porque sou atraente mas não lindo, então as feias acham que têm chance comigo. Doce ironia.

Uma noite, meus amigos e eu saímos para beber e estávamos sentados perto de umas garotas. Uma delas era bem bonita, outra era comível, e a outra, horrível.

Ela era um caso de extrema feiúra, sem dúvida. Ponte nasal afundada, lábio superior fininho, um nariz pequeno arrebitado e pele molenga entre o nariz e o lábio superior. Parecia que alguém tinha mandado uma frigideira bem na cara dela. Antes que a gente se pronunciasse, uma das garotas veio falar comigo. Adivinha qual!

Bem, essa não seria uma história boa de contar se não tivéssemos algumas barangas, seria?

Enquanto meus amigos falavam com as comíveis, eu tentava deixar claro para a Cara de Frigideira que não estava a fim dela. Falei para ela as coisas mais absurdas, que com certeza a ofenderiam de tal forma que a mocreia não iria querer nem olhar pra minha cara, quanto mais dar pra mim:

- "Eu nunca ficaria com você. Nem te ligaria. Acho que nem falaria com você depois, a não ser para te mandar dar o fora."

- "Vou gozar no seu cabelo. Sabe o quanto é difícil tirar gozo do cabelo?"
- "É sério, se eu for pra casa com você, você vai ter que comer meu cu. E olha que eu não tomo banho já faz uns três dias."
- "Vou querer só te comer de costas. Assim você não olha pra minha cara enquanto te como, e eu não perco minha ereção."
- "Quero que você coloque um saco de papel na cabeça e faça um buraquinho para a boca, aí vou pedir para você fazer um boquete para mim."
- "Sério mesmo, acho que vou só gozar nas suas costas, vestir minha roupa e me mandar. Provavelmente vou chutar algum enfeite da sua casa quando eu estiver indo embora, só para mostrar o meu desprezo por você."

QUAL É? Até mesmo a stripper mais vagabunda mendigando gorjetinhas de vinte e cinco centavos em uma boate de caminhoneiros teria me mandado eu me foder. Ela pode ou não ter acreditado que eu estava brincando, e eu de certa forma estava; mas algumas coisas que falei tinham simplesmente passado dos limites. Que mulher ficaria conversando com um cara que falasse essas coisas? Eu cheguei a dizer para a menina que só a comeria se fosse pelas costas, pra não perder a ereção caso ela olhasse para mim. A garota tinha que ter me parado em algum ponto, certo?

Nem. Ela ficava com os olhos arregalados e abismados. E ainda disse que eu era o cara mais engraçado que ela já havia conhecido. E não é sempre assim? Eu teria dado fim ao assunto, mas antes que eu pudesse, ela descobriu minha fraqueza: uma relação aberta.

Ela estava sempre duas bebidas à minha frente. É claro, este acontecimento me levou ao desastre. A ingestão constante de Red Bull e bebida alcoólica me deixaram mais animado e sarcástico...

O que a fez ficar mais a fim de mim...

Que permitiu que eu a tolerasse mais...

Que a inspirou a confiar mais em mim e contar os seus podres...

Que me fez soltar comentários sobre seus belos seios…

Que permitiu que minha virilha fosse massageada…

Que me fez considerar como ela seria na cama...

Para continuar com essa linha de pensamento, tive de mudar para bebidas duplas...

Sim, eu comi a garota.

Mas a história ainda melhora.

Na manhã seguinte, acordei em uma cama estranha, com lençóis de cetim pink.

Por alguns instantes, eu não soube ao certo com quem eu tinha saído, porque não havia nenhuma mulher na cama. Então, a Cara de Frigideira chegou pulandinho no quarto. Todas as memórias horripilantes voltaram fortemente a minha cabeça:

Cara de Frigideira: "O que aconteceu? Você parece chateado."

Tucker: "Deus meu... Não consigo acreditar..."

Então me lembrei do resto de nossas conversas. Ela havia me prometido o mundo, basicamente: café da manhã, lavar roupas, plantão vinte e quatro horas para chupeta, tudo.

Bem, já tracei a dita-cuja. E vou ficar puto se não tiver o meu lado na barganha.

Tucker: "Acho que eu te falei que quero café da manhã."

Cara de Frigideira: "Ok! O que você quer? Tenho ovos e bacon, panquecas..."

Tucker: "Tudo. E você prometeu chupar meu pau quando eu mandasse. Queria isso como aperitivo."

Cara, lá vou eu de novo. Sempre faço isso. Toda vez que pego uma mulher muito baranga, fico puto comigo mesmo por motivos óbvios. Então, quase como punição, eu me forço a continuar vendo e comendo a mulher. Não por tentar fingir que quero um relacionamento — sou honesto com a garota. Faço o possível para lucrar em outras áreas, então vale a pena perder um pouco da minha alma comendo uma mulher com quem eu não deveria nem aparecer em público.

Depois que ela fez a gulosa (e ela é ótima nisso), eu assisti ao *American Chopper* enquanto ela preparava um café da manhã sensacional: omelete com uma deliciosa salsicha, alho *sauté* e cebolas grelhadas, bacon bem crocante, do jeitinho que eu gosto, um *muffin* inglês amanteigado da forma exata, leitinho com gelo e um *cappuccino* (ela tinha a máquina) com a proporção certa de espuminha de café. Eu quase a aplaudi quando terminei, satisfeito — mas, em vez disso, pedi que fizesse outra chupeta.

Nas duas semanas seguintes, a coisa piorou. Eu ia até a casa dela a qualquer hora, poderiam ser umas duas da manhã, sem avisar, bêbado, fora de mim, comia a mulher como se ela me devesse uma grana, dormia

189

o dia inteiro na cama dela e ainda a fazia preparar meu jantar quando ela voltasse para casa. A gente saía e ela pagava minhas bebidas, e então eu a despachava antes que meus amigos ou outras garotas chegassem para me encontrar em casa. Quando vinha para minha casa, ela trazia costelinha da Carson's Ribs ou frango da Harold's Chicken, ou alguma outra iguaria; lavava minha roupa, dava para mim e me chupava sempre que eu mandasse, e ia embora sem passar a noite. Depois de um tempo, mesmo eu comecei a me sentir mal. Quer dizer, mais ou menos mal.

Mulheres, permitam-me dar-lhes um conselho. Vocês podem jogar fora todas as merdas dos seus livros do tipo "por-que-ele-não-me--ama", autoajuda, de patricinhas idiotas, porque tudo o que vocês precisam saber é que os HOMENS VÃO TRATÁ-LAS DA MANEIRA QUE VOCÊS PERMITIREM. Não existe isso de "merecer" respeito; você consegue o que exigir das pessoas. Deixe um cara comer seu cu, gozar nas suas costas, tomar uma cerveja e ir embora e ele fará isso. Mas se você exigir respeito, ou ele te respeita ou não terá chance com você. Isso é realmente simples assim.

Ou você age como a Cara de Frigideira e acontecerá a mesmíssima coisa.

O ponto final para mim, o momento exato em que eu soube que tinha de cortar a brincadeira e seguir em frente, foi o dia em que ela apareceu na minha casa vestindo um casaco de chuva. Eu estava em minha posição padrão: sentado na poltrona, assistindo Jerry Springer com roupa de ginástica, com a mão dentro da calça.

Ela ficou paradinha, olhando e sorrindo para mim, até que eu olhasse para cima:

Tucker: "Se liga, minha filha... Tá um sol de rachar lá fora."

De repente, ela deixou cair seu casaco para revelar uma calcinha e uma camisetinha brancas apertadinhas. E nelas se liam as palavras (ela mandara fazer a camiseta em alguma loja especialmente):

Camiseta: "Peitinhos de Tucker Max."

Calcinha: "Xoxota de Tucker Max."

Se eu tivesse dezessete anos, eu teria achado a coisa mais legal que já havia visto na vida. Aos vinte e sete, eu poderia somente sentir o iminente e agora inevitável desastre que resultaria se aquela garota se apaixonasse por mim.

É claro que dormi com a mina naquela noite.

Mas depois disso eu parei de ligar para ela, e tenho certeza de que como resultado ela foi afogar as mágoas com alguma amiga, e se mudou de volta para o lugar de onde viera.

Eu não tenho certeza absoluta; mas acho que vi umas cinquenta chamadas não atendidas no meu celular e uns trinta e-mails na minha caixa de correio. Então a bloqueei e mudei meu número de celular.

Vou deixar esta encrenca para um outro homem resolver.

Tucker rompe o apêndice

Ocorrido em janeiro de 2003
Escrito em março de 2003

Na manhã de uma sexta-feira em que a MTV esteve em Chicago me filmando, lá pelas quatro da manhã, meu apêndice rompeu. A dor foi tão intensa que eu acordei. Senti como se uma faca de cozinha enferrujada tivesse sido enfiada e torcida no lado direito do abdome. Não sei quanto Advil tomei, mas foi bem acima da dosagem recomendada. "Bem acima", no caso, significa "metade do frasco". Pelo resto do tempo que a MTV me filmou, uns dois dias a mais, eu estava com tanta dor que quase detonei um vidro de Advil. Existem cem pílulas em cada vidro, garotos. Não tentem isso em casa.

De tanto meus amigos mandarem — vários deles eram médicos — decidi ir até um pronto-socorro. Esta decisão foi selada em uma conversa com Andrew, um residente do hospital: "Cara, você pode estar com sérios problemas. Não se brinca com ferimentos internos. Você tem de ir para o hospital. Tipo, largue tudo o que estiver fazendo e vá!" Eram onze da noite de domingo e fui na hora para o pronto-socorro.

Cheguei ao Hospital do Condado de Cook, estacionei o carro e entrei na fila de cadastro. Antes que a enfermeira da triagem chegasse a mim, uma ambulância parou e descarregou uma vítima de tiroteio. Não sei quantas vezes o sujeito foi alvejado, mas vi pelo menos três buracos. Foi preciso chamar um faxineiro para tirar todo aquele sangue do chão.

Com isso rolando, a enfermeira nem olhou direito e me deu uma senha. O número era — juro — 187. Eu olhei para esse número e vi o paramédico desaparecer pelo corredor com o astro de rap dos pobres. Caralho, não acredito no sobrenatural e não sou nem um pouco supersticioso, mas alguns sinais não devem ser ignorados.

Fiquei em agonia o dia seguinte inteiro. Estava no sofá de casa lá pelas dez da noite quando um tsunami de agonia se abateu sobre mim. Nada do que aconteceu comigo antes me preparara para tamanha dor. Eu já quebrei um braço, algumas costelas e uma das mãos, abri o pulso, torci ambos os tornozelos, os joelhos, estourei um tímpano, tive unhas arrancadas, já pisei em prego, tive bicho-de-pé etc. Pensava ter experimentado um espectro amplo e representativo de dor. Eu estava errado.

A dor me incapacitou tanto que tive de reunir todas as minhas forças apenas para sair do sofá da sala, alcançar o telefone e ligar para meu colega de quarto. Ele estava no quarto.

Colega de quarto: "Tucker, por que está me ligando da sala?"

Tucker (murmurando de forma quase inaudível): "...hospital..."

Colega de quarto: "Merda! Ok, ok, aguenta firme!"

Quando chegamos ao condado de Cook, eu estava quase em choque de tanta dor. Uma enfermeira colocou uma cadeira de rodas do lado do carro e me levou até a sala de triagem. Ela estava quase empurrando a cadeira de volta para o pronto-socorro quando outra enfermeira pediu para já me colocar na estação delas para tirar minha pressão e temperatura.

No caminho, ela trombou com quase todas as cadeiras, paredes e obstáculos no caminho. Eu gemia de dor a cada movimento; cada um deles parecia chacoalhar meu apêndice em 8 pontos na escala Richter. Chegamos à estação das enfermeiras, onde a enfermeira asiática, que falava um tipo de inglês rudimentar de gueto, me colocou em uma fila, atrás de seis pessoas.

Eu olhei para elas: nenhuma delas parecia ter ferimentos internos quase mortais. Isso me deixou furioso. O fluxo de adrenalina me permitiu gritar alto o suficiente para silenciar a parte da frente inteira do pronto-socorro.

Tucker: "QUE PORRA VOCÊS ESTÃO FAZENDO? POR QUE EU ESTOU AQUI? A PORRA DO MEU APÊNDICE EXPLODIU E VOCÊS QUEREM QUE EU ESPERE ATRÁS DESSE IDIOTA COM UNHA ENCRAVADA?"

Enfermeira: "Você está sentindo dor?"

Tucker (essa pergunta me inspirou tanto que o único recurso era minha reação básica): "VOCÊ É RETARDADA?"

Asiática (lembrem-se, isso é uma asiática falando inglês de gueto): "Ei! Na humildade, só tentando te ajudar. Pra que o desrespeito? Tá doendo muito?"

Tucker: "MEU APÊNDICE EXPLODIU — A PORRA DO MEU ESTÔMAGO PARECE QUE FOI ESFAQUEADO. COMO VOCÊ SE SENTIRIA SE ALGUÉM ENFIASSE UMA FACA NO SEU ESTÔMAGO? SEU HUMOR TAMBÉM NÃO ESTARIA DOS MELHORES, HEIN, Ô JAPA?"

Asiática: "VOCÊ VAI ME ESFAQUEAR? (Vira-se para as outras enfermeiras.) "Ei, SHANDA, ELE FALOU QUE IA ME ESFAQUEAR!"

Enfermeira 2 (vindo investigar): "Você disse que ia esfaqueá-la?"

Tucker (tentando se acalmar): "Eu não disse que ia esfaquear ninguém, eu estava descrevendo a minha dor."

Asiática: "ELE DISSE QUE IA ME FURAR. FALÔ QUE IA METER UMA FACA NO MEU ESTÔMAGO."

Tucker (com a paciência esgotada): "EU NÃO FALEI CARALHO NENHUM QUE IA TE FURAR, APRENDE A FALAR INGLÊS, PORRA! EU ESTAVA DESCREVENDO MINHA DOR, SUA IDIOTA!"

Asiática: "ELE TAMBÉM ME CHAMOU DE IDIOTA!"

Enfermeira 2: "Senhor, você precisa ter mais respeito ou vamos chamar a polícia…"

Era meu limite. Eu me virei e comecei a girar a cadeira de rodas em direção ao pronto-socorro. A dor ainda estava intensa, mas minha adrenalina estava tão alta que consegui fazer isso. Acho que as enfermeiras decidiram vir junto, já que a japa do gueto começou a empurrar minha cadeira até o pronto-socorro. Ela me deu um sermão durante o trajeto inteiro sobre respeito, falando para qualquer um que passasse que eu havia ameaçado esfaqueá-la.

Quando chegamos ao pronto-socorro, ela me colocou em uma dessas salas de triagem. Uma outra enfermeira veio me ver.

Enfermeira do PS: "Então? Qual é o problema?"

Asiática: "Ele me chamou de idiota e disse que ia me esfaquear."

Enfermeira do PS (virando-se para mim): "Você ameaçou esfaqueá-la?"

Tucker: "O quê? A porra do meu apêndice se rompeu."

Asiática: "Ele disse que ia enfiar uma faca no meu estômago."

Enfermeira do PS (ainda olhando para mim): "Você falou que ia enfiar uma faca no estômago dela?"

Tucker (estava me retorcendo de dor enquanto tudo isso rolava): "O quê? O que é isso? NÃO! Ela me perguntou que tipo de dor eu sentia e eu a descrevi como a dor de levar uma facada no estômago! SOU EU QUE ESTOU SENTINDO DOR!"

Deitaram-me em uma cama, mas ao invés de atenderem a mim e minha dor, elas continuaram a discutir sobre meu comportamento abusivo e ameaçador. Será possível que comigo nada acontece do jeito normal?

Dois médicos chegaram quase imediatamente, um atendente e uma residente. Eles fizeram perguntas, apertaram meu abdome etc. O médico me pediu para deitar de lado.

Tucker: "Deitar de lado? Pra quê?"

Médico: "Preciso verificar sua próstata."

Tucker: "O QUÊ??? COM SUA MÃO???"

Médico: "Sim".

Tucker: "NO MEU CU??"

Médico: "Eu preciso. Você pode estar com sérios problemas no cólon ou na próstata, a única maneira de saber é com a mão."

Tucker: "Bem, isso é REALMENTE ótimo."

Conforme ele colocava a luva de borracha, a residente ria dos meus comentários, mesmo que eu não os estivesse achando nem um pouco engraçados naquela hora.

Ele se virou para ela e fez um sinal para que esperasse do outro lado da cortina. Eu interrompi:

Tucker: "Doutor, ela pode fazer isso? Se vou ter dedos enfiados no cu, prefiro que esses dedos sejam fêmeas. Você sabe — são menores, mais delgados... menos gay, entende?"

Ele foi pego de surpresa pela minha proposta. O choque no rosto dele era evidente e, por um segundo, eu pensei que ele iria concordar.

Médico: "Não, sinto muito."

Tucker: "Bem, ela pode ficar. Foda-se. A gente pode chamar todo o mundo pra festa."

Eu não precisava disso. Não precisava mesmo disso. Eu não conseguia parar de pensar — especialmente quando ele girou dois dedos na minha cavidade anal e pressionou minha próstata — em como mudaria a parte na "História da Conversa mais Perturbadora Já Feita" sobre minha virgindade anal.

Os médicos do PS decidiram no final que eu tinha um apêndice rompido e precisava ser preparado para cirurgia. Nunca imaginei que as palavras "preparado para cirurgia" teriam consequências horríveis.

195

Um enfermeiro de origem hispânica começou a me aprontar. Tirou minhas roupas, colocou um avental em mim e fez várias medições, como pressão sanguínea; e, depois, adivinha: enfiou uma agulha na minha veia que tinha o diâmetro de um tubo de PVC e se recusou a me dar qualquer tipo de analgésico, alegando que isso afetaria a anestesia. Naquela hora, pensei que não podia piorar mais. Meu apêndice estava me matando, eu não tinha nenhum analgésico e tinha várias agulhas fincadas em mim, meu cu ainda estava lubrificado com KY e um cara tirou minhas roupas — o que mais poderia dar errado?

Bem, pelo menos uma coisa a mais: o enfermeiro mandou que eu tirasse o avental da frente da virilha e veio com um tubo longo. Ele se chama cateter Foley, é usado para drenar sua bexiga quando ela não está sob seu controle, seja porque você está inconsciente (para cirurgia), seja porque não consegue se controlar (paralisia). Esse cateter tem quarenta centímetros de comprimento.

Dei uma olhada na mangueira de jardim que ele segurava e meu coração parou. Eu preferiria que uma manada de rinocerontes comesse meu cu do que ter isso enfiado na uretra. Eu já ouvi histórias de absoluto horror sobre a sensação de ter uma dessas coisas enfiadas dentro do pau da gente.

Tucker: "Não, não, não — você não vai enfiar essa coisa no meu pau, vai? Pelo amor de Deus, diga que não."

Enfermeiro: "Sim, cara. Eu preciso. É assim que você vai mijar durante a cirurgia."

Eu não tinha forças para brigar. Estava cagando de medo. Segurei as barras laterais da maca e fiquei assim. Vou tentar dar uma ideia aproximada do que foi minha reação quando ele começou a inserir o cateter no meu pênis:

"AAAAAAAAAAAAAAAAAAAAAAAAAAAAAAAAAAAAHHHHHHHHHHHHH-HHRRRRRRRRRRRRAAAAAAAAAAAAAHHHHHH"

Isso durou alguns segundos. Quando a angústia lancinante parou, enxuguei as lágrimas que se formavam nos olhos e olhei para baixo, esperando ver um tubo amarelo saindo do meu pau.

Tucker: "Que porra! Ei, cara, onde foi parar?"

Enfermeiro: "Aquele era grande demais. Preciso usar um de trinta e cinco centímetros em vez desse de quarenta."

Isso não me deixou muito feliz e expressei meus sentimentos com uma série de blasfêmias furiosas que fariam um marinheiro corar. No final, quando o enfermeiro enfiou a outra mangueira na minha uretra, eu já não pensava mais em minhas dores abdominais. Nunca consegui entender direito a frase "mijar navalhas" até esta experiência. O ato de inserir aquilo no pau dói tanto, mas tanto, que fez com que eu esquecesse aquilo que era, até então, a pior dor que eu já senti. Até escrever sobre isso faz meu pau doer. Ou isso pode ser herpes. Quem sabe?

Permaneci deitado lá mais algumas horas, sem analgésicos, esperando uma ressonância. Toda vez que eu me mexia, o cateter mexia (ele estava preso na minha perna), resultando em nova onda de dor e miséria. A coisa mais estranha sobre o cateter é que o saco de coleta estava pendurado na cama ao lado da minha. Eu o vi se encher com urina marrom-escura, mas não consegui controlar nem sentir o fluxo. Foi esquisito. Mas senti um quentinho na perna que era bom.

Um pouco antes da ressonância, uma das enfermeiras me deu um tubo enorme de líquido e me mandou tomar. Eu não fazia ideia do que era aquilo, mas pela etiqueta não parecia ser bom:

Tucker: "Sulfato de bário?"

Enfermeira: "É um agente de contraste. Serve para criar um mapa dos seus intestinos."

Isso também poderia se chamar Porra Engarrafada. Era branco, opaco e viscoso, com um sabor salgado perturbador. Sabe que gosto tinha? Sabe quando uma garota chupa até o final e então vem tentar te beijar? Você tenta fugir do beijo, mas ela insiste e não tem nada que você possa fazer, então você dá um beijinho nela. Sabe o gosto que fica na boca depois disso? Olá, Sulfato de Bário. Isso já era demais.

"Isso tem gosto de sêmen. Será que vocês já não me humilharam o suficiente? Que tal se eu derramasse isso na cara de vocês e tirasse algumas fotos para colocar no site do condado de Cook? Isso os deixaria felizes?"

Eu finalmente fiz a ressonância, e depois esperei mais uma hora e pouco até ter uma consulta com a cirurgiã. Ela viu as chapas e decidiu que não iam me operar, porque meu apêndice não apenas tinha estourado como rompido, formando um abscesso com o que vazou. Isso significava que havia um bolsão enorme de pus ao redor dessa parte do meu cólon.

A conversa que rolou foi alarmante, até mesmo para mim:

Médica: "Quando a dor começou?"

Tucker: "Acho que faz uma semana."

Médica: "Uma semana! Por que você esperou tanto para vir?"

Tucker: "Não sei... a MTV estava me filmando."

Médica: "A mtv estava te filmando?"

Tucker: "Ia demorar demais para explicar."

Médica: "E como você aguentou a dor?"

Tucker: "Bem, numa boa. Motrin ajudou. Sem contar o álcool."

Médica: "Hunf! Bem, só para você saber, você poderia facilmente ter morrido. Do jeito que está agora, vai ficar bem, mas você estava a dois dias de ter septicemia e morrer. Foi bem estúpido de sua parte esperar tanto tempo."

Tucker: "Sim, eu não sou muito inteligente."

O mesmo enfermeiro hispânico veio me arrumar para que eu pudesse ir para o meu quarto. Uma das atividades era retirar o cateter. A retirada doeu, mas nada parecido com a entrada.

Depois que ele puxou, uma secreção amarela nojenta saiu.

Tucker: "QUE PORRA É ESSA? VOCÊ ME PASSOU GONORREIA?"

Enfermeiro latino: "Ahã, você pegou gonorreia de um cateter estéril. Isso é apenas urina desidratada. Você está bem."

Tucker: "Que se foda. Você já teve um desses enfiado?"

Latino: "Não, mas te digo uma coisa — eu já inseri centenas desses e nunca vi alguém gritar tanto quanto você."

Tucker: "E agora você é comediante. Ei, Paul Rodriguez — juro por Deus, é melhor não estar por perto quando eu receber alta. Eu vou te encontrar, e, com apêndice fodido ou não, vou te arregaçar."

Latino: "Sem problema. Você vai só gritar feito uma mocinha."

Se eu pudesse me levantar, acho que teria socado ele.

Depois dessa pequena discussão, outro enfermeiro veio e me injetou uns 15cc de morfina. Uau — não é à-toa que essa merda vicia. Eu podia literalmente sentir a droga passar através das minhas veias, e quase instantaneamente uma calma induzida pelo fluido opiáceo me invadiu. Eu passei de dor raivosa para alegria etérea em mais ou menos dois minutos. Até me desculpei com o enfermeiro hispânico quando o vi de novo.

(Nota sobre a morfina: qualquer um que tenha me chamado ou me visto nos dois dias seguintes, quando eu estava no hospital, pode testemunhar que eu estava mais gentil do que jamais viram. Se eu pudesse encontrar uma droga que me desse esta sensação regularmente, eu seria um viciado, e feliz com isso. Sei agora o que significa quando usuários de heroína falam sobre "perseguir o dragão". Em apenas um dia, a dose normal disso não era suficiente. Eu pedia mais e mais. Pressionava aquele botão de chamada como se ele me trouxesse uma prostituta peituda carregando um prato de suculentas costelas de porco. Eu gritava com as enfermeiras se elas demoravam para me trazer a droga. Tiveram que mudar para codeína, que é aparentemente mais fácil de parar de tomar. Eu tenho o que se chama de "personalidade viciante".)

Uma vez pronto, me levaram de cadeira de rodas até o meu quarto. Fui colocado em um quarto com outra pessoa, mas estava escuro quando cheguei, e eu estava tão louco com a morfina que eu ignorei meu colega de quarto e fui dormir.

Acordei para presenciar uma cena e tanto. Sem contar o cheiro. Dois enfermeiros negros gigantes segurando meu colega de quarto enquanto limpavam a merda embaixo dele e trocavam os lençóis. Eles não estavam contentes:

Enfermeiro 1: "Por que você continua cagando assim?"

Enfermeiro 2: "Isso é algo que ele comeu. O que você comeu?"

O cara apontou para o Fritos em cima da mesa.

Enfermeiro 2: "Não, não foi o Fritos."

Ele apontou para uma Pepsi.

Enfermeiro 2: "Não, também não foi a Pepsi. Acho que foram essas cenouras, porque você tem cagado muita fibra."

Eles terminaram de limpar o cara e saíram. Eu olhei para ele, e a vista não era bonita. Ele era negro, parecia ter entre quarenta e cinquenta anos, magrelo e com metade da cabeça raspada. Parecia não ser capaz de usar seu lado direito, fazia tudo com a mão esquerda. Percebeu que eu o olhava e balançou a cabeça me cumprimentando.

Eu respondi ao aceno e falei: "O que é que há, velhinho? Tendo um dia difícil?"

Ele abriu e fechou a boca repetidamente, cada vez deixando escapar pequenos grunhidos.

Eventualmente, com muito esforço, ele soltou um "Yeah".

Cabeça rapada, sem poder falar, podendo mover apenas o lado esquerdo — ele deve ter tido um derrame ou tumor no cérebro.

Conversamos um pouco e no final aprendi a interpretar pelo menos parte de sua fala afetada pelo derrame. Conversávamos sobre algo quando uma garota que eu conhecia ligou para o quarto. Eu falei onde estava, e ela disse que viria até aqui. Meu colega de quarto ouviu a conversa. Ele acenou para chamar minha atenção, e então puxou o lençol de cima da virilha, fazendo uma tenda, dizendo "Eu... também". Eu ri e pedi a ela que trouxesse uma amiga para meu colega de quarto aleijado.

Mais tarde naquele dia, a fonoaudióloga dele veio vê-lo. Ela era um tesão.

Ela disse: "Olá, Randolph, como você está hoje?"

Isso me fez gargalhar. "Seu nome é Randolph? RANDOLPH! Seu apelido é Ray-Ray, não é?!?" Ray-Ray começou a rir junto comigo e isso deixou a fonoaudióloga completamente confusa.

Nessa hora, eu já estava proficiente o bastante em entender os grunhidos de Ray-Ray e passei meia hora explicando pra médica o que ele estava falando, xavecando e fazendo graça com ela.

Tucker: "Você é uma fonoaudióloga e não consegue entender seu próprio paciente? Arrumou o diploma pelo correio? Tem uma foto da Cher no seu diploma?"

Na hora em que ela estava indo embora rolou esta conversa:

Tucker: "Então, gostei de você. Posso ficar com seu número?"

Fonoaudióloga: "Desculpe, eu não te daria nem meu CEP."

Tucker: "Essa é boa. Tudo bem, porque eu preferiria ser surdo a ter de ouvir sua voz por mais um segundo que fosse."

Ray-Ray estava quase chorando de rir com tudo isso. Ele acabou soltando esta:

"Nós... nós... formamos... uma boa equipe."

Vê-lo almoçando realmente me fez ter empatia por esse pobre rapaz. Toda vez que ele tentava comer, colocava a comida no lado esquerdo da boca e metade dela ia para o lado direito. Ele não sentia nada nesse lado do rosto nem no lado direito inteiro, então, ele não fazia mesmo ideia do que estava acontecendo.

Por um lado era engraçado, porque era um cara babando metade do almoço para fora da boca sem perceber; mas, por outro lado, era deprimente, já que ele parecia ser um cara legal que sofria num destino horrível.

Ele era tão magro — provavelmente devido aos meses de inatividade e confinamento na cama — que nos dias que se seguiram eu dei a ele todas as minhas refeições. Certo, foi um gesto de empatia; mas acredite, não perdi nada com isso. Todo estereótipo que você já ouviu sobre comida de hospital é verdade. Eu preferiria comer lixo hospitalar do que a

200

merda que eles nos serviam, apesar de Ray-Ray adorar essa comida. Eu acho que danos cerebrais te deixam com fome.

Mais tarde, Stydie e Laura vieram me visitar com tudo que podiam trazer do Harold's Chicken. Eu acho que nunca havia ficado tão feliz em ver Stydie, já que a comida do Harold's é a minha preferida. A comida empesteou a ala inteira onde eu estava, mas eu devorei o frango, sem remorso.

Depois que Stydie e Laura foram embora, outra garota veio me visitar. Ela trouxe uma *Playboy* para mim, que eu dei para Ray-Ray folhear enquanto ela e eu fazíamos coisas que eu não deveria estar fazendo. O termo "boquete medicinal" deveria ser adicionado ao léxico dos médicos, porque eu sei que me senti melhor.

Ouvi Ray-Ray pressionar o botão de chamada dele, e então um cheiro bem familiar invadiu o quarto. Minha cortina estava fechada, mas eu os ouvia claramente:

Enfermeira: "Argh, olha só. Você se cagou de novo."

Ray-Ray: "Eu... eu..."

Enfermeira: "Você comeu Fritos de novo? Por que comeu Fritos na cama? Não consegue deixá-los dentro da boca?"

A garota e eu ríamos dessa conversa, podíamos ouvir a mulher mover Ray-Ray para outra maca.

Enfermeira: "Meu Deus. Eu te falei para parar de comer esse doce. Olhe para esta cama."

Ray-Ray: "Eu… eu... eu quero..."

Enfermeira: "Cala a boca!"

A garota que veio me ver saiu na metade dessa conversa, porque já tínhamos terminado, ela precisava ir para casa ver o namorado e o cheiro estava opressivo. Depois que ela saiu, a enfermeira terminou de arrumar tudo.

Ray-Ray olhou para mim e disse:

Ray-Ray: "Eu… eu… arruinei… seu encontro."

Tucker: "Não, cara, tudo bem, ela já tinha terminado."

Ray-Ray (rindo antes de falar): "Você... você... é um... cara... legal."

A *Playboy* era das boas (uma com estrelas de tevê latinas), e eu aproveitei a revista pelo próximo dia e meio que passei naquele quarto. Estava saindo quando perguntei a Ray-Ray se ele queria ficar com a revista. Ele balançou a cabeça afirmativamente e disse:

"Eu... vou precisar dela."

As histórias de sexo

Ocorrido entre 2000 e 2005
Escrito em maio de 2005

A caneta pode ser mais poderosa que a espada, mas eu descobri que a vagina é mais forte que ambas. Não importava o que acontecesse comigo, não importava quantas garotas vomitaram, cagaram ou me foderam, eu continuava a pegar todo tipo de mulher, aparentemente, sem nenhuma preocupação em relação às repercussões. Aqui estão alguns acontecimentos envolvendo sexo que não se encaixam em nenhuma das histórias maiores:

Quer fritas para acompanhar?

Quando eu morava em São Francisco, conheci uma garota em uma festa de internet. Ela era bonita, as luzes eram fracas, a bebida era de graça e eu estava na seca, como sempre. Uma feliz confluência de circunstâncias.

Acabamos na casa dela, no distrito de South Market, em São Francisco (eu morava em Mountain View, que ficava a uns quarenta minutos ao sul de carro, então, era conveniente). Começamos com beijos, tateando botões, colchetes e correias, as coisas começaram a sair, quando ela, de repente, recuou e me deteve:

Garota: "Antes de continuar, eu tenho que te contar uma coisa."
Tucker: "Hmmm, ok."
Garota: "Eu tenho umas verrugas genitais."
Tucker (Olhar em branco, sem registro.)
Garota: "Isso acontece sempre."

202

Tucker: "Desculpe, eu não ouvi, o que você acabou de dizer?"

Garota: "Isso acontece sempre... eu costumava ter verrugas genitais, mas elas sumiram agora. HPV em geral não é transmissível se não estiver exposto e você usar camisinha. Você não... realmente, não precisa se preocupar com nada, mas eu pensei… que deveria te contar."

Tucker (Outro olhar em branco, sem registro e prolongado.)

Garota: "Você ia usar uma camisinha de qualquer maneira. Você não vai pegar. Está tudo bem."

Tucker (Colocando as roupas de volta.): "Qual é a melhor maneira de pegar a interestadual daqui?"

Em retrospecto, eu meio que me sinto mal. Provavelmente, devo ter todas as doenças venéreas conhecidas pelo homem, e essa pobre garota foi honesta comigo e eu a desprezei completamente. Ela expôs com coragem parte de sua alma para mim, e eu simplesmente a ignorei. Bem, é isso que ela ganha por querer dar para Tucker Max.

Chapa ganha de puta

Quando eu estava em Nova York para assinar o contrato para este livro, saí com alguns amigos para beber e convidei algumas garotas que tinham me mandado e-mails. Uma delas, "Ho", gostou de meu amigo Credit e o paquerou por toda a noite. Esta garota estava obviamente fazendo o "joguinho da namorada", observando Credit como material para namoro: ela era legal, um pouco reservada, nada agressiva, ria de todas as suas piadas e em vez de beijá-lo apenas deu seu número para ele.

Credit foi embora mais cedo porque tinha de acordar de manhãzinha para trabalhar no dia seguinte, mas esta garota queria continuar bebendo mais, então me levou com ela, e levou também meu amigo Junior. Não foi preciso nem mais dois drinques no bar seguinte e ela já estava bem na minha: mãos na minha virilha, olhares sedutores, todo o repertório de vagabunda. Eu a ignorava; prestava mais atenção às minhas vodcas. Isso a fez ficar ainda mais a fim de mim.

Junior morava em Connecticut e nós perdemos o último trem que saía da cidade; então, Ho, educadamente, nos convidou para ir para sua casa. Quando chegamos lá, ela ofereceu o sofá para o Junior e falou que eu poderia dormir no chão do quarto dela.

Cerrrto. Nem dois minutos depois que ela apagou as luzes eu já estava na cama dela, e logo tirávamos a roupa um do outro. Ficamos nus e eu afoguei o ganso. As coisas iam muito bem, até que ela parou e ficou muito séria:

Ho: "Espera, não sei se deveríamos fazer isso."

Tucker: "Por quê?"

Ho: "Bem, eu não quero estragar as coisas com seu amigo Credit."

Tucker: "HAHHAHAHAH ... Acho que é meio tarde para isso."

Ho: "NÃO! Você tem que prometer que não vai dizer nada para ele! PROMETE?"

Depois de ser um mentiroso filho da puta quando eu era mais jovem, e perceber o quanto isso era idiota, agora minha política sólida é nunca mais mentir para uma garota... mas às vezes urgências biológicas imediatas me forçam a situações nas quais sou levado a quebrar certas regras.

Tucker: "Ok ... legal. Vamos continuar, ainda não terminei."

É claro que depois contei para Credit. O que quero dizer é, bem no meio do negócio, a menina me faz prometer que eu trocaria um carro por uma bicicleta. E mais, eu tinha de contar para ele. Deus proibiu que Credit namorasse essa garota, se apaixonasse e se casasse. Que merda de casamento teria sido.

Tucker ensandece em ligações para as amiguinhas coloridas

Tenho dito por anos que as empresas telefônicas deveriam inventar um telefone com bafômetro acoplado. Não posso dizer quantas vezes fiz ligações terrivelmente bêbado e nem lembrei disso no dia seguinte. Mas uma ocasião superou todas as outras.

Eu estava bebaço, estilo Tucker Max depois de uma longa sexta-feira numa noitada de bar, e vim pra casa umas duas da manhã. Eu não comia ninguém fazia uns quatro dias — secura das piores —, então, comecei a vascular minha agenda telefônica, ligando para todos os nomes femininos que eu via:

Tucker: "Janet, chega mais, tô com tesão."

Janet: "Tucker, eu moro em Washington D.C."

Tucker: "E daí?"

Janet: "Você está em Chicago."

Tucker: "Oh. Você conhece algumas garotas em Chicago que queiram aparecer por aqui?"

Tucker: "Krista, vem pra cá."

Krista: "Tucker, está tarde."

Tucker: "Meu tesão não está restrito a horário de expediente."

Krista: "Eu não sei."

Tucker: "EU DISSE VENHA!"

Krista: "Bem, talvez."

Eu não lembro a quantidade de tempo que gastei ao telefone, ou mesmo para quantas mulheres liguei, mas eu me recordo de ter a distinta impressão de que não era o meu dia de sorte. Entreguei-me ao sofá para que as horas passassem enquanto eu assistia a *The Shield*, quando, de repente, ouvi batidas na porta. Era uma amiga que eu comia de vez em quando, Sandra. Docinha!

Ela entrou e quis uma cerveja. Eu disse pra ela ir pegar na geladeira. A gente começou a dar uns beijos no sofá, e logo ouvimos outras batidas na porta. Cacete, quem passaria na minha casa às três da manhã?

Epa. É outra foda fixa: Liz.

Tucker: "Bem... você aceita uma cerveja?"

Ambas as garotas tipo ficaram ali em pé, alternadamente olhando uma para a outra e para mim. Existia uma maneira de salvar a situação e ainda triunfar. Seria uma tacada ambiciosa, mas o único jeito de ganhar um jogo assim é jogando os dados:

Tucker: "Então... Liz, Sandra meio que gosta de meninas, e eu sei que você sempre quis experimentar. O que me diz?"

Sabe aquele barulho que as mulheres fazem quando estão tão putas que não conseguem nem formar palavras? É algo que fica entre o "uh" e um grunhido estilo réptil? Sim, Liz fez este barulho. Virou as costas e foi embora.

Bom, pelo menos Sandra ainda estava lá, certo? Virei-me para a garota enquanto ela colocava a cerveja na mesa e pegava a bolsa.

Hora de agir rápido.

Tucker: "Não, espere... querida, você não precisa ir. Eu nem tinha convidado essa menina, ela é uma psicopata que..."

Fui interrompido por algum som não identificável vindo das escadas. Parecia se tratar de duas garotas conversando, e som de passos, culminando na aparição de Krista na minha porta ainda aberta.

Tucker: "Cacete..."

Gostaria de poder contar que tudo isso virou uma suruba, mas uma vez que tenho a política de narrar apenas histórias reais... Não vou contar.

Deixe-me apenas dizer que a brincadeira não acabou bem. Coisas foram atiradas, xingamentos lançados... Nenhuma das três nunca mais voltou, e eu tive que recrutar um plantel novo de fodas fixas. Talvez um homem melhor do que eu tivesse transformado aquela noite em algo digno das *Penthouse Letters* [Cartas da Penthouse], mas tudo que fiz foi terminar com o pau na mão e uma zona no meu apartamento.

Choque tóxico

Na faculdade de direito, namorei uma garota chamada "Vicki". Uma loira típica do sul: bem gostosa e bem estúpida. Era só sair com os amigos da faculdade e ela ficava bem quietinha, e ainda me sussurrava coisas como: "Tenho medo de falar com GoldenBoy. Ele usa palavras muito grandes."

Ela usava anticoncepcional Depo-Provera como controle de natalidade, e achava que isso era o suficiente para não poluir o mundo com pequenos Tuckers, o que fez com que ela vazasse ocasionalmente e ela me disse isso, explicando que se acontecesse de vez em quando não seria um problema (para os homens ignorantes, uma garota "vaza" quando sangra sem estar menstruada).

Uma noite, viemos para casa bêbados e transamos bastante. Sexo com a Vicki era muito bom porque ela é daquelas garotas que gozam virtualmente sem esforço através de sexo normal. A cada minuto ou dois ela poderia ter um orgasmo. Eu amava isso, não porque ela gozasse tanto, mas porque eu podia ser muito egoísta na cama e isso não importava para ela. Desde que eu demorasse mais que um minuto, tudo se resolvia.

Esta combinação de sexo com bebida começou igual às outras; copulei e bombei e ela gritou e gozou... mas depois de um curto espaço de tempo, meu pau começou a doer. Continuei bombando, ela continuou gozando, e a dor ficava cada vez pior. Foi um momento estranho: considere o que te passaria pela cabeça se você estivesse comendo alguém e fosse tomado por uma mistura de pensamentos com flashes de dor intensa e arrebatadora no seu PINTO. Isso confundiu bastante meu cérebro embriagado, mas ainda assim continuei com a britadeira, determinado a não perder nada — nem mesmo a dor e a gastura óbvia me fizeram desistir do objetivo principal de praticamente tudo o que faço na vida: satisfação pessoal.

Eu me concentrei, e era capaz de apontar o local exato da dor: era como se a cabeça do meu pau estivesse roçando em algo duro e abrasivo. Eu estava bêbado, então meu primeiro pensamento era que meu pau era tão grande que batia no colo do útero dela, ralando o menino. Como se o colo do útero dela fosse feito de lixa ou algo do gênero. Sim, consigo ser muito idiota quando estou bêbado e metendo.

Tentei foder, apesar da dor. Realmente tentei me convencer de que tudo ia bem, mas quando meus olhos começaram a lacrimejar com agonia, tive que parar.

Tucker: "Linda, tem algo errado com a sua vagina."

Ela ficou meio confusa e magoada: "O que você quer dizer?"

Meu falo ainda a penetrava, então tentei ser diplomático ao máximo na explicação: "Caralho, meu pinto tá DOENDO, alguma coisa tá zoada nessa sua boceta."

Ela se levantou e foi ao banheiro e eu examinei meu pau.

Tinha uma área circular bem vermelha no lado direito da minha uretra (buraquinho do xixi). Quase toda a pele da parte direita da cabecinha da benga havia sido arrancada fora. Eu delicadamente toquei a parte inchada, que ardeu muito. Joguei muito futebol pelo Astroturf e sei exatamente o que é isso: queimadura de grama sintética.

Tenho uma porra dessa no meu pau? Que merda. Estou confuso e muito puto. Quero dizer, como eu consegui ter uma porra dessa no meu pau?

Ouvi a porta do banheiro abrir, levantei e me preparei para gritar com ela... e então a vi. Ela gritava histericamente, lágrimas deslizavam por sua face. Ela segurava alguma coisa na mão. Não consegui reconhecer o que era até que ela disse: "Mil perdões, esqueci totalmente..."

Na mão dela tinha uma porra de um Tampax amassado e de cor que pendia para o vermelho amarronzado.

Vicki tinha enfiado um desses antes de a gente sair para beber, e ficou tão bêbada que se esqueceu de tirar antes de transar comigo. Era nessa coisa que a cabeça do meu menino roçava naqueles quinze minutos de agonia... A BOSTA DE UM ABSORVENTE.

Por mais filho da puta que eu seja, ainda me sinto tocado quando vejo uma garota gostosa chorando. Dei um abraço em Vicki e disse a ela que tudo estava bem. Ela parou de chorar. O problema foi que meu amigão acabou ralado e com queimadura; e acordei no dia seguinte com uma bolha amarelada na cabeça do meu pinto. A bolha se tornou uma linda cicatriz, que perdurou e que você pode ver ainda hoje... se você for uma gostosa.

Finanças no vermelho

Eu estava saindo com uma mulher que trabalhava em um escritório da área financeira. Na sexta, ela tinha o escritório todo para si e uma vez fui visitá-la. Tentei fazer com que ela desse para mim na mesa do chefe dela, mas não rolou. Na mesa de reunião, também não rolou. Na cozinha, tampouco. Eu não conseguia entender qual era o problema (a gente já tinha transado várias vezes antes), então tentei ser legal e comecei uns amassos. Coloquei a mão dentro da calça dela e passei a carinhosamente massagear seu clitóris; ela gostou no início, e, de repente, se esquivou: "Não, agora não."

Frustrado, passei meu dedo — que eu sentia estar coberto pelo suquinho dela — nos lábios da mina, com a clara intenção de deixá-la com tesão. QUE MERDA!

Atravessando os lábios e os dentes dela, uma grande mancha vermelha! Tudo passou a fazer sentido.

Tucker: "Você está de Chico? É por isso que não quer transar?"

Garota: "Sim. Tenho que admitir. Tenho vergonha. Como é que você sabe?"

Eu, tipo, só levantei as sobrancelhas... e quando ela lambeu os próprios lábios... eu queria tanto ter uma câmera para gravar a cara de choque e vergonha no momento em que ela provou o sangue na linguinha... Ela saiu correndo na hora para o banheiro. Eu lavava as mãos na cozinha quando ela apareceu e disse: "Você não vai escrever sobre isso, vai?

Conversas ao travesseiro

Existem alguns pequenos acontecimentos que são citações engraçadas ou breves diálogos relacionados a sexo ou que aconteceram na cama, mas que não ocorreram no meio de uma história maior.

- Isto aconteceu com uma garota com quem eu estava saindo havia umas duas semanas:
  Garota: "Você me ama?"
  Tucker: "Não entendo a pergunta."

- De uma garota que tinha problemas sérios com sexo:
  Garota: "Ok, quero que você coloque seu pipi no meu popó sujinho."
  Tucker: "O que você acabou de falar?"
  Garota: "Pega seu pipi e coloca no meu popó sujinho."
  Tucker: "O que é isso? Programa Infantil?"

- Esta é uma garota que, por alguma razão, achou que eu fosse exclusivo (e eu não disse nada que pudesse levar a tal conclusão):
  Garota: "Por que você não se depilou? Sabe que eu odeio pentelhos."
  Tucker: "Opa, desculpa. Esqueci que você é do tipo que gosta de um depiladinho."
  Garota: "SOU DO TIPO QUE GOSTA DE VOCÊ DEPILADINHO!!!! QUANTAS GAROTAS VOCÊ ESTÁ COMENDO???"
  Tucker: "Talvez a gente ainda não se conheça. Oi, meu nome é Tucker Max. Você viu meu site. Na realidade, foi assim que a gente se conheceu."

- Uma troca parecida, com uma menina diferente, que quase acabou com nosso relacionamento colorido:
  Tucker: "Você gosta de meninas?"
  Garota: "Você me pergunta isso toda vez que me encontra."
  Tucker: "Eu esqueço quem responde 'sim' e quem responde 'não'."
  Garota: "Não sei por que continuo dando para você."
  Tucker: "Porque eu sou demais e você não consegue se segurar."
  Garota: "Sabe, eu costumava ter autoestima antes de te conhecer."
  Tucker: "É o que todas elas dizem."

- Cinco minutos depois, com a mesma garota:
  Garota: "Qual sua técnica sexual favorita?"
  Tucker: "Bem, não tenho certeza. Provavelmente, quando finjo que a mulher não está lá, gozo o mais rápido possível e ela então lava minha roupa, limpa a casa e vai embora imediatamente depois disso."

- E esta aconteceu com uma mulher que conheci em uma quitanda. Fomos para casa, ela com as compras dela no carro, começamos a nos beijar. Antes de começarmos a fazer sexo, ela soltou: "Não se preocupe em colocar camisinha. Eu já estou grávida." Isso foi muito deprê. Eu queria que ela tivesse me contado antes: "Você é o primeiro cara com quem eu saio desde que fui estuprada. Obrigado por sua gentileza."
- Eu estava comendo uma garota enquanto a gente escutava música. Não coloquei nenhuma intencionalmente, era apenas meu CD com temas variados que eu tinha disponível. No meio do rala e rola, uma música do Ludacris começou a tocar:
  Garota: "Você poderia mudar a música, por favor?"
  Tucker: "Por quê?"
  Garota: "Bem... é que eu dei para um dos *roadies* do Ludacris para conseguir chegar ao camarim, mas nunca mais o encontrei. Esta história me magoa."
- Com uma menina cuja amiga eu tinha comido:
  Menina: "Você não chega nem perto do que eu pensei que você fosse, segundo as descrições da minha amiga."
  Tucker: "Bem, com ela eu realmente tentei. Eu gostei dela."

Miss Surdez Austrália

A Universidade de Chicago exige que os alunos façam um ano de língua estrangeira necessária para a graduação. Eu escolhi Língua de Sinais Americana. Nossa professora gostava muito da nossa turma, então nos convidou para alguns eventos para surdos em Chicago.

O primeiro a que fomos era uma dança em um bar que alguma organização de deficientes auditivos tinha alugado. Chegamos lá um pouco tarde, e quando entramos no foyer eu podia ouvir a música, mas não conseguia ouvir nenhuma voz. Achei que estivesse vazio, mas, pelo contrário, o lugar estava cheio, com mais ou menos cem deficientes auditivos. Eu não ouvia nada além do barulho dos copos e alguns grunhidos — todos estavam entusiasmadamente fazendo sinais uns para os outros.

Isso era meio estranho.

Fui apresentado a uma garota que tinha acabado de ganhar o

concurso de Miss Surdez Austrália. Ela era muito bonita, e achou que meu jeito retardado típico da quarta série do primário para fazer sinais era fofinho. Depois de vinte minutos tentando fazer sinais e ficando frustrado, eu a convidei para dançar, percebendo que eu tinha que ser melhor que ela nisso; mesmo porque a garota nem mesmo pode ouvir o som da música. Outro equívoco. Ela era uma grande dançarina. As pessoas surdas escolheram o clube por causa do sistema de som, que era muito bom; eles dançam sentindo a música. Alguns são realmente muito bons. Bem, muito para a situação.

A menina acabou gostando de mim, apesar do fato de eu não conseguir me comunicar, nem dançar; depois, saímos duas vezes e acabamos transando na terceira.

Comecei meio devagar com a garota, mas posso dizer que ela logo se mostrou uma tarada, então fiquei tarado nela. Ela começou a grunhir um pouco, mas nada fora do comum, até começar a gozar.

"AAARRRRRRRRHRHHHHHHHHHAAAAAAAAAARRRRRR-GGGGGGGHHHHHH"

Eu fiquei tão assustado que quase brochei. Você não pode dizer que ouviu uma garota durante o sexo até ouvir uma garota surda gozar. Literalmente, é algo que paira entre o grito de um retardado e o ruído que um cavalo faz quando está sendo sacrificado. Nunca ouvi expressão mais gutural de clímax na minha vida.

Sexo com ela era sensacional, mas o resto da relação foi caindo. Não conseguir me comunicar é bonitinho no começo, mas fica irritante quando você quer simplesmente ficar em casa e assistir ao *The Sopranos* em sua tevê sem legenda e sua garota surda fica chateada.

Um exemplo nos mostrou claramente que a gente tinha que desmanchar. Estávamos em meu apartamento, fazendo sexo, naquele rala e rola intenso, quando, de repente, eis que batem na porta de forma bem forte. Eu me vesti e abri a porta para dar de cara com um policial de pé, na minha frente:

Policial: "Senhor, por favor, dê um passo para trás. Pudemos ouvir os gritos e temos motivos para acreditar que haja alguma atividade criminal em sua residência."

A visão da garota surda em meu quarto, nua, bastou para que os policiais saíssem do meu apartamento chorando de tanto rir.

Pimenta nos dedos

Onde e como encontrei essa garota não é importante. A razão pela qual eu transei com ela e o que aconteceu na manhã seguinte não valem uma história. Fazer uma descrição da mina seria irrelevante (mas só para constar, ela se parecia muito com a filha da mulher ruiva em *Six Feet Under*). Tudo o que você precisa saber sobre essa história são três coisas:

1. Eu estava em uma festa em Chicago, oferecida por um restaurante mexicano.
2. Eu estava muito, muito bêbado nesta festa, e a certa altura já havia comido várias dessas pimentas *jalapeño* superfortes que os restaurantes mexicanos gostam de servir, do tipo que não se encontra cortado e com picles.
3. Nesta festa encontrei a garota que, eventualmente, foi parar na minha cama.

Uma vez em casa, fomos aos negócios. Comecei a brincar com a vagina dela, dando umas dedadas ali e tal. De repente, ela me parou, tirou minha mão do corpo dela e perguntou:

Garota: "Você comeu alguma daquelas pimentas hoje?"

Tucker: "Sim, comi algumas."

Garota: "Ah, não... ah, não, meu DEUS! Puta merda, puta merda — ESTÁ ARDENDOOO!!!"

Ela pulou da cama, correu para o banheiro e imediatamente entrou no chuveiro.

Eu ainda estava bebaço, então fiquei bem confuso. Andei até a porta e gritei: "Você está bem? O que houve de errado?"

Ela gritou em resposta em meio ao barulho da água: "Você lavou as mãos depois de comer aquelas pimentas?"

Neste momento, eu percebi qual era o problema e, imediatamente, caí numa gargalhada histérica. Eu ria tanto que não podia nem respirar. Então lembrei o que era isso de ter minha virilha pegando fogo (lembra da história de Foxfield?), e me contive um pouco, embora ainda estivesse gargalhando.

Ela gritou lá de dentro: "Cala a boca! Não é engraçado, seu idiota! É melhor que isso não apareça em nenhum livro!"

Tucker tem um momento de reflexão, isso termina mal

Ocorrido em abril de 2003
Escrito em julho de 2004

Era uma sexta-feira, eu estava sentado no meu apartamento em Chicago, bebendo cerveja e assistindo à tevê. Lá pelas sete da noite, meu telefone tocou. Era "Karen", uma das minhas amizades coloridas da época. Era tão cedo que eu fiquei meio confuso. Nós nunca telefonamos um para o outro antes da meia-noite, mesmo durante a semana:

Tucker: "Você está bêbada?"

Karen: "Hehe. Não, querido. O que você está fazendo agora?"

Tucker: "Nada. Estou vendo Morimoto fazer creme brulê com cogumelos."

Karen: "Hmmm, ok. Bem... Eu vou para um encontro às escuras hoje à noite que minha amiga agitou... Mas pensei em dar uma passada em sua casa e tomar um shake de proteína antes."

Ótimo. Karen está claramente tentando passar de um telefonema aleatório para uma rapidinha.

Tucker: "Bem, claro. Apareça. Estarei por aqui."

Karen: "Legal. Passo aí daqui a pouco."

Tucker: "Ei, linda, me traz cerveja?"

Menos de dez minutos depois, ela tocou a campainha com um pacote de Miller Light. Karen vai ter que aprender a diferença entre cerveja boa e mijo aguado de cavalo se quiser subir na minha Hierarquia de Mulheres.

Ela foi direto ao ponto porque o encontro dela ia começar em menos de meia hora. Eu continuei vendo Morimoto... Fala sério, o cara é um gênio. Além do mais, eu já tinha visto o que a Karen estava aprontando. É muito boa, mas já com reprises rolando por meses a fio, eu não precisava prestar atenção até o final.

Eu ia encontrar meus amigos só depois das dez; então, quando ela foi embora, às oito, eu continuei bebendo em casa. Comecei a pensar em como foi extremamente foda que uma garota tivesse vindo aqui me chupar antes de sair para um encontro. Posso não ser Hugh Hefner, mas duvido que tenha muita gente que consiga fazer isso com regularidade.

Então comecei a me sentir mal pelo cara que ia se encontrar com Karen. O coitado não fazia ideia de que ia puxar a cadeira dessa garota para ela se sentar, pagar pelo jantar dela e ainda ser legal, sendo que os lábios dela estavam ao redor do meu pau nem uma hora antes. Deus me livre se o cara der um beijo de boa-noite nela. Imagino se vai passar pela cabeça dele que mesmo com bafo de cerveja a boca da mina não devia estar tão salgada.

Por outro lado, não me sinto tão mal por ele. Não dá pra transformar uma vagabunda em uma santa, e quando você sai com uma vagaba, não deve esperar algo diferente. Alguns caras nunca aprendem.

Claro que ele não fazia ideia de como ela era, afinal, esse era o ponto do encontro. Tem que ver para crer, você não pode adivinhar... AAAH... MERDA!!!

QUANTAS GAROTAS JÁ FIZERAM ISSO COMIGO???

Pulei do sofá em choque, derrubando a cerveja em cima de mim.

Isso já aconteceu comigo? Eu já fui o otário que levou uma garota pra sair depois que ela comprou cerveja pra outro cara e fez uma gulosa nele?

Meu Deus —, isso já deve ter acontecido comigo! JÁ DEVE TER ACONTECIDO... Já saí com tantas mulheres, não tem como eu ter escapado disso. E considerando a baixeza moral de várias dessas garotas que peguei — no mínimo suspeitas, no máximo putas desprezíveis —, é quase certo que eu já fui Esse Cara pelo menos uma vez.

Senão, vejamos... se Karen fez isso comigo, por que não em outros caras? Eu sou um sujeito foda, mas tem outros fodas no mundo além de mim (pelo menos é o que meus amigos falam). E outra, não é que eu sempre soubesse o que sei sobre mulheres. Eu podia fácil ter sido o otário várias vezes no passado.

E por que parar nas chupadas? Quantas garotas eu já comi e que depois, no mesmo dia, foram transar com outros caras? Ou acabaram de transar e vieram sair comigo? Sem ao menos se limpar? Eu não ia saber, ia?

QUANTAS? COMO CARALHOS EU IA SABER? Não tinha jeito de saber, a não ser sentindo o esperma no hálito dela. Mas eu ia sentir o cheiro?

IA SENTIR O SABOR?

Deus misericordioso… por favor, diga que eu não experimentei porra na boca. Preciso vomitar.

Minha visão de mundo foi imediata e permanentemente alterada. É como quando você liga a luz negra de um quarto de motel pela primeira vez e vê manchas de porra espalhadas: pelo bem ou pelo mal, seu mundo nunca mais será o mesmo.

Andei pelo meu apartamento por horas até encontrar meus amigos. Expliquei-lhes a situação e eles riram, tiraram sarro de mim e me disseram para desencanar. Eu não conseguia.

Tucker: "Como vocês podem estar tão desencanados sobre isso? Eu não posso pegar porra por tabela. Isso é pra perdedores e idiotas, NÃO para Tucker Max!"

Amigo: "Aparentemente não, Sloppy Joe."

Tucker: "Comédia você."

Amigo: "Tucker, você já não fez isso com alguma garota? Sabe, comer uma de manhã, então, sair, pegar outra e também comer?"

Tucker: "E DAÍ? É DIFERENTE!"

Amigo: "Como?"

Tucker: "PORQUE SOU EU!"

Amigo: "Espera, você não acabou de receber uma gulosa? E agora você está aqui procurando alguma garota pra transar?"

Tucker: "VÁ SE FODER!!!"

Amigo: "Cara, isso já aconteceu com todos nós, e nós todos já fizemos isso com outros. Mulheres são mulheres, homens são homens. Isso acontece com qualquer um."

Tucker: "FODA-SE. EU SOU TUCKER MAX. SOU MELHOR DO QUE TODOS VOCÊS. ESSA PARADA NÃO ACONTECE COMIGO!"

Amigo: "Cara, essa vai ser uma daquelas noites?"

Eu bebi e bebi e bebi. E ainda assim eu não era capaz de afogar o pensamento de que várias garotas já me zoaram e eu nem sabia qual delas tinha feito isso.

Essa poderia ter sido a pior parte — não saber. Bem, isso e a possibilidade de ter beijado uma garota que ainda tinha sêmen nos dentes da chupada que ela deu quarenta e cinco minutos antes. Eu sei de pelo menos uma ex que me traiu, mas era um lance a distância e eu tinha transado mais do que Calígula quando estava saindo com ela; então, não fiquei tão puto em relação a isso. Mas e todas aquelas garotas que eu pensei que estivessem apaixonadas por mim? Quantas não transaram com outras pessoas pelas minhas costas?

O que me fodeu também foi que as mulheres estavam fazendo a mesma coisa que eu fazia com elas, só que eu nem sabia disso. Até hoje eu pensava que tivesse a vantagem, que fosse o caçador, não a caça — quando na verdade eu não passava de mais um trouxa. A ilusão de controle foi despedaçada.

Nem preciso dizer que essa revelação deu cores à minha perspectiva da noite. "Dar cores" no sentido de "foder completamente comigo sem chance de reparo".

Algumas vezes, beber demais ainda não é suficiente. Precisei de terapia para enterrar minha ansiedade, e o álcool seria meu psiquiatra. Sim, meus amigos, essa vai ser uma daquelas noites.

No primeiro bar, fiquei perguntando para as garotas sobre a frequência com que esse tipo de coisa acontece:

Tucker: "Deixe-me fazer uma pergunta: Você já chupou um cara e então saiu para se encontrar com outro logo em seguida? Tipo, na mesma noite? Ou já transou com um cara logo depois de chupar outro, mas sem contar para o segundo cara?"

Garota: "O QUÊ?"

Tucker: "Não se faça de desentendida comigo."

Como você pode imaginar, isso me deixou muito popular aquela noite.

No segundo bar, pedi pelo menos três rodadas de bebida nos primeiros dez minutos. Fiquei fazendo brindes como:

"Rosas são vermelhas,
Como é delicado o orvalho,
A vagabunda que me chupou
Fez o mesmo com outro, caralho."

Meus brindes à chifrada chamaram a atenção de um grupo de garotas e elas vieram conversar com a gente. Meus amigos, que não tinham condenado todas as mulheres da Terra à fogueira e à danação eterna, inventaram uma história para explicar meu comportamento. Eles contaram para as garotas que eu tinha acabado de terminar com minha namorada, que eu ainda estava apaixonado e que não era para prestar atenção a nada do que eu dissesse. Era minha primeira noite fora e eu estava amargo e raivoso. Ajudei a reforçar esta mentira com o brinde que fiz na rodada seguinte:

"Esta dose desce tão macio, esta dose desce tão doce,
Essa vaca me chupou e chupou outro cara, e isso hoje.
Para afogar minha dor, desta bebida vou tomar muitas garrafas,
Porque a verdade a gente sabe: todas as mulheres são vagabas."

Iludidas pela lorota de que eu tinha sido chutado, as garotas acabaram achando que eu era engraçado. Uma delas tentou me consolar ao tentar mudar o assunto para música. Eu falei que era fã de música country, o que não era nem um pouco verdade.

Garota: "Sério? Eu queria que você fizesse uma letra estilo country."
Como, sabe aquela música *Vamos encher a cara e transar*? Eu gosto de fingir que a letra fala "Vamos comprar sapatos".

Tucker (com cara de cu por uns dez segundos).

Garota (ainda tentando ser alegre): "Isso não é engraçado?"

Tucker: "Você está me deixando mais burro."

Garota: "O quê?"

Tucker (espere... espere...): "Aposto que você já chupou quilômetros de paus."

Na hora ela virou e saiu andando. E gritou: "Você... você é um CRETINO!"

Tucker: "Quer outra dose? PORQUE EU VOU TOMAR OUTRA!"

Isso acabou selando nosso destino no segundo bar. O terceiro bar nos apresentou alguns alvos, mas eu ainda estava puto demais para qualquer coisa, então meus amigos me deixaram em uma mesa e foram caçar sem mim.

Depois de uns três segundos, fiquei entediado e comecei a andar.

Peguei uma bebida rosa no bar quando a dona da bebida olhou para o outro lado, tomei um gole e cuspi fora. A garota do meu lado usou isso para puxar conversa:

Garota: "Ruim?"

Tucker: "Sim, tem gosto de bunda."

Garota: "Eu gosto de bunda."

Tucker: "Qual é o seu nome?"

Se fosse em qualquer outra noite, eu teria usado isso completamente a meu favor. Mas não hoje. Hoje, era só esperar um pouco antes de me ver foder com tudo.

Tucker: "Olha, seja honesta. Você já chupou a bunda de um cara e beijou outro no mesmo dia?"

Terminou por aí a conversa.

Meus amigos estavam indo bem com um grupo de garotas; parecia que eles iam ter um saldo positivo... até que eu decidi que queria ouvir o som de vidro quebrando e fomos todos expulsos.

Acabamos indo para uma baladinha. Quando chegamos, eu estava tão bêbado que o segurança quase não me deixou entrar. Minha última lembrança foi do meu amigo me pegando no bar depois que eu pedi um duplo de alguma coisa e tentando me acalmar:

Amigo: "Cara, você bebeu demais. Isso tá ficando perigoso."

Tucker: "A única coisa perigosa aqui é... é..."

Amigo: "Quanto você bebeu no último bar?"

Tucker: "Você está contando a MINHA bebida? Se quer ser o dono do meu fígado, então paga a porra da conta!"

Amigo: "EU JÁ PAGUEI A CONTA DOS OUTROS BARES PARA VOCÊ!"

Tucker: "EU SOU FAMOSO — AS MULHERES NÃO PODEM FAZER ISSO COMIGO!"

Eles me deixaram em um canto e voltaram para a pista. Uma ou duas bebidas depois, decidi que queria dançar. Completamente imerso em autocomiseração, lá na pista, encontrei a salvação.

No canto do club, dançando sozinha, achei a pessoa em quem eu poderia confiar. Aquela pessoa. Minha alma gêmea. A pessoa que nunca ia me trair e que ia me amar para sempre, e que nunca ia dar para ninguém sem falar para mim.

Era a pessoa mais bonita que eu já havia visto. Olhos azuis penetrantes e cabelos loiros. Ótimo corpo. Um olhar profundo que revelava sabedoria e entendimento além das pessoas comuns.

Ótimo carisma. Alguém para mim. E tivemos uma química imediata.

Dançamos por uma hora, trocando olhares, flertando, sussurrando coisas. Cada sorriso era correspondido por um sorriso, todo carinho tinha uma resposta equivalente.

Eu finalmente tinha encontrado alguém por quem pudesse me apaixonar.

Eu estava bêbado demais para perceber na hora, mas meus amigos estavam me vendo todo o tempo... e tudo o que viram foi Tucker dançando diante de um espelho.

Sozinho.

Ninguém ao meu redor.

Deixe-me frisar: Eu estava tão bêbado que dancei COMIGO MESMO na frente de um espelho. Por UMA HORA. NINGUÉM estava perto de mim.

Além de não ter percebido nada, na manhã seguinte a única coisa de que eu lembrava era que tinha me apaixonado. Sério, vários dos meus amigos tiveram que falar comigo para me convencer de que eu dançava sozinho, e não com a garota mais incrível que eu já conhecera.

Meus amigos também me contaram que, quando as luzes se acenderam no final da festa, eu saí em direção à rua, fugi deles, e a última coisa que viram foi que eu corri pela rua, trombando com paredes e carros estacionados, gritando:

"SE VOCÊ QUISER SAIR COMIGO, VOCÊ NÃO PODE CHUPAR NINGUÉM PELO MENOS VINTE E QUATRO HORAS ANTES! VOCÊ ME OUVIU??? E EU QUERO QUE VOCÊ TOME BANHO TAMBÉM! EU TENHO PADRÕES!!! VOCÊ TEM QUE TOMAR BANHO!!! SE A CARAPUÇA SERVIR, A GAROTA É UMA VAGABUNDA!!!"

Agora ISSO era Tucker Max Bêbado.

Mas, infelizmente, Tucker Max Bêbado cobra seu preço. Em algum ponto a conta chega. O valor dela? Vamos fazer os cálculos:

Você sabe que foi uma noite foda quando acorda desidratado e tonto.

Você sabe que foi uma noite muito foda quando você acorda desidratado, tonto e não sabe onde está, nem como foi parar lá.

Mas acordar de uma noite Tucker Max Bêbado é uma experiência única, e você fica assim: completamente desidratado, molhado com o próprio mijo, tonto demais para se levantar e sem saber onde está nem como foi parar lá, até perceber que acordou a CÉU ABERTO, em um PARQUE, com um vira-lata LAMBENDO ALGUMA PARTE DO SEU CORPO.

Levante a mão se isso já aconteceu com você.

Arrastei-me até um banco, escalei-o e vi uma enorme estátua de metal. Por uma fração de segundo, eu pensei de verdade que tivesse morrido e ido parar no inferno, e que ele era patrocinado pela Warner

Brothers. Foi meio que um choque, porque sempre pensei que a Disney comandava o inferno.

Então lembrei: Eu morava bem do lado de um parque chamado Oz Park, mas até aquele dia, nunca havia passado pela minha cabeça o porquê desse nome. Encorajado pelo fato de estar perto de casa, comecei a andar. Depois de cair algumas vezes e de conseguir fazer a porra do cachorro parar de me seguir, encontrei Halstead e a segui de volta para o meu apartamento.

Estava tão preocupado em manter o equilíbrio e seguir na direção certa que não percebi, até chegar em casa, que minha cara e minha cabeça coçavam muito. Passei a mão para ver o que estava coçando quando entrei no apartamento. Meu colega de quarto olhou para mim, engoliu em seco e fez aquela cara de "ai, meu Deus" que eu já vi várias vezes. Ele, normalmente, solta uma risada quando vê os efeitos de uma das minhas saídas, mas, dessa vez, ficou tão chocado que só conseguiu cobrir a boca e falar: "Vá olhar no espelho."

Eu passei a mão na cara, e tinha algo melado e duro preso nela. Pensei que era sangue, e que tinha machucado a cabeça. Corri para o banheiro e no espelho eu vi:

O "amor da minha vida" olhando para mim com o rosto coberto de vômito endurecido. Bile amarela e marrom misturada no cabelo, pedaços presos nas sobrancelhas e orelhas, minhas bochechas e meu pescoço com grama presa na crosta de vômito. Eu parecia um tipo de efeito especial com defeito. Era demais tudo isso.

Mas a gota d'água estava no topo da minha cabeça, na borda da crosta de vômito, presa no meu cabelo:

Merda seca de cachorro.

Posfácio

As repercussões desta noite não terminaram ali. Primeiro, meu (agora ex) colega de quarto me chama de cabeça de merda, e eu mereço isso.

Segundo, eu nunca mais olhei para uma mulher da mesma maneira. Nunca. Este evento, combinado com uma história que meu amigo me contou depois disso, sobre a ex dele fazendo uma suruba com mexicanos na frente dele para ir à forra por uma traição do cara, acabou comigo. Agora, toda vez que eu olho ou falo com uma mulher, não consigo evitar pensar: "Ela chupou um pau hoje? Quanto tempo faz que ela participou de uma suruba com imigrantes?"

Certo, eu já fiz coisas horríveis, mas qualquer um do planeta pode ler este livro e saber o que eu fiz. É o fato de não saber que realmente me fode. O que mais me fode é pensar que as garotas com quem eu fico estão dando para outros, e pouco antes de encontrarem comigo. Eu não consigo ir mais nem a encontros desde que aprendi que não preciso gastar dinheiro para transar, mas quando eu ia, pensava em quantas garotas foram com bafo de porra. E quantas dessas eu beijei? Até hoje penso: quantas mulheres encontrei em um bar que transaram antes de sair e então foram para casa comigo?

Conversei com todas as minhas amigas sobre isso e as respostas variavam.

- As respostas idiotas foram do tipo: "Ohh... eu posso aparecer e te dar uma chupada também?" Sim, você pode. E traga cerveja.
- As respostas inocentes foram do tipo: "Uma garota veio e chupou seu pau antes de um encontro??? Nenhuma garota faz isso!!!" Ceeeeerto... e você nunca foi chifrada por um namorado. Volte a comprar livros românticos e deixe a realidade com o resto de nós.
- Eu finalmente consegui algumas respostas úteis de algumas amigas inteligentes.

A maioria respondeu algo como: "E isso é novidade para você? Que existem mulheres que fazem o que você faz? Tucker, eu pensei que você fosse muito mais inteligente do que isso."

Obrigado por me fazer sentir melhor.

Uma amiga resumiu tudo: "Pelo menos você fez isso. A maioria dos caras vive uma felicidade ignorante. Minhas amigas que pegam vários caras são garotas que não emitem nenhuma aura de vagabunda... é assim que elas saem incólumes. Todo cara que elas pegam pensam que estão em uma situação perfeita — uma garota legal que aparece depois da meia-noite uma ou duas vezes por semana porque isso é tudo que elas querem. Eles não entendem que ela está fazendo isso com outros quatro caras."

Eu tentei explicar que me chupar era tão bom que as mulheres geralmente queriam fazer isso e não ligavam de receber nada em troca, mas ela só riu.

Não que chupar meu pau seja ruim, mas é ridícula a ideia de que um cara é tão melhor que os outros que está blindado contra chifres.

Acredite... não importa quão bom você seja: uma garota te passou para trás, e você nem reparou.

Não pense muito sobre isso ou vai acabar louco. Eu pirei nisso uma noite inteira e acabei dançando comigo na frente de um espelho durante uma hora, acordei no meio de um parque com vômito incrustado na cara e merda de cachorro grudada na cabeça — pode acreditar quando eu falo.

Desencana disso.

O vômito e o cachorro

Ocorrido em abril de 2005
Escrito em abril de 2005

Enquanto escrevo isto, estou na casa do meu PRIMO Josh, em Dallas, Texas, lutando contra uma ressaca e um intenso desejo de vomitar até dormir; só assim me livraria disso, enquanto está fresco, porque mesmo não sendo a coisa mais absurda que eu já fiz, ainda está lá.

Na noite passada, fomos a um lugar chamado The Corner para encontrar um grupo de garotas com quem eu havia trocado alguns e-mails. Esta foi a primeira experiência de Josh com as fãs do meu website, e mesmo entendendo o que eu faço de forma abstrata, ele não compreende o fato de eu transar tanto.

Josh: "Deixe-me ver se entendo: as garotas te mandam e-mails, encontram com você e você transa com elas?"

Tucker: "Isso. Com um monte delas."

Josh: "Por quê?"

Tucker: "Sei lá. Eu sou incrível. Algumas mulheres são vagabundas. Quem é que sabe?"

Josh: "Todas as mulheres de Dallas são vagabundas."

Tucker: "Que Deus as abençoe. Todas elas."

A menina do e-mail, Lindsay, aparece. Ela é ainda mais bonita do que nas fotos; loira, com os cabelos lisos na altura dos ombros, narizinho perfeito, aquele sotaque sexy do Texas, olhos claros — uma verdadeira gostosa sulista. Suas quatro amigas iam desde "bonitinha" até "que merda aconteceu com a sua cara?". Portanto, como é de se esperar, eu foquei minha atenção em Lindsay. Como sou um Tucker sortudo, meu PRIMO, além de ter uma namorada e ser um ótimo parceiro de

223

pegação, cuidou muito bem do grupo de meninas para que eu ficasse livre para conversar apenas com a gostosa. Depois de cinco minutos de conversa, ela solta esta:

Lindsay: "Podemos ser apenas amigos?"

Tucker: "Como assim?"

Lindsay: "Bem, eu só não quero que você pense que estou aqui apenas para transar com você."

Tucker: "E quando foi que eu falei em sexo?"

Lindsay: "Bem, você não falou, mas... bom... você sabe..."

Tucker: "Não se preocupe com essas coisas. Vamos apenas curtir a noite e tudo se acerta."

Permita que eu traduza essa conversa para português claro:

Lindsay: "Tô louca pra dar pra você, mas não quero me sentir como uma puta."

Tucker: "Eu não quero que você se sinta como uma puta, mesmo que aja como tal."

Lindsay: "Ótimo, porque por mais que eu queira dar pra você, quero antes me fazer de difícil. Você precisa me convencer."

Tucker: "Relaxa, eu tenho tudo sob controle."

Neste momento, mesmo sabendo que Lindsay era presa fácil, ainda precisava jogar da maneira certa. Conheço bem a raça feminina, mas nunca digo que conheço completamente uma mulher em particular. Quando você acha que conhece bem uma mulher é justamente quando você a flagra dando pra três jardineiros de uma vez. Lindsay me ajudou demais ficando completamente bêbada por vontade própria. Eu bebia Goose e Red Bull e ela dançava no meu colo. De repente, do nada, ela me pergunta quantas mulheres já comi.

Lindsay: "Com quantas garotas você já ficou?"

Tucker: "Eu nunca respondo a essa pergunta. A resposta nunca leva a nada bom."

Lindsay: "Eu só fiquei com duas pessoas."

Eu gargalhei na cara dela (nota: ela tem vinte e quatro anos).

Lindsay: "É VERDADE!!!"

Tucker: "Tá bom."

Lindsay: "MAS É VERDADE!"

Tucker: "Eu não me importo. Mas vou te falar uma coisa que aprendi sobre as mulheres: elas mentem pra caralho. Principalmente sobre isso."

224

Lindsay: "Eu não estou mentindo."

Tucker: "Eu acredito em você. E isso não importa, afinal, somos apenas amigos."

Lindsay: "Ah, pare com isso."

De novo, em português claro:

Lindsay: "Pergunta se sou uma puta."

Tucker: "Não."

Lindsay: "Estava te testando pra ver se vai me tratar como uma puta por transar com você no primeiro encontro."

Tucker: "Eu sei. Agora vou te mostrar como sou nervoso."

Lindsay: "Você passou no teste. E eu gosto do seu nervosismo."

Ao longo da noite, ela ficou chapada, mas tão chapada que trombava com as pessoas no bar e falava em estranhos dialetos ao telefone. As amigas dela me disseram que nunca a tinham visto tão bêbada. Para não ser batido por uma menininha, tomei uma dose após outra, até ficar tão bêbado quanto, bom, quanto Tucker Max.

Mas ficar bêbados como gambás e agir como idiotas não era suficiente para nós dois, então, começamos a nos pegar. Sim, éramos aquele casal bêbado e sem noção que todo o mundo odeia, o casal quase se comendo ali mesmo, no bar. Até que ela parou e me puxou pra um canto:

Lindsay: "Eu nunca fiz isso. Não acredito que chapei desse jeito."

Tucker: "Quer ir pra casa?"

Lindsay: "Que ideia ótima."

Tucker: "É óbvio que você não pode dirigir. Quer que eu chame um táxi ou suas amigas?"

Lindsay: "Não. Você está sóbrio? Você poderia me levar pra casa. Eu moro perto daqui."

Tradução:

Lindsay: "Eu quero dar pra você, mas antes preciso ficar muito bêbada pra ter uma boa desculpa amanhã."

Tucker: "Quer desistir agora? Não precisamos fazer nada."

Lindsay: "Eu sei, mas quero que você me coma. Vamos embora."

Eu a levei pra casa e fui imediatamente recebido por seu cachorrinho pentelho mordedor de tornozelos. Normalmente, eu amo cachorros, com a notável exceção dos pequenos, privados de cérebro, que mais parecem ratos fashion no melhor estilo "Paris Hilton me carrega na bolsa"; e o dela era um desses.

Lindsay: "Oi, Tucker! Como você está, meu pequeno?"

Tucker: "O nome dele é Tucker?"

Lindsay: "Eu já o tenho há um ano, muito antes de conhecer seu website."

Finalmente, fomos ao que interessava e começamos a trepar. Eu não meti nem por um minuto e ela me interrompeu. Ok, nada demais, às vezes a menina precisa de um tempo ou sei lá. Voltei a meter... ela interrompeu mais uma vez.

Tucker: "Você está legal? Tá tudo bem?"

Lindsay: "Ah, sim, estou bem."

Voltei a meter... e ela interrompeu DE NOVO.

Tucker: "Ok. Olha, querida, ou caga ou sai da moita. Se você não está a fim, não tem problema nenhum e eu respeito a sua decisão. Posso até ir embora, se você quiser. Mas você precisa se decidir pra eu saber o que fazer. Esse joguinho tem de parar. Eu só fico no anda-para-anda-para quando estou no trânsito."

Então ela resolveu que queria, de fato, transar comigo e voltamos a trepar. Só para constar: ela era muito boa de cama e cuidou de mim direitinho. Sem direções, eu sou egoísta e dominador, mas ela sabia bem o que estava fazendo e conseguiu entrar no meu ritmo para se satisfazer. Terminamos e eu perguntei:

Tucker: "E então, pra quantos caras vocês já deu?"

Lindsay: "Dois."

Tucker: "É, você não mente sobre isso."

Lindsay: "Não! Quis dizer três. Não estava contando você!"

Tucker: "AHAHAHAHAHAHA! Você é o quê? Contadora da Enron?" [Empresa de energia elétrica que faliu com um escândalo que envolvia fraude e corrupção contábil.]

Lindsay: "Cretino!"

Ela foi para o banheiro fazer o que quer que seja que as garotas fazem no banheiro depois do sexo. Eu senti ânsia de vômito durante todo o sexo, mas consegui segurar até gozar; mas não podia mais segurar. Eu precisava vomitar. E não seria um vômito normal. Era aquele vômito que te faz lacrimejar, faz arder até o nariz e você quer morrer. Graças às doses de tequila. Entrei em pânico: onde eu iria vomitar? Ela estava no banheiro. Não tinha varanda. Tentei abrir a janela, mas tinha tela, ou seja, não era uma opção — eu já tentei vomitar através de uma tela. Não dá certo. De repente, tive uma ideia brilhante: ainda deitado, afastei a cama da parede, coloquei a cabeça entre a parede e a cama e vomitei ali mesmo. Eu não poderia ter feito estrago maior. Ainda bem que era carpete e o vômito não se espalhou demais, apenas escorreu pela parede e se amontoou debaixo da cama.

Quando ela voltou pro quarto, eu já tinha arrastado a cama de volta contra a parede e me recuperado bem. Então demos mais uma. Ela estava tão bêbada que não notou meu hálito azedo de vômito. Ou notou e não comentou nada.

O sexo da segunda vez foi melhor ainda. Mas no meio do negócio, eu comecei a ouvir um barulho estranho de alguém mastigando. Por um momento pensei que tivesse alguma coisa errada com a boceta dela, então parei por um instante, mas o barulho continuou. Comecei a ouvir um tilintar... parecido com o barulho da coleira do meu cachorro... Achei que o cachorro dela estava debaixo da cama comendo alguma coisa...

PUTA QUE PARIU — O CACHORRO TÁ COMENDO MEU VÔMITO!

Que porra eu faço agora? Não posso me levantar e tirar o cachorro de lá, porque assim eu admitiria que vomitei no chão do quarto dela e não limpei nem avisei. A única solução que encontrei foi dar um jeito de alcançar o cachorro com uma das mãos e rezar pra ele entender a mensagem. O barulho das lambidas parou e o tilintar aumentou.

Lindsay: "Tucker, o que você está fazendo aí embaixo? Acho que ele está se lambendo. Esse cachorro é doido."

O cachorro fez uma pausa de alguns segundos e voltou a lamber e a mastigar. Ótimo. Agora eu estou tentando, simultaneamente:

1. Segurar a risada;
2. Ignorar a ideia de que o cachorro está comendo meu vômito, evitando assim a ânsia e a possibilidade de vomitar em cima dela;
3. Manter a ereção e continuar metendo.

Sério, imagine a cena: estou no meio da foda, bêbado como um gambá, com hálito azedo, em cima de uma menina que conheci seis horas atrás, o cachorro dela debaixo da cama se alimentando ferozmente do meu vômito. Que porra! O que você faria? O que eu poderia ter feito? Na dúvida, mete com mais força. Foi o que eu fiz.

Mas espere que a coisa fica melhor ainda. Eu consegui finalizar o serviço e nós dois caímos no sono. Em algum momento, durante a noite, eu acordei pra mijar e, quando me levantei, senti que pisava em alguma coisa pastosa. Meu... só existe uma coisa que se derrete entre os dedos daquele jeito.

Estava escuro, mas o pouco de iluminação que entrava pela janela foi suficiente pra eu ver nitidamente diarreia canina por todo o chão. Arrastei meus pés até limpar toda a merda e deixei uma mancha marrom enorme no carpete branco. Depois de saltar como um idiota para ir e vir do banheiro, voltei a dormir como se nada houvesse. O cachorro não era meu, e ela veria aquela cagada toda pela manhã. Ela se levantou cerca de uma hora depois e pisou na merda, assim como eu.

Lindsay: "OH, TUCKER! Você cagou no chão! Por que fez isso?"

Tucker: "Ele deve ter ficado enciumado por não dormir na sua cama esta noite."

Lindsay: "Você nunca faz cocô dentro de casa! O que aconteceu?" (Ela acendeu as luzes.)

Tucker: "Como ele deixou essa mancha enorme no chão? Isso deve ter um metro!"

Lindsay: "MEU DEUS — como você fez isso? OLHA PRO CHÃO! CACHORRO FEIO! FEIO!"

Tucker pediu colo e deu algumas lambidas sabor vômito em seu rosto.

Lindsay: "Tá bem, eu te perdoo. Mas você ainda é um cachorro muito, muito feio."

Posfácio

No dia seguinte, recebi o seguinte e-mail dela:

"Estava sendo uma boa anfitriã porque você veio de outra cidade — mas eu nunca fiquei tão bêbada em toda a minha vida, portanto, não considero nada do que aconteceu na noite passada."

Preciso traduzir?

Ela não encontrou o vômito e, é claro, eu não contei nada. Acabamos saindo de novo na noite seguinte.

Tucker: "E aí, se divertiu limpando aquela cagada toda?"

Lindsay: "Uh, que sujeira. Eu tive de comprar um monte de produto de limpeza e passei mais de duas horas esfregando e desinfetando tudo, e AINDA fede demais."

Tucker: "Deve ter sido alguma coisa que ele comeu. Você deveria checar o resto do quarto; ele pode ter cagado ou vomitado em algum lugar que você não viu. Cachorros são arteiros demais."

A história de Midland, Texas

Ocorrido em abril de 2005
Escrito em abril de 2005

Midland, Texas, é demais. Não por ser divertida e pacífica ou por ter um monte de gostosas. Midland é demais porque é incrivel e irreversivelmente fodida. Lembrem-se da cena de *Midnight in Garden of Good and Evil*, onde John Cusack liga para seu diretor e diz: "Esse lugar é como ... *E o vento levou* com mescalina. Todos estão fortemente armados e bêbados. Nova York é chata." Bem-vindo a Midland, Texas. Eu fui para lá para visitar meu amigo Doug. Conheci Doug numa festa em Austin. Ele veio até mim com seu jeans sujo de petróleo, botas de caubói, com um sorriso largo no rosto e disse: "Ei, sr. Tucker Max!", e me deu seu cartão de visitas. Estava escrito no cartão:

[seu nome completo]
Também: Inicia revoluções, organiza orgias, sufocamento de levantes, amansador de tigres, trama assassinatos, conversão de virgens.
Também discursa em encontros.

Eu sei, meu pensamento foi o mesmo que o de vocês: esse cara é fera. Saí com Doug algumas vezes e comprovei que ele é um cara muito bacana. Quando ele me convidou para visitá-lo por uma semana e trabalhar com ele por um tempo no campo de petróleo do oeste do Texas, que a família dele possuía, agarrei a oportunidade.

Aterrissei no aeroporto de Midland e saí carregando minha bagagem, até ver Doug sentado em sua caminhonete, com o motor a diesel soltando aquela fumaça ao som do knocknocknocknoc que só esses motores fazem. Eu tive que alcançar a maçaneta da porta, pois o caminhão tinha pneus de quarenta e cinco polegadas e suspensão alta, ou seja, o assoalho tinha quase 1,20m de altura. Abri a porta procurando um lugar para sentar. Antes mesmo de eu entrar na caminhonete, ele me deu uma cerveja.

"FALAEEEEEEEEEEE!!! BEM-VINDO A MIDLAND, FILHO DA PUTA!"

Eram três horas da tarde de domingo, e eu já tinha tomado umas seis latas de cerveja. Com o chão lotado de embalagens de Copenhagen, misturadas com latas de Keystone Light, revistas chilenas aos montes sobre 7.62 e .45, junto com alvos. Na sua caminhonete, tinha um rifle M-14 no coldre, e entre o console, uma Pistola H&K USP. Se você não conhece armas, deixe--me explicar: com o arsenal que Doug tinha na caminhonete, seria possível disputar com qualquer polícia do país, incluindo a SWAT.

Do aeroporto até a casa dele eram vinte minutos de carro, e não havia uma alma viva na estrada. Tudo era plano, árido, com árvores "esquisitas" (pareciam escovas, mas Doug insistiu que são árvores), e feno seco cruzando a estrada. A única coisa diferente na estrada foi a placa gigante na qual se lia: "Bem-vindo à terra de George e Laura Bush." Nem vinte minutos no local e comecei a entender o que o general Sheridan quis dizer quando falou: "Se eu fosse dono do Texas e do Inferno, eu alugaria o Texas e moraria no Inferno."

Chegando à casa de Doug, a primeira coisa que percebi foi uma Colt .45 na mesa da cozinha, apontando diretamente para mim. Notei que o cão da pistola estava recuado e, depois de uma pequena inspeção na arma, percebi que ela ESTAVA COMPLETAMENTE CARREGADA, COM UMA BALA NA AGULHA E ENGATILHADA. Cresci no meio de armas, então sabia como usá-las; instintivamente, peguei a arma e olhei se estava travada — para minha tranquilidade, estava — e tirei a munição.

Tucker: "Cara, por que aquela pistola estava carregada e engatilhada?"

Doug: "É mais seguro assim."

Tucker: "Melhor que não tivesse nenhuma bala?"

Acima do meu quarto, tinha uma HK 91 de assalto, num suporte, também carregada e engatilhada. Tinha tanta munição naquele apartamento que poderia fazer uma nova guerra mundial.

Tucker: "Cara, por que você tem tantas armas?"

Doug: "Bom, a gente nunca sabe, né? Ainda mais quando temos uns vizinhos mexicanos."

Tucker: "O quê? Você mora perto de Pancho Villa?"

Ele me deu uma cerveja.

Doug: "Comece a beber, otário, as garotas já estão chegando."

Tucker: "Você não acha melhor descarregar todas essas armas e guardá-las antes de ficarmos bêbados e curtir as garotas?"

Doug: "Pra quê? A segurança está nelas."

Tucker: "Você está brincando?"

Doug: "E se quisermos atirar hoje à noite?"

Tucker: "Ai-ai-ai."

Eu imediatamente liguei para meu amigo, pwj, para avisar a todos que eu os amava e que não voltaria pra casa vivo. Mas não deixei transparecer que estava chateado com essas coisas, então, pensei: "foda-se", bebi algumas cervejas e relaxei. Afinal, o álcool faz tudo ficar melhor.

(Nota: eu aprendi, durante minha visita a Midland, que toda a cidade se arma; seus habitantes têm uma noção de segurança bem diferente da do resto do mundo. Basicamente, se a arma não vai disparar naquele exato momento, ela é segura. Até as mulheres andam com armas carregadas nos carros. Eu me considero um admirador de armas, mas Midland é ridícula.)

As garotas chegaram, e eu diria com todas as palavras que elas eram adolescentes. Como posso saber sem perguntar? Bem, o jogo dos quartos era o assunto principal. A conversa sobre o novo filme de Lizzie Maguire era provavelmente o segundo assunto mais importante. E eu tive essa conversa:

Tucker: "O que você está bebendo?"

Jenny: "Vinho gelado."

Tucker: "Você colocou gelo nisso? Sem essa. Tá zoando, né?"

Jenny: "Não, eu gosto assim. É como servimos."

Tucker (brincando): "O que você é, uma stripper?"

Jenny: "Não, eu apenas trabalho no clube de strip. Mas eu não faço."

Tucker: "HAHAHAHAHA — VOCÊ TRABALHA EM UM CLUBE. Sim, tem uma tênue diferença entre strippers e garçonetes."

Jenny: "É DIFERENTE."

Tucker: "Deixe-me adivinhar: é o Zin branco. E você provavelmente está brava, porque Doug não tem nenhum canudo."

Jenny: "Com licença, babaca. É CHABLIS." (Para dar crédito à garota, ela estava certa.)

Tucker: "Desculpe. Peço desculpas, você é muito culta. Você apenas participa do encaixotamento dos vinhos."

Jenny: "Não vem em caixas. Vem em cântaros."

Tucker: "Certo, tenha certeza de dar oi para Carlos Rossi da próxima vez que encher os cântaros de novo."

Doug saiu do banheiro e se juntou à conversa.

Tucker: "Cara, quem é essa garota?" (Apontando para ela.) "Você não me conhece o suficiente pra trazer esse tipo de mulher?"

Doug: "O quê? Ela é gostosa!"

Tucker: "Eu sei que ela é gostosa. Mas extremamente idiota e precisa de aparelho."

Jenny: "Desculpa, eu usava aparelho."

Tucker: "Então por que parece que você tem mastigado pedras?"

Jenny: "Porque perdi meu pivô."

Tucker: "Deixou no console de algum caminhão, não é? Você não odeia quando isso acontece?"

Quase passei mal depois dessa. Transar com garotas de dezoito anos é como chutar aleijados: muito fácil. Claro, as outras duas garotas com suas histórias eram as coisas mais divertidas do mundo. Uma era lindinha, magrinha e sem peitos, e a outra lindinha, mas gorda e com peitões. Você quer adivinhar qual das duas se jogou pra mim? Não importa, me dê outra cerveja. Eu quero transar.

Com a noite seguindo, continuei me divertindo com a idiotice de todos. Se aquela garota não se odiasse antes daquela noite, seria a partir dali. As duas garotas que me acharam engraçado me convidaram pra tomar alguma coisa na casa dos amigos delas. Jenny — a gostosa banguela, idiota, stripper — não quis sair comigo e pediu pra Doug a levar para um bar. Ele me olhou surpreso por um segundo e percebeu a lição que dei nele: tem mais de um caminho pra se tornar um bom parceiro. Por nada, Doug. Agora, eu assumo que quando elas falaram "casa de amigos", eu achei que elas sabiam onde era. E o que acontece quando você confia nas habilidades de garotas de dezoito anos de idade? Você se perde. Depois de duas horas dirigindo na estrada, vimos o letreiro: "Fim da pavimentação."

Magrela: "Emma, você sabe onde estamos?"

233

Emma: "Não."

Magrela: "Tucker, você sabe onde estamos?"

Tucker: "Tá me zoando...? EU MORO EM CHICAGO."

Achamos nosso caminho para a casa de alguém com cerveja. Choveu na noite anterior, eu estava entediado e bêbado, então joguei Emma dentro da poça de lama. Ela não se contentou, e jogou lama em mim. Nós lutamos, antes de eu saber que estávamos cobertos da sujeira do oeste do Texas.

Ainda sujos, voltamos para o apartamento de Doug para tomar uma ducha e tirar a imundície, então começamos a transar no chuveiro... e mudamos para a cama. Coloquei minhas mãos por dentro da calça e senti algo pegajoso. Puxei a mão, tinha mais lama. Voltamos para o chuveiro, agora sem nossas roupas, e começamos a transar de novo... e voltamos para a cama de novo... comecei a comer a mina, sujeira de novo. Na boceta dela. Não importa o quanto tentávamos limpar, nunca acabava.

Eu devo ter metido num buraco sujo. Bem-vindo ao sexo no Texas. Doug me acordou cedo no dia seguinte, pois eu tinha que trabalhar com ele nos campos de petróleo. Ele bateu na minha porta, abriu e viu Emma deitada na cama comigo.

Doug: "Quieto. Tire essa besta terrestre da minha casa."

Tucker: "Espero que tenha um rifle de elefante pronto. Você dá apenas um, quem sabe dois tiros antes que esmague a gente."

Fora as trepadas com as garotas, o que é realmente engraçado no Texas são as pessoas que você encontra. Elas não são normais. Eu não posso chamá-las de pobres, pois essa palavra implica um subnível de inteligência e sofisticação, e não é justo com essas pessoas, algumas das quais são muito espertas. Eu cresci numa parte rural muito bonita de Kentucky, e aquelas pessoas são pobres. Mas os texanos que conheci não são assim. Talvez eu devesse me referir a eles como apenas "caipiras". Se você cresceu, ou passou um tempo em estados do sul, você sabe a diferença entre caipira e pobre. Essas são algumas pessoas que encontrei em Midland:

- O delegado de Midland mora no condomínio de Doug. Quando fica bêbado, o que acontece quase todo dia, ele entra no carro e tenta atropelar as pessoas. No estacionamento do condomínio.
- Quando estão entediados, os amigos de Emma fazem o que se chama *spotlighting*. O oeste do Texas é todo de arbustos com

coelhos. Então, caçá-los é legal o ano inteiro. Para caçá-los, você vai à noite para os campos com a caminhonete e procura com seu refletor até achar um. Quando a luz os acerta, eles congelam, tornando-se um alvo fácil. Por ser fácil, atirar neles não é o suficiente para algumas pessoas.

Um cara me disse uma vez que se entediou de atirar com um rifle nos coelhos. Então ele começou a usar arco e flecha. Tornou-se chato também, então passou a atropelá-los com a caminhonete. Mas isso era simples demais, então o cara começou a sair da caminhonete e bater com os pobres bichos na roda do carro até matá-los. Quando se tornou fácil, ele resolveu persegui-los e então estourar sua cabeça. Quando ele perdia a chance, jogava a caixa de ferramentas em cima deles. Então ele pegava os cinquenta coelhos ou mais que havia matado e os colocava no quintal da ex-namorada, soletrando a palavra "HO".

- Um dos amigos de Doug foi expulso de sua casa com dezoito anos porque seus pais não podiam mais lidar com ele. Esse garoto era estúpido demais e pobre demais pra conseguir um apartamento, então se mudou pra uma garagem. Dormia dentro de um velho Bronco vazio e usava centenas de caixas de Keystone Light como aquecimento.

Essas pessoas são engraçadas, mas não têm nada a ver com o sócio de Doug, Wayne. Wayne trabalha com Doug nos campos de petróleo, e fiquei alguns dias ali com eles trabalhando. A primeira vez que encontrei Wayne, ele veio com sua caminhonete, quando estávamos fazendo algo manualmente:

Wayne: "Vocês parecem dois macacos jogando bola."

Doug: "Vá se foder, otário!"

Wayne: "Estou orgulhoso de você. Quer cerveja?"

Doug: "Claro, me dá uma."

Tucker: "Podemos beber enquanto trabalhamos?"

Wayne: "Merda. Cara, aqui é o interior, não é a merda de Nova York ou a maldita CHI-CA-GU. No interior, não dizemos 'beber uma cerveja', dizemos 'aumentar o serviço'."

Tucker: "Bem..."

Doug: "Vamos lá, está liberado. É a cerveja de rodeio."

Tucker: "Bom, ok, se está gelada..."

Eu peguei uma garrafa, dei um gole e cuspi em seguida.

Tucker: "CARA, ESSA CERVEJA ESTÁ QUENTE!"

Wayne: "Mas o que tu acha que é cerveja de rodeio?"

Nós fomos almoçar com Wayne. Ele tirou um dente — um único dente — e nos presenteou com horas de boas histórias, as mais divertidas que eu já tinha escutado.

Wayne na sua aventura ocupacional: "É, as torres de petróleo não são tão confiáveis. Uma vez estávamos trocando as cabeças em um cano e a maldita explodiu... ela me jogou a metros de distância e matou os outros dois caras que trabalhavam comigo. Que merda. Eu tive que ficar uma semana inteira de folga."

Wayne bebendo: "Eu sabia que tinha que diminuir a bebida, estava na quinta do dia. Agora eu bebi pouca coisa no caminho, e bebo o resto em casa, quando chegar."

Wayne na flora: "Uma vez eu fui arremessado de um Bronco em um arbusto. Você sabe que o arbusto é fino e longo pra caramba. Bom, eu me levantei e saí do arbusto, mas sentia sangue escorrendo do meu rosto. Limpei, mas não encontrei nenhum corte. Meu filho falou que estava saindo do meu olho, então eu notei que um graveto estava embaixo da minha pálpebra. Aquele maldito entrou verticalmente e não acertou o globo ocular, mas entrou atrás do olho. Tive sorte nessa. Você ainda pode ver a cicatriz se olhar bem. O que tem de errado com você, cara? Por que está gritando como um coiote que acabou de cair na armadilha?"

Wayne com uísque: "Eu não bebi JD; isso dá leseira." (Mijamos de rir nessa hora.) "Vão se foder, vocês vão envelhecer logo."

Wayne na fauna do oeste do Texas: "Não deixe ninguém te dizer o que fazer com o gado. Eles são foda. Uma vez eu me joguei em cima de um, tentando fazer a pegada pelo pescoço, o bezerro cagou na minha cabeça enquanto eu deitava o bicho no chão. Eu levantei e chutei seu traseiro. Dei um soco na cara dele. Nunca mais ele fez isso de novo."

Wayne no cunilíngua: "Só porque cheira mal não significa que tem gosto ruim. Eu comi todo tipo de boceta e gostei de todas. Exceto as das putas mexicanas. Não chupe essas putas ou vai acabar vendo estrelas, além de ganhar uma língua verde. Eu prefiro comer o hímen de uma jumenta morta."

No segundo dia no campo, tive que usar protetor solar, pois não estou acostumado a ficar dez horas ao sol. Enquanto estávamos na loja, Wayne perguntou para Doug:

Wayne: "Por que raios você parou aqui?"

Doug: "A gente tem que comprar protetor solar pro Tucker."

Wayne: "PROTETOR SOLAR? Bem, que merda. Eu já estive em muitos lugares, vi alguns concursos com bodes, mas nunca tinha visto merda assim."

Depois disso, ele me chamou de "Campeão Mundial de Enforcamento de Bodes" a semana inteira. Durante alguns meses eu não soube o que isso significava. Imagine que tipo de pessoa perde seu tempo segurando bodes pelo pescoço.

Uma noite, estávamos bêbados e ligamos pro Wayne. Doug discou o número, o telefone tocou, mas demorou até que uma voz saísse dali. Mesmo achando que eu estivesse próximo a Doug e não ao telefone mesmo, pude escutar Hank Williams Jr. berrando do outro lado da linha.

Wayne: "Que porra você quer?"

Doug: "Ô Wayne, você não quer tomar umas cervejas com a gente?"

Wayne: "Quem tá falando?"

Doug: "Doug e Tucker."

Wayne: "NÃO! Eu não quero assistir vocês chupando a noite inteira. Prefiro colocar no canal de culinária e ver uns viados."

Doug: "Vamos lá, Wayne, nós..."

Wayne (gritando com seu filho de doze anos): "EI, MOLEQUE, ME DÁ OUTRA CERVEJA ANTES QUE EU TE MANDE UMA BOTINADA."

Doug: "Wayne?"

Wayne: "Você não tem uns bodes pra gente enforcar? Caralho, cadê minha cerveja? É MELHOR ANDAR RÁPIDO COM ESSA CERVEJA, SENÃO VOCÊ VAI DORMIR COM OS PORCOS E OS CACHORROS."

Wayne é legal, mas Doug deve ter outros amigos caipiras que podem ser mais engraçados. Doug está envolvido com *off roads* e perfurador de rochas, além de outras atividades de pobres envolvendo pneus grandes e motores. Um dia ele me levou pra sair com uns amigos *off roads* dele, Mike e Cliff. Ele disse que eu gostaria deles porque "eles se chamam de um time de bebidas com um problema *off road*".

Encontramos Mike e Cliff numa loja de peças de um amigo deles. Era muito parecida com a loja da American Chopper, exceto que estava uma zona. Eu fiquei esperando Paul Sr. sair esbravejando do escritório, gritando com Paulie e Vinnie sobre a oficina estar suja. Mike tinha uns quarenta anos e tinha uma banda, Daytona Bike Week, um bode branquinho e estava coberto de graxa ou outro fluido mecânico sujo. Cliff tinha uns trinta e cinco, usava jaqueta de lenhador e tinha uma corrente dourada. Ambos pareciam motoristas de caminhão (não é uma ofensa, e sim a impressão que eles me transmitiam).

Primeiro, nós nos sentamos pra beber e falar besteira. No momento em que perceberam que eu não era um playboy que se achava melhor que eles, passaram a me tratar com grande cordialidade.

Tucker: "Então, Mike, no caminho pra cá Doug disse que a caminhonete dele é melhor que a sua."

Mike: "Que nada. Essa caminhonetezinha não pode nem puxar uma boceta direito."

Tucker: "Doug falou que sua caminhonete é igual boceta ruim: fede."

Mike: "Não tem coisa melhor que boceta ruim."

Tucker: "Você não comeu muitas pra poder falar isso."

Mike: "Bem, você teve que transar bastante pra poder saber que boceta é bom demais."

Tucker: "*Touché.*"

Mike: "Não fale o maldito francês comigo, cara."

Tucker: "*Holla.*"

Mike: "Eu acho que o negão aí é melhor em francês."

Tucker: "Você não deveria falar negão. Pelo menos diga urbano."

Mike: "Você é muito educadinho, cara."

Doug tinha alguma coisa quebrada na caminhonete e seus amigos o ajudaram por algumas horas. Eu apenas fiquei por ali bebendo Keystone Light e assistindo, afinal, não entendo porra nenhuma de mecânica:

Mike: "Tucker, passa a chave de boca."

Tucker: "O que é uma chave de boca?"

Mike: "Cacete. Você é tão bom quanto uma teta num boi. Toda a educação que você tem e não serve pra nada."

Cliff: "Ele certamente sabe beber minha cerveja sem pagar."

Mas o melhor momento tinha que ser escutar os malucos falando merda pro Doug.

Doug: "Eu andei apenas quarenta mil milhas nele e não sei como quebrou a junção universal."

Mike: "Claro, porque tem um idiota que dirige mal e vive cantando pneus por aí."

Doug: "Vá se foder, otário!"

Mike: "Espero que tenha trazido tequila. Isso não vai sair de graça."

Tucker: "Tudo isso por uma garrafa de tequila? É um trabalho sério que você tá fazendo."

Mike: "Não. Mas tequila é a única coisa que tira o gosto ruim de pinto que o Doug tem na boca."

Cliff: "Você sabe disso, né?"

Mike: "Isso foi na Marinha, seu idiota."

Depois de consertarem a caminhonete de Doug, fomos para a casa de Cliff tomar mais cervejas e falar merda. A casa de Cliff era hilariamente pobre. Assim que entramos, três cachorros, que mais pareciam coiotes, vieram correndo e pulando em nossa direção. Estávamos em um terreno com dois acres de tamanho, com um trailer gigante, muito bom até por ser um trailer. Era equipado com dois compartimentos de armazenamento com ar-condicionado, uma canoa, um refrigerador pequeno, pele de animais na parede e todo tipo de ferramentas e coisas de metal. No quintal enorme, havia um pequeno lago de pedras muito legal, com uma fonte no meio. Próximo à margem, um cavalo de madeira em cima de blocos. Demais.

Por toda parte, marcas de macacos e bodes. Cliff quis mostrar a todos o que existia por trás disso.

Mike: "Ei, Cliff, que merda tá acontecendo com aquele Billy?"

O bode macho, chamado de bode Billy, tem uma orelha grande e caída. Andando pela trilha dos animais, encontramos uma cabrita morta com metade da cara faltando. Do outro lado da trilha estavam dois filhotes, ambos sujos e maltratados. Todos ficaram olhando pra eles por uns segundos, quando um dos cachorros — o macho grande — colocou a cabeça no meio do portão e viu Cliff ali, parado, olhando para o bode, e correu com o rabo no meio das pernas. Cliff explodiu.

Cliff: "CHEVY, VOLTA AQUI, SEU MALDITO. FILHO DA PUTA, VOLTA AQUI!"

Cliff foi atrás do cachorro pelo quintal. Ele estava PUTO.

Mike: "Oh, merda. Começou."

Tucker: "Por que ele está tão bravo?"

Mike: "Tá vendo aquela cabrita, Helen Keller?"

Tucker: "Aquela cabrita tá morta faz um tempo. A cara dela está em decomposição."

Mike: "Não, não. Ela estava viva pela manhã."

Tucker: "Então, como a cara dela tá em decomposição?"

Mike: "Seu besta. Os cachorros a comeram."

Tucker: "Sem chance. Esses cachorros são selvagens?"

Mike: "Não. São cachorros normais."

Tucker: "Cachorros normais não fazem isso."

Mike: "Cacete, você já teve cachorro?"

Tucker: "Claro, eu cresci com eles e tenho um hoje."

Mike: "Bom, eles fazem a mesma coisa. São carinhosos e legais, mas se encher o saco deles, eles atacam. Domesticados ou não, são animais selvagens no coração. Chevy é o líder aqui, já fez isso antes. Por isso Cliff está tão nervoso. Ele deveria saber."

Um tiro foi disparado, e eu pulei. Corremos pra trás do quintal e vimos Cliff, vermelho como um pimentão, com uma pá na mão e uma .22 na outra. O cachorro estava correndo igual louco, fugindo dos tiros e golpes de pá. Parecia uma lebre:

Cliff: "CACHORRO ESTÚPIDO, ESTÚPIDO!" (Variando entre tiros e golpes de pá.) POR QUE VOCÊ CONTINUA FAZENDO ISSO?" (Atira outra vez e erra.) SUMA DAQUI (tentando acertar com a pá e errando). QUANTAS VEZES EU TENHO QUE TE BATER?" (Outro tiro perdido.)

Tucker: "Cliff tá atirando mesmo no cachorro?"

Mike: "Ah, tá. Ele é bem razoável, mas quando perde a linha, é melhor sair de perto. Ele vai se acalmar depois que der um jeito no cachorro."

Tucker: "Como assim, der um jeito?"

Mike: "Quando ele alcançar o cachorro, você vai ver."

Depois de um tempo, eu vi Cliff arremessando a pá e acertando a peça de metal na cabeça do cão, fazendo um "TONG" no crânio do cachorro. Pra minha surpresa, o animal se levantou sem dar importância pro machucado. Eu não sabia se ria pelo absurdo de ver um idiota correr atrás do cachorro pelo quintal, com uma pá e uma arma, ou triste por ver um cachorro apanhar com uma pá.

Mike: "Você escutou o barulho quando ele acertou a pá na cabeça do cachorro; isso é o que chamamos de dar um jeito."

Tucker: "Bom, eu nunca vi alguém fazer isso com um cachorro. Nem cafetões batem nas suas putas assim."

Mike: "Chevy vai ficar bem. Ele é sábio, obstinado. Cachorro é igual mulher, às vezes só falar não funciona."

Por fim, Cliff, exausto por perseguir o cachorro, voltou para a trilha, pá na mão, mas sem rifles, suando demais e falando sozinho.

Tucker: "Por que ele está tão bravo? É apenas uma cabrita. Ele pode comprar outra."

Mike: "Bom, ele não tem muita grana e a cabrita vale por volta de 150 dólares."

Mike foi atrás da trilha para o que poderia ser chamado de pequeno cemitério de animais. Era um monte com nome do bode e pedras em volta do graveto. Cliff começou a cavar uma cova nova ao lado da antiga. Cavar a cova fez Cliff se acalmar, e todos começaram a contar histórias de bêbados. Eu contei algumas das minhas clássicas, e eles riram.

Doug: "Cliff, conte a Tucker algumas de suas histórias."

Cliff: "Bom, teve uma vez que eu rasguei o intestino de tanta cerveja. Fui ao médico e ele perguntou quantas cervejas eu tinha tomado. Eu tinha uma média de cinquenta por sábado. Num domingo bom, eu tomava umas setenta. Eles chamaram mais dois médicos e uma pancada de enfermeiras. Os malditos não acreditavam em mim. Eu perguntei pra eles: "Como raios consegui romper o intestino com cerveja?"

Tucker: "Você bebeu cento e vinte cervejas em dois dias? Sem chance!!!"

Cliff: "Você tá falando que nem os médicos."

Tucker: "Isso dá quase cinquenta litros de cerveja. EM DOIS DIAS?"

Mike: "Muito obrigado, sr. Esperto, nós sabemos quanta cerveja é isso."

Tucker: "Eu tenho medo disso."

Cliff: "Merda. Isso não é nada. Aqui, nós podemos beber cento e vinte cervejas num final de semana."

Depois de um tempo, Chevy veio pra perto da gente, mas ficou fora de alcance, claro, evitando tomar outra pancada. Ele deitou a uns cinco metros, lambendo o saco.

Tucker: "Eu queria fazer isso."

Mike: "Eu não acho que ele iria deixar você fazer isso."

Cliff terminou de cavar e parou, em respeito à cabrita morta, por um instante.

Cliff: "Eu queria colocar a cabeça dela em cima da minha lareira. Mas não posso."

Doug: "Por que não?"

Cliff: "Porque toda vez que eu olhasse pra ela, eu bateria no meu cachorro."

Jogamos a cabrita na cova, e Mike jogou uma lata cheia de Keystone Light lá dentro antes de atirar terra.

Mike: "Isso é pra viagem, sua cabrita idiota."

Cliff: "A parte triste é que, quando eu quebrar a cabeça procurando por uma cerveja, vou desenterrar essa e beber."

Mike: "Cara, isso é falta de respeito com sua cabrita."

Cliff: "Vá se foder."

Mike: "Cara, você tá bem? Parece que acabou de enterrar uma cabrita."

Cliff: "Vou te arrebentar em um minuto se não calar a maldita boca."

Anexo:
A escala Tucker Max Bêbado

> Ao descrever como eu fico bêbado uso a minha própria escala, que é para vocês entenderem e reconhecerem cada estágio:

Tonto: Quando depois de algumas cervejas sinto o álcool me alterando mas acho que ainda posso dirigir razoavelmente bem. Meu cérebro, geralmente, funciona no modo normal, embora, talvez, um pouco lento.

Alterado: Quando começo a me sentir bem, mas sei que a minha capacidade de dirigir está prejudicada, e por isso entrego as chaves. Eu começo a duvidar da minha capacidade de fazer bons julgamentos. Normalmente, sou uma pessoa muito melhor nesta fase, mas isso muda rapidamente.

Bêbado: Quando começo a me sentir muito confiante sobre minhas habilidades, eu discuto sobre quem dirige, mas, eventualmente, entrego as chaves. Outras pessoas começam a parecer muito mais engraçadas e mais interessantes. Esta também é a fase em que a capacidade de socializar, de forma educada, vai para o espaço.

Vai dar merda: Quando acredito que minhas habilidades tornaram-se quase sobre-humanas, que eu sou o homem mais bonito, gostoso ou pintudo do lugar, e que aquela menina corcunda é muito quente também. Eu não estou mais dentro de mim. É um caminho sem volta. Um policial ou o Exército deveria me conter para eu não fazer merda. Neste ponto, não consigo diferenciar um comentário irônico, inadequado ou correto. Só consigo dizer algo que estou sentindo naquele exato momento. Não há passado nem futuro.

Tucker Max Bêbado: É a fase final de qualquer bêbado. Não se preocupe com tratores, máquinas pesadas ou nem mesmo com armamentos, tenho dificuldade até para abrir as maçanetas das portas ou encontrar minhas chaves dentro do próprio bolso.

Abaixo, algumas coisas que podem ocorrer nesta fase, apenas para servir de alerta:

- Apagar totalmente ou ter amnésia.
- Colar em meninas muito feias.
- Perder garotas gostosas, apenas porque consigo irritá-las tanto por derrubar bebidas, falar cuspindo ou simplesmente cair sobre elas.
- Vômito abundante.
- Fazer apostas ou promessas altas que não terei condições de cumprir. Oferecer bebida para o bar inteiro, por exemplo.
- Iniciar brigas com pessoas que estão quietas.
- As coisas ao meu redor começam a quebrar.
- Fico muito irritado com objetos inanimados e começo a amaldiçoá-los em voz alta.
- Acordo em algum lugar estranho que eu nunca vi antes, e não consigo reconhecer ou lembrar como fui parar lá.

ASSINE NOSSA NEWSLETTER E RECEBA INFORMAÇÕES DE TODOS OS LANÇAMENTOS

www.faroeditorial.com.br

ESTA OBRA FOI IMPRESSA POR ARVATO EM JANEIRO DE 2015